余华《兄弟》中叙事特色的翻译研究

郑 贞 著

东南大学出版社
SOUTHEAST UNIVERSITY PRESS
·南京·

图书在版编目(CIP)数据

余华《兄弟》中叙事特色的翻译研究/郑贞著. —南京：东南大学出版社，2024.4
ISBN 978-7-5766-1276-9

Ⅰ.①余… Ⅱ.①郑… Ⅲ.①余华—小说研究 Ⅳ.①I207.42

中国国家版本馆 CIP 数据核字(2024)第 044509 号

责任编辑：陈　淑　责任校对：李成思　封面设计：毕　真　责任印制：周荣虎

余华《兄弟》中叙事特色的翻译研究
Yuhua《Xiongdi》Zhong Xushi Tese De Fanyi Yanjiu

出版发行：东南大学出版社
社　　址：南京市四牌楼 2 号　邮编：210096
出 版 人：白云飞
网　　址：http://www.seupress.com
经　　销：全国各地新华书店
印　　刷：广东虎彩云印刷有限公司
开　　本：700 mm×1000 mm　1/16
印　　张：15.5
字　　数：262 千字
版　　次：2024 年 4 月第 1 版
印　　次：2024 年 4 月第 1 次印刷
书　　号：ISBN 978-7-5766-1276-9
定　　价：79.00 元

本社图书若有印装质量问题，请直接与营销部联系。电话(传真)：025-83791830

目 录
CONTENTS

绪 论 ··· 001
    一、余华和他的《兄弟》 ·· 001
    二、《兄弟》英译本的接受情况 ································ 002

第一章 《兄弟》中的重复格及其翻译 ································ 004
  第一节 词语的重复翻译 ·· 004
  第二节 句子的重复翻译 ·· 028
  第三节 篇章(情境)的重复翻译 ···································· 037

第二章 《兄弟》中比喻的翻译 ······································ 052
  第一节 明喻 ·· 052
    一、保留本体和喻体 ·· 052
    二、省译明喻 ·· 105
    三、增译明喻 ·· 112
  第二节 借喻 ·· 122
    一、保留借喻 ·· 122
    二、增译借喻 ·· 129
    三、省译借喻 ·· 131
  第三节 暗喻 ·· 133
    一、保留暗喻 ·· 133
    二、增译暗喻 ·· 140
    三、省译暗喻 ·· 141
  第四节 《兄弟》中比喻翻译的小结 ······························ 145

第三章　《兄弟》中"文化万象"的翻译 ·················· 146
　　第一节　谚语的翻译 ························· 146
　　　　一、谚语的直译 ························ 146
　　　　二、谚语的意译 ························ 150
　　第二节　俗语的翻译 ························· 151
　　　　一、俗语的直译 ························ 151
　　　　二、俗语的意译 ························ 159
　　第三节　成语的翻译 ························· 167
　　　　一、成语的意译 ························ 167
　　　　二、成语的直译 ························ 200
　　　　三、成语的省译 ························ 233

参考文献 ································ 243

绪　论

一、余华和他的《兄弟》

余华是中国先锋派小说的代表人物之一，其作品被翻译成英、法、德等多国文字在海外出版发行。其中长篇小说《活着》和《许三观卖血记》同时入选国内百位批评家和文学编辑评选的"九十年代最具有影响的十部作品"。他的长篇代表作《兄弟》分为上、下两部，分别于2005年和2006年由上海文艺出版社出版，旋即在国内读者和文学界中间引起强烈反响。甚至有学者称：2005年和2006年无疑成了余华的"兄弟年"（栾梅健，2008：10）。《兄弟》以宋钢和李光头两兄弟的人生经历为故事叙述主线，以"文化大革命"和改革开放这两个重要历史时期为背景，反映出的是社会不同阶层在历史进程中的嬗变。《兄弟》英译本 *Brothers* 是由罗鹏（Carlos Rojas）①与其妻子、哈佛大学东亚系周成荫博士（Eileen Cheng-yin Chow）合作翻译而成的。该译本于2009年初由美国兰登书屋和英国麦克米伦公司联合出版发行，在英语世界里引起不小的轰动。在美国经济不景气、大量书店倒闭的情况下，《兄弟》英译本还加印了三次。《兄弟》英译本出版数月内，包括《时代》周刊、《华盛顿邮报》、《纽约时报书评》、《卫报》等在内的英美各大主流媒体刊发大量评论。短短数月，英语世界中 *Brothers* 的书评多达二十余篇，参与评论的有杂志主编、作家、翻译家、评论家、社会学家，可见该译文在英语世界受到的关注和产生的影响。

《兄弟》译本采用了美式英语的拼写和词汇，译者准确地把握了余华的语言

---

① 罗鹏生于1970年，1995年毕业于康奈尔大学，获比较文学与东亚研究优等学士学位，同年入哥伦比亚大学研究生院，师从著名华裔学者王德威，2000年获中国文学博士学位，现任杜克大学亚洲与中东系教授，著作等身，为美国年青一代汉学家中的翘楚（汪宝荣、全瑜彬，2015：65-66）。罗鹏与其妻周成荫曾合编过《中国流行文化反思》（*Rethinking Chinese Popular Culture：Cannibalizations of the Canon*）一书。他们一直教授和研究东亚文学。

风格和叙事特点,译文整体风格"明朗活泼",译笔"熟练灵活","出色地保留了原文的美感和嬉笑怒骂的闹剧风格"(郭建玲,2010:66)。小说中的重复叙述手法也引起了评论者的注意,如 Rifkind(2009)称赞小说的叙事"富有活力",是"带有笑声的悲剧,带有震撼的喜剧";Corrigan(2009)提到小说中重复出现的语句和多次出场的次要人物,他认为这是作者"娓娓道来的、遵从惯例的"叙事方式。

二、《兄弟》英译本的接受情况

在英美主流期刊上发表的二十多篇书评当中,评论者对《兄弟》的叙事手法、叙事内容、语言特色以及翻译等方方面面都有所评论。有评论者还专门结合故事的主题来分析人物的形象和性格特点。Graham(2009)认为宋钢是时代的弃儿,而李光头代表了主导社会的力量。这兄弟俩使小说兼具"粗俗"和"哀伤"的色彩,揭示了为了物质而出卖灵魂的现实。Paltiel(2009)与 Graham 的看法一致,认为李光头和宋钢形成了鲜明的对比:宋钢忠厚老实、为人正直,却被淹没在社会历史发展的大潮之中;李光头虽然粗俗下流、不知廉耻,却成了时代的弄潮儿,反映出时代的荒谬。Wang(2009)也认为李光头体现了小说的"荒谬"之处,展示了被金钱异化的人。

还有许多书评以"文革"时期和改革开放时期为线索,对宋钢和李光头这两个中心人物进行评述,并分析了故事的叙事主题。Ling(2009)的评论关注的是两兄弟与林红之间的爱情纠葛。McMartin(2009)以小说叙事时间为序,逐一列出了小说中发生的一系列事件和故事。Corrigan(2009)以李光头为核心人物介绍了故事的主要内容,突出兄弟之间的爱恨情仇这条主线,并称赞这是一部"心灵"小说,是一个"以半个世纪的中国社会历史巨变为背景的家庭故事"。Rifkind(2009)认为,在故事的荒诞中体现了人物温情的一面,在众声喧哗中"揭示了一颗柔软的心"。Lovell(2009)在书评中对比了不同历史时期的两个主要人物,并强调小说的主题是"社会的转变"。

不少书评也对小说的翻译进行了评论。Row(2009)的书评专门探讨了英译本的翻译问题,他认为,译文是"陌生的",而其主要原因在于翻译无法克服中西文化之间存在的巨大差异。可见,Row 是从文化视角来分析译文的,而 Paltiel 和 Klein 主要关注了译文风格和具体的翻译转换问题。

部分书评也评述了小说的叙述语言特色。Wang(2009)认为小说幽默"粗鄙",语言"淫秽",描写了"卑劣的"社会现实。Barsanti(2019)的书评"Say It Plain, the Village Said"指出,虽然小说的叙事结构宏大,但是语言"质朴简洁",还不乏辛辣讽刺的意味。

从《兄弟》的英文书评可知译文在英语国家获得了比较好的接受度和评价,可见译文有效地传达和再现了原文的叙事主题、思想。而保留和尽可能再现原文中有意义的叙事结构——重复和"文化万象"起到了非常重要的作用。译者通过传译原文叙事在词、句和篇章上的叙事语言特色,抓住了故事的叙事主题,并在译文中很好地传递给了英语读者,因此译文和原文都得到了读者较好的评价。

第一章
《兄弟》中的重复格及其翻译

重复使《兄弟》在叙述方式上有一种返璞归真的单纯和明净,是这部"大河"小说中耐人寻味的亮点。余华用单调的重复来描写平凡人单调平凡的生活,以节奏缓慢的叙述语言来表现人生的舒缓和耐人寻思的韵味(邢建昌 等,2000:156)。《兄弟》中一再出现重复叙事,使之变成了一种解构的手段,更多表现为对故事性的消解和对苦难的稀释,却强化了"死亡"的叙事主题。

重复理论的集大成者是米勒,他在《小说与重复》(Fiction and Repetition)中指出:从小的范围看,有文字的重复,包括词语和修辞格,还有句子的重复;从大的范围来看,可以是事件和场景的重复,也可能是主题、人物或者情节的重复(褚蓓娟,2007:157)。重复的使用主要有两类作用:一类是为了实现语法意义上的语篇衔接连贯;另一类是达到修辞意义上的叙事审美效果,即为重复格。在中译英过程中,译者多会倾向于淡化第一类重复结构,让英语读者读来顺口舒服。但是,对于第二类重复修辞格的翻译,译者会根据自己的诗学取向和翻译意图,采取不同的翻译方法,以取得不同的叙事审美效果。

本章节讨论的是《兄弟》中重复格的使用及其翻译。重复格作为《兄弟》文本的叙事修辞特色贯穿全文,不仅体现在微观的词语层也体现在中观的句子和句群层,还体现在宏观的情景层。余华在创作《兄弟》的过程中,正是通过词、句(群)、语篇(情景)层面上的不断重复来深化叙事主题、凸显出人物性格特点,塑造一个个生动鲜活的人物形象,从而产生"陌生化"的叙事审美效果。

第一节 词语的重复翻译

宋凡平和李兰的二婚对于两人来说都是命运的重要转折点,而李光头和宋钢这两个原本毫无关系的小孩也因此成了兄弟。对于宋凡平和李兰来说,这是他们人生的大喜事。尤其是对于李兰来说,能够和宋凡平这样好的男人结合是她做梦也想不到的大幸运。所以,他们都希望刘镇众人可以分享他们心中的喜悦。按照中国的习俗,结婚是要办酒席宴请亲朋好友的,但是他们是二婚,婚礼仪式就相对简化很多,而且在那个物质生活并不富裕的年代,向众人分发各种代表喜气的食物就足以表达他们结婚的喜悦之情了。因此,刘镇群众都收到了他们分发的喜糖和喜烟。

……,沿街的人都抽上了他们的**喜**香烟,咬上了他们的**喜**硬糖,嚼上了他们的**喜**豆子,吃上了他们的**喜**瓜子。(余华,2012:43)

… as everyone along the street smoked their **auspicious** wedding cigarettes, chewed their **auspicious** candy, gnawed on their **auspicious** nuts, and cracked their **auspicious** melon seeds. (Chow and Rojas, 2009:42)

原文中结婚的时候宋凡平和李兰分发给众人"**喜**香烟、**喜**硬糖、**喜**豆子、**喜**瓜子"是希望大家能分享他们的快乐,感受到喜气,并把吉祥和幸福传递给每个刘镇人。译文将四个"喜"都翻译成了"auspicious",意思是"attended by favorable circumstances; propitious"(吉祥的;幸运的),是非常符合当时两人的心境的。对于他俩来说,能够结合成为一家人,是非常幸运的,而且幸福的两人希望将他们的幸运传递给刘镇的人们,表达的是一种"吉祥如意"的祝福。

宋凡平和李兰的结合使宋钢和李光头都开始了新的生活。他们从此不再是单亲家庭的孩子,有了一个完整的家。然而,在刘镇的居民看来,兄弟两人却成了这个重组家庭中的"拖油瓶"。"拖油瓶"(a woman's children by a previous marriage)是指女方或男方再婚时所带的前一次婚姻中所生子女(多有歧视意味)。下面是在宋凡平和李兰结婚当天,他们一家四口开心地走在街上的情景:

李光头二婚的母亲和宋钢二婚的父亲走在前面,**拖油瓶**李光头和宋钢走在板车的后面。(余华,2012:42)

Baldy Li's mother and Song Gang's father walked in front, and the

tagalong children followed behind. (Chow and Rojas, 2009: 41)

译者把"拖油瓶"翻译为"tagalong",即"紧随其后者"的意思,是不带任何贬义色彩的、客观的场景描写。但是当刘镇居民商量了半天,李光头和宋钢到底谁是这个新建家庭的"拖油瓶"时,他们一致认为:

他们商量到最后说:
"两个都是**拖油瓶**。"(余华,2012:43)
After much discussion, they eventually concluded, "Both of them are **excess baggage**."(Chow and Rojas, 2009: 42)

这里再次用"拖油瓶"来指代这两个孩子,译者不再翻译为客观中性的"tagalong",而是"excess baggage",即"累赘"之意,带有明显的贬义色彩。这更贴近众人眼中的孩子形象,他们觉得这两个孩子都是重组家庭的负担。而当婚后第二天这个新组建的家庭再次出现在众人面前时,这两个孩子也再次被称为了"拖油瓶":

李光头和宋钢走在中间,他们的父母走在两边,四个人手拉手走在大街上。大街上的男男女女看着他们嘻嘻哈哈地笑,他们知道这一对夫妻都是二婚,知道这两个儿子都是**拖油瓶**,知道这个新郎在新婚的那一天和六个人打架打得手忙脚乱。(余华,2012:55)
The four of them walked down the street hand in hand. Passersby watched them and tittered, knowing that this was a second marriage for both of them, and that the groom had gotten into a fight with six people the day of his wedding. (Chow and Rojas, 2009: 53)

译者直接省译了"拖油瓶",这也比较符合刘镇看客的视角和心理。新婚第二天当这个重组家庭再次出现在刘镇大街上时,人们更关注的应该是二婚的宋凡平和李兰,所以为了译文的流畅和简洁,翻译中省译了"拖油瓶",不再提及两个孩子。可见,译者在处理词语重复的现象时,并不单纯地用同一词语来翻译原文,而是会根据上下文语境来选择更加合适的词汇表达,有时可能会省略不译,以达到更好的阅读效果。

宋凡平和妻子李兰是快乐的,刘镇的众人也是快乐的,但是他们感到快乐的原因不尽相同。就像文中叙述者所评论的那样:

街上所有人的表情都是那么的**快乐**,他们的**快乐**和宋凡平的**快乐**不一样。宋凡平的**快乐**是新郎的**快乐**,他们的**快乐**是看别人笑话的**快乐**。(余华,2012:55)

Everyone looked very **pleased**, but their **pleasure** came from different sources. **Song Fanping's** was **that** of a groom, while the crowd's **pleasure** derived from the freak show they felt they were witnessing.(Chow and Rojas,2009:53)

叙述者的评论直接道出了刘镇看客的心态,他们带着一种看笑话的心情来看待宋凡平和李兰的婚姻。但是他们两人是发自内心的快乐,因为可以从此幸福地生活在一起。这里叙述者评论的两句话中重复出现了七次"快乐"。其中四次快乐是刘镇众人的快乐,三次是宋凡平的快乐。译者在面对这些重复的"快乐"时,并没有一一对应来翻译,而是进行了比较灵活的处理,避免了译文的冗长和啰唆。他们把第一句的第二个分句"他们的**快乐**和宋凡平的**快乐**不一样"灵活地翻译为"but their **pleasure** came from different sources"(他们的快乐之源不同),这是比较地道的英语表达,比直接重复"快乐"的英文单词要清楚明了。第二句的第一个分句"宋凡平的**快乐**是新郎的**快乐**"翻译为"**Song Fanping's** was **that** of a groom"也符合英语用所有格替代名词词组的规律;第二个分句"他们的**快乐**是看别人笑话的**快乐**"翻译为"while the crowd's **pleasure** derived from the freak show they felt they were witnessing",省略了第二个"快乐",但是并不影响表意,而且显得简洁。可见,有时译者在处理比较密集的词语重复情况时,会用更符合英语表达习惯的词组或者分句来替换原文中的重复词语,使译文读来流畅地道,不会显得过于呆板和生硬。

词语重复还较多地出现在"文革"时期的刘镇。从某种意义上来说,"文革"对于刘镇和整个中国来说,是一场集体式的"狂欢"。在"文革"之风刚吹到刘镇时,整个小镇的面貌焕然一新:

……,每天都有游行的队伍在来来去去,**越来越多**的人手臂上戴上了红袖章,胸前戴上了毛主席的红像章,手上举起了毛主席的红语录。**越来越多**

的人走到大街上大狗小狗似的喊叫和歌唱,他们喊着革命的口号,唱着革命的歌曲;**越来越多**的大字报让墙壁越来越厚,风吹过去时墙壁发出了树叶的响声。(余华,2012:69)

Every day there would be parading troops, and **more and more** red sashes appeared on people's arms, Mao badges on their chests, and copies of Mao's *Little Red Book in* their hands. **More and more** people walked along the main streets singing and barking like a pack of dogs, yelling revolutionary slogans and singing revolutionary songs. **Layer upon layer** of big-character posters thickened the walls, and when a breeze blew, the posters rustled like leaves on a tree. (Chow and Rojas, 2009:67)

这是两个孩子视角下"文革"刚刚开始时的刘镇,人们的生活发生了很大的变化。在他们看来,往常平静祥和的刘镇一下子变得异常热闹:每天都是人声鼎沸、熙熙攘攘的。大人们个个精力充沛,众声喧哗的场景几乎天天上演。本段也是以孩子的口吻来描述"文革"期间刘镇人们的日常生活。他们看到,镇上"越来越多的人手臂上戴上了红袖章,胸前戴上了毛主席的红像章,手上举起了毛主席的红语录。越来越多的人走到大街上大狗小狗似的喊叫和歌唱,他们喊着革命的口号,唱着革命的歌曲;越来越多的大字报让墙壁越来越厚……"。译文将三个重复的程度形容词"越来越多的"中的前两个直译为"more and more",此外,第一个"越来越多的"句子所带的宾语"红袖章、红像章和红语录"还变成了译文的主语"red sashes, Mao badges and copies of Mao's *Little Red Book*";后面第三个"more and more"改译为"layer upon layer"(一层层叠加在一起的),以更加准确地修饰名词"big-character posters",形象地表现出当时刘镇的"文革"景象。译文将红袖章、红像章、红语录还有大字报这些"文革"标志作为主语,不仅更加符合英语的表达习惯,而且能够突出故事发生发展的这个特殊的历史时代背景。

而看到这一切,两个孩子的心理感受也能反映出那时的刘镇极富"狂欢"色彩的时代特色。对于他们来说,"文革"到来的那个夏天给他们留下了这样难以磨灭的印象:

这就是李光头和宋钢童年时最难忘的夏天,**他们不知道"文化大革命"**来

了,**不知道**世界变了,**他们只知道**刘镇每天都像过节一样热闹。(余华,2012:69)

This was an unforgettable summer for Baldy Li and Song Gang. **They didn't understand** that the "Cultural Revolution" had arrived **or** that the world had changed around them; **they only knew that now Liu Town** had become as festive and rowdy as if every day were a holiday. (Chow and Rojas,2009:67)

作者对两个孩子的心理描写中既通过重复两个"不知道"来表现孩子对眼前刘镇所发生的一切迷惑不解,同时也用了"只知道"来衬托出孩子的天真和敏锐的直觉。孩子干净的心灵准确地把握住了"文革"时期社会的风貌——一场全民的"狂欢"。译文用"They didn't understand that the 'Cultural Revolution' had arrived or that the world had changed around them"来翻译"他们不知道'文化大革命'来了,不知道世界变了",是采用了比较灵活的处理方式——省略了一个"不知道",而用英语的选择性连词"or"来翻译;将"不知道"翻译为"didn't understand"(不明白之意),也比较符合孩子的理解和接受能力。对于十岁左右的孩子来说,眼前"文革"所发生的一切确实是让他们弄不明白到底是怎么了,为什么会这样,这完全超出了孩子的理解能力,所以将"不知道"翻译为"didn't understand"是比较准确的。而"只知道"又翻译为"only knew"则是从孩子单纯的视角来看的,他们所看到的眼前热闹喧嚣的场面就像在过节一般,这是符合孩子的认知水平的,所以用了"know"而不是"understand"。译者用不同的动词来翻译"知道",可以看出译者体察出了孩子的心理活动,比较好地传达了原文的叙事效果。

"文革"期间,李兰去上海治病的时候,宋凡平一个人照顾这个家和两个孩子。他深爱着两个孩子。即使是后来被批斗、被抄家,他还小心地保护着孩子幼小的心灵,尽量让他们免受伤害。他们在被红卫兵二次抄家之后,连吃饭的碗筷都没有了。虽然宋凡平心里非常气愤和难过,但是他还是隐藏了自己的负面情绪,用游戏的方式让孩子们在苦难的生活中能够得到一点点的乐趣。这一点像极了电影《美丽人生》中的那个父亲,为了孩子,在自己吃尽了苦头之后还强颜欢笑,给孩子带来苦难中的快乐。宋凡平为孩子们做了饭菜,但是却没有筷子吃饭了,为了转移孩子们的注意力,他变起了魔术。于是就有了下

面这个片段:

> 李光头和宋钢看着他**蹑手蹑脚**开门出去,又**蹑手蹑脚**地关上门,仿佛他要去遥远的古代一样神秘和小心翼翼。(余华,2012:85)
>
> Baldy Li and Song Gang saw him **tiptoe** outside and **carefully** close the door behind him, as if he were about to enter the land of the lost. (Chow and Rojas,2009:82)

在被抄家之后,家里实际上已经没有筷子了,但是宋凡平想到了用树枝做筷子吃饭的办法。他没有直接拿出来给孩子,而是用了一个变魔术的办法,让孩子们充满期待地等待他拿出那古代人使用的筷子。他的戏演得真棒,孩子们都入了戏。他们睁大眼睛"看着他蹑手蹑脚开门出去,又蹑手蹑脚地关上门,……"。两个"蹑手蹑脚"的状态副词让宋凡平这个魔法师的形象跃然纸上,也让原本很凄苦的场景变得神秘而有趣了许多。孩子们看着自己的父亲轻轻地走进了那扇通往古代的门,要为他们取来古人吃饭用的筷子。译者将第一个"蹑手蹑脚"翻译为动词"tiptoe",第二个"蹑手蹑脚地"翻译为副词"carefully",比较忠实地表现出当时孩子们眼中父亲的形象,同时也采用了比较灵活的英语表达,改变了第一个词语的词性和词意,但是翻译的效果却很形象和生动。

宋钢看到父亲因为李光头说错了话,而遭到了殴打并被关进了仓库,心里对李光头非常痛恨。李光头一赌气离开了他们两个相依为命的家。他每天形单影只地游荡在刘镇各处,想回家但又心有不甘。

> 李光头开始孤单一人,**一个人**在街上走,**一个人**在树下坐着,**一个人**蹲到河边去喝水,**一个人**和自己说话……他站在街上看呀等呀,盼望着一个和他**一样**年龄**一样**孤单的孩子走过来,他身上的汗水出来了**一次又一次**,又被太阳晒干了**一次又一次**,他看到的都是游行的人和游行的红旗,……(余华,2012:95)
>
> Baldy Li was now on his own. He roamed the streets **alone**, sat under trees **alone**, squatted by the river and drank **alone**, talked to himself as he stood on the street looking, waiting, hoping for another child his age to wander over. **Covered in sweat and scorched by the sun**, he saw around him only parading people and parading flags.(Chow and Rojas,2009:91)

没有了兄弟宋钢的李光头形单影只,孤单一人。他"一个人在街上走,一个人在树下坐着,一个人蹲到河边去喝水,一个人和自己说话……"。译文将前三个"一个人"都翻译成了"alone",比较准确地描绘出李光头无依无靠无伴的可怜光景。他虽然人流浪在外,但是心里却非常想念宋钢和他的那个家,所以"他站在街上看呀等呀,盼望着一个和他一样年龄一样孤单的孩子走过来,他身上的汗水出来了一次又一次,又被太阳晒干了一次又一次"。第二句中重复的两个"一次又一次"说明了李光头满心希望宋钢可以出现,来找他回家,但是面对的是一次又一次的失望的现实。译者没有翻译出两个"一次又一次",而是直接翻译了两个并列的动词词组"covered in sweat and scorched by the sun",这在一定程度上弱化了李光头内心希望与宋钢重归于好的焦急心情,以及他急切的归家之情。

刘镇的小人物更是这个时代的缩影。童张关余四个人在"文革"的暴风雨洗礼之下,变成了革命铁匠、革命裁缝、革命剪刀和革命牙医。每个人都是红色基因的传承人,这首先就体现在他们称谓的变化上,都打上了时代烙印。

这时的童张关余已经是**革命铁匠、革命裁缝、革命剪刀和革命牙医**了。(余华,2012:96)

Now, of course, they were known as **Revolutionary Blacksmith, Revolutionary Tailor, Revolutionary Scissors, and Revolutionary Tooth-Yanker**. (Chow and Rojas,2009:92)

他们四个人的职业称谓上都加上了极富时代特色的修饰语"革命",在"文革"大潮的席卷之下,变身为"革命铁匠、革命裁缝、革命剪刀和革命牙医"。译文将四个重复的"革命"都翻译成了形容词"revolutionary",意思为"bringing about or supporting a political or social revolution"。这符合那个时代的人物激进的言行,时时刻刻要表现出自己支持革命,期望变革社会的决心。

李兰想安葬宋凡平,却发现买来的棺材装不下高大的宋凡平,但是家中根本没有钱买大一些的棺材,最后只能同意棺材铺的伙计把宋凡平的膝盖打断了弯曲后装入棺材下葬。这对于刚刚失去亲人的李兰和两个孩子来说,是非常残忍的事情。他们在屋里听着有人用利器砸碎宋凡平膝盖的声音,真是心如刀割。李兰最终只能木然地走出门外,告诉伙计盖棺吧。

李兰身体**震动着**站起来，**震动地**打开门，**震动地**走了出去。……
坐在里屋床上的李光头和宋钢听到李兰声音**震动地**说："盖吧。"（余华，2012：154-155）

Trembling, Li Lan stood up; **trembling**, she opened the door; **trembling**, she walked out. ...
From where they were sitting on the bed, Baldy Li and Song Gang could hear Li Lan's voice **tremble** as she said, "You can close it now."（Chow and Rojas，2009：150）

当时李兰的精神已经到了崩溃的边缘，极度痛苦。她"震动着站起来，震动地打开门，震动地走了出去……震动地说"。这四个"震动"说明了她内心的恐惧和痛苦。译文翻译出了四个"tremble"。其中前三个"震动"翻译成了独立的现在分词作为状语"trembling"，分别修饰"站起来""打开门"和"走了出去"这三个动作。最后一个"震动地"则根据英文表达习惯进行调整，翻译成动词"Li Lan's voice tremble as she said"。这样既保留了原文的词语重复，又不会显得行文呆板，而且表达人物的情感也比较到位。

宋钢虽然和爷爷一起回到乡下生活，心里却一直挂念着李光头，于是趁着和爷爷进城卖菜的机会自己摸着回家找李光头。兄弟相见两人都分外高兴。他们有说不完的话，分享着各自最近的生活。

宋钢告诉李光头乡村的事，他说他学会了捕鱼，学会了爬树，学会了插秧和割稻子，学会了摘棉花。李光头告诉宋钢城里发生的事，告诉宋钢，长头发的孙伟死了，那个点心店的苏妈也被揪出来挂上大木牌了。（余华，2012：182）

Song Gang told Baldy Li about the countryside: **how he had learned to fish, climb trees, plant sprouts, thresh wheat, and pick cotton. Baldy Li told Song Gang about all the things that had happened in town: how long-haired Sun Wei was dead, and how even Mama Su from the snack shop was now wearing a wooden placard.**（Chow and Rojas，2009：177）

这是两个孩子之间的对话，因此是孩子的说话方式。孩子说话喜欢重复，因此宋钢告诉李光头乡村的事时，"他说他学会了捕鱼，学会了爬树，学会了插秧和割稻子,学会了摘棉花"。在宋钢的话中重复了4个"学会了",表明了他迫不及待地想在李光头面前炫耀一下自己长了本事。译文"Song Gang told Baldy Li about the countryside: how he had learned to fish, climb trees, plant sprouts, thresh wheat, and pick cotton"用"how"引导的宾语从句中谓语"learn to"带了4个平行的宾语"fish, climb trees, plant sprouts, thresh wheat, and pick cotton",因此译文简洁了很多,但是与孩子的说话口吻有些出入。李光头也告诉宋钢城里发生的事情,"长头发的孙伟死了,那个点心店的苏妈也被揪出来挂上大木牌了"。译文为"how long-haired Sun Wei was dead, and how even Mama Su from the snack shop was now wearing a wooden placard"。译文增加了原文没有的两个副词"how",不仅符合孩子说话喜欢重复的习惯,也符合英语的表达规律。当宋钢看完李光头独自归家的时候,发现自己在城里迷了路,不知该往哪里去。

他在大街上东张西望地走着,**他看着熟悉的房屋、熟悉的梧桐树;看到有些人在打架,有些人在哭,有些人在笑**;……(余华,2012:183)

He looked all about him as he walked, **seeing familiar houses and trees, and people fighting, crying, and laughing**. (Chow and Rojas, 2009:177)

对于离开刘镇很久的宋钢来说,刘镇的一切是既熟悉又陌生的。他在离开了李光头回家的路上,一路走一路看,那些曾经是他生活一部分的人和事物,而现在却很难见到一次,所以他东张西望地边走边看。在这个镇上,他留恋的不仅仅是他的家人,还有这些生活中的日常过往。原文"他看着熟悉的房屋、熟悉的梧桐树;看到有些人在打架,有些人在哭,有些人在笑"翻译成"seeing familiar houses and trees, and people fighting, crying, and laughing",即用现在分词引导的短语表示伴随的状语,"see"引导并列的宾语"houses and trees, and people"。这样的翻译简洁地道,意思传达也比较到位。如果译文能够保留原文的重复词"有些人",即从宋钢这个孩子的视角来看离开许久的刘镇,可能更符合孩子的心态和口吻。

母亲李兰将不久于人世,她平静地为自己的死做好了准备,最后坐着儿子李光头为她准备的"专车"去看宋凡平。在去祭扫的路上,她近乎贪婪地看着这一路的风景,似乎已经很久没有看到这样的美景了,又似乎想把这一切都记在心里,好告诉她心心念念的丈夫。

> 李兰在油布雨伞下支起身体,**她看到**金黄的油菜花在田野里一片片地开放,在阳光下闪闪发亮;**她看到**田埂弯弯曲曲,两旁的青草像是让田埂镶上了两条绿边;**她看到**了房屋和树木在远处点点滴滴;**她看到**近处池塘里的鸭子在浮游,甚至**看到**了鸭子在水中的倒影;**她看到**了麻雀在路旁飞翔……(余华,2012:208-209)
>
> ... she raised herself, holding on to the umbrella pole, and **looked out to** a field of golden greens glistening in the sun. **She watched** the winding paths that framed each paddy, the various details of houses and trees at a distance, the ducks flying over the nearby pond and their refection in the water, together with the sparrows flying by the road. (Chow and Rojas, 2009:202)

这是从李兰的视角所看到的乡村田野上的一片春色,美丽而生动,充满了生机和生命的律动。对于生命即将结束的李兰来说,这一切多么值得她羡慕和留恋啊。她的目光先看到了静态的大片油菜花和绿绿的田埂,然后触及远处的房屋和树木,再回到了近处的动态的鸭子和麻雀。原文重复了六个"看到",说明了她不断变化着自己的视角、转移着自己的视线,想把这一切都尽收眼底。而译文仅仅翻译了两个"看到",分别是"looked out to"和"watched",一定程度上削弱了原文词语重复的表现力。虽然译文简洁了很多,但是读起来缺少了原文的那种人物的情感。人物急切的心情、迅速变换的视角,变成了译文中对客观景物的描写。当然,译者这样处理也是符合英语避免重复的表达习惯的,让译文显得简洁而流畅,但是对于表达人物的心境有一些影响。李兰就这样一路贪婪地看着这人世间的风景,最后回到家中也"无限深情地"看着这个她一个人苦苦支撑了多年的家。

> 回到了家中,李兰**无限深情地看着**桌子、凳子和柜子,**无限深情地看着**墙壁和窗户,**无限深情地看着**屋顶的蜘蛛网和桌上的灰尘,她看来看去的眼睛**像是海绵在吸水那样**。(余华,2012:211)
>
> Once they reached home, **Li Lan gazed fondly** at the table, the chairs, and the armoire; at the walls, the windows, the cobweb in the corner of

the room, and the layer of dust on the desk — her eyes soaking up everything **as if they were sponges.** (Chow and Rojas, 2009: 204)

原文中重复了三个表示李兰眼神的状语和动词"无限深情地看着",而译文将其简化为一个"Li Lan gazed fondly at"引导的并列的宾语:"the table, the chairs, and the armoire; at the walls, the windows, the cobweb in the corner of the room"。这样译文确实很简洁,但是总是缺少了一些原文所要表达的人物对这个家的无限眷恋之情。李兰放不下这个家,其实是放不下两个孩子,所以译者将"无限深情地看着"翻译为"gazed fondly at"(深情地凝视着),这充分传达出了人物不舍的心情。

随着时间的流逝,兄弟两个都在长大,并进入了青年时期,开始有了倾慕的对象,尤其是李光头,他喜欢上了刘镇第一美女林红,并在宋钢的帮助下对她展开了猛烈的求爱攻势。李光头听从宋钢的计策,带着自己福利厂的十四个残疾人手下去林红的工厂门前求爱,但是他这种最直接的方式却招致刘镇看客的哄闹和嘲笑。

> 李光头雷厉风行,第二天下午就兵临城下了。李光头带着十四个瘸傻瞎聋的忠臣在我们刘镇的大街上招摇过市,我们刘镇的很多群众(亲眼)目睹了当时热闹的情景,**群众笑疼了肚子,笑哑了嗓子**。(余华,2012: 258)
> Baldy Li immediately sprung into action, and the very next afternoon he started laying siege at the outskirts of the city. He took his fourteen crippled, idiot, blind, and deaf loyal minions and swaggered through the streets of Liu. Many of the townspeople saw this scene and **laughed so hard their bellies ached and their throats became raw**. (Chow and Rojas, 2009: 250)

李光头是个非常透明的人物,他想干什么就马上去干,不考虑后果,只想着实现自己的目标。在青春年少的李光头心目中,林红就是他的女神,他爱情的终极目标。他直接带着十四个残疾人手下,组成了庞大的求爱队伍,到林红的单位示爱。这让爱看热闹的刘镇群众再次大饱眼福,爆笑不停。"群众笑疼了肚子,笑哑了嗓子。"重复的两个"笑"及其所带的宾语让李光头求爱的行为变了味,分外滑稽可笑,增添了故事中的狂欢色彩和黑色幽默。译文是"laughed so hard their bellies ached and their throats became raw",采用的是"laughed"引导的两个平行的宾语从句"their bellies ached and their throats became raw"。这样译文显得简洁地道,但是对表现李光头的求爱行为给当时刘镇众人所带来的狂欢和戏剧效果就有所削弱。

在工厂求爱失利之后,宋钢又为李光头献上一计。他鼓励李光头直接上门,去林红家向她本人及其父母表达他的诚意和决心。李光头欣然接受了,并信心满满地来到林红家。谁知道,却被林红的父母赶出了家门,还被骂了个狗血淋头。一直自我感觉良好的李光头实在想不明白,为什么自己会被林红的父母数落得一文不值。这次刘镇看客又看了一场好戏,爆笑不止。满心疑惑、委屈和失落的李光头像一只斗败的公鸡,他环顾四周的一切,不知该如何是好。

> **李光头看了看街上幸灾乐祸的群众,看了看气急败坏的林红父母,再看看站在那里忐忑不安的宋钢,……**(余华,2012:267)
> **Baldy Li looked at the people who had come to enjoy the spectacle; looked at Lin Hong's parents, who were beside themselves with fury; and then looked at Song Gang, standing there uneasily.** (Chow and Rojas,2009:259)

此时的李光头呆站在林红家门前的大街上,他"看了看街上幸灾乐祸的群众,看了看气急败坏的林红父母,再看看站在那里忐忑不安的宋钢"。原文从李光头的视角看到了刘镇看客的嘴脸,看到了林红父母的愤怒和军师宋钢的自责,而他却还不明白到底是什么使他的求爱失败了,搞不懂为什么如此优秀的自己会被林红父母说得一文不值。可见,在爱情上,李光头是盲目而单纯的,他为了心中所爱勇敢向前,可谓屡战屡败,屡败屡战。译文也将表示李光头视角和视线转移的三个重复谓语动词"看了看"都翻译了出来(looked at the people who had come to enjoy the spectacle; looked at Lin Hong's parents, who were beside themselves with fury; and then looked at Song Gang, standing there uneasily),让读者感同身受他内心的无助与痛苦,使这样一个鲜活率真的人物跃然眼前。

语言是文化的载体,有时候虽然直接翻译原文的字面意思也可以让读者了解其基本大意,但是其承载的文化内涵在翻译中却可能有所丧失。李光头在追求林红的过程中,宋钢为其献计献策,都使用了中国古代兵书《三十六计》中的策略,英译文多以直译原文的策略为主,有时会适当采用意译,甚至是改译。而刘镇看客有时也会在观战过程中,插上两句评论,表明他们的立场和态度。他们有时也借用了三国时候的人物和故事。他们在观看李光头和两个林红的求爱者的大战之后,叹息他们不知联手合作,只知单兵作战,最后双双被李光头打得落花流水。

> 我们刘镇的群众万分失望,纷纷摇头说:"**真是扶不起的阿斗,两个都是阿斗。**"(余华,2012:274)
> The onlookers shook their heads in disappointment, saying, "**They are both hopeless.**"(Chow and Rojas,2009:266)

群众形容被打败的两个求爱者是"阿斗"。"阿斗"是三国时候刘备之子,他天生愚笨,即使有诸葛亮这样的神算子相助和扶持,也无法得天下。群众感叹"真是扶不起的阿斗,两个都是阿斗",通过重复两个"阿斗"来表达他们的失望之情。译文删除了第一个分句,只是翻译了第二个分句"They are both hopeless",在表达群众的失望方面没有影响,但是第一个分句中"真是扶不起的阿斗"所描述出来的那种毫无斗志、无法帮扶的人物形象,就像三国时的阿斗一样,在译文中无法形象地再现出来,对表现原文的黑色幽默效果有些影响。

没有了母亲的兄弟俩,相依为命地成长在改革开放的中国。李光头和宋钢都喜欢刘镇最美丽的姑娘林红,但是林红只倾心于老实忠厚、文质彬彬的宋钢。然而,宋钢因为信守对母亲李兰的承诺,所以总是不敢接受林红的爱,甚至在路遇林红时都不敢正眼看她,躲着她走路。宋钢的表现让林红的内心极度煎熬。

> 终于有过两次机会在大街上单独见到宋钢,当她的眼睛深情地望着他时,他却是慌张地掉头走开了,像个逃犯那样走得急急忙忙。林红心都酸了,**这个宋钢让她恨得咬牙切齿,同样也爱得咬牙切齿。**(余华,2012:278)
> Twice she happened to run into him alone on the street, but when she shot him a longing glance, he scurried away with his head down, like a criminal fleeing the police. Lin Hong was heartbroken. **She gritted her teeth at the mere thought of him while at the same time continuing to love him passionately**.(Chow and Rojas,2009:270)

宋钢让林红"恨得咬牙切齿,同样也爱得咬牙切齿",可谓是冰火两重天,通过重复两个程度副词"咬牙切齿",读者可以体会到林红对宋钢的爱之深、责之切。而译者在翻译这两个重复的程度副词的时候,第一个是直译为"She gritted her teeth at the mere thought of him",第二个则改译为"love him passionately"(深情地爱着他)。这样的改译将林红对宋钢的爱更为直白地表达出来,但是原文"爱得咬牙切齿"与前文的"恨得咬牙切齿"之间的强烈对比,以及其中所表现出的林红那种因爱而生恨,恨他不敢面对和接受她的感情,因此内心爱恨交加,放不下又得不到宋钢的爱的心情和表情却在改译之后无法充分体现出来。跟感情上犹豫不决,甚至有些胆小怯懦的宋钢相比,林红可谓敢爱敢恨。她要逼宋钢走出爱的那一步,勇敢面对她的爱。于是她在路上塞给了宋钢小纸条,相约晚上桥下见。第一次是李光头去了,但被林红痛骂了一顿,灰溜溜地回来了。第二次宋钢自己赴约,林红在劝说宋钢勇敢面对他们的感情未果后,当着他的面跳下了冰冷的河水,这才逼着宋钢说出了自己真实的感情。两人的恋爱关系确定之后,宋钢回到家后还是意犹未尽,想着刚才发生的一切,觉得幸福来得实在突然,所以难掩心中欢喜,表现不同寻常,引起了李光头的怀疑。

> 宋钢把当时所有的情景回忆了一遍又一遍,他**一会(儿)满脑通红,一会(儿)又是脸色苍白;一会(儿)神情苦恼,一会(儿)又在嘿嘿傻笑**。(余华,2012: 279)
>
> He mentally reviewed again and again all the details of the encounter, which **caused him all at once to blush and turn pale, feel distressed and grin idiotically, all at the same time.** (Chow and Rojas, 2009: 271)

宋钢脸上的表情就像是三月天娃娃脸,变幻不定,"他一会(儿)满脸通红,一会(儿)又是脸色苍白;一会(儿)神情苦恼,一会(儿)又在嘿嘿傻笑"。对宋钢的描写重复了四个"一会(儿)",说明他的内心活动很丰富,脑子里不断快速放映着他和林红之间刚才发生的事情,他还是不太确定这是不是真的,怀疑这样的好事怎么会落在他宋钢的身上。译文用"which"引导了非限制性定语从句,并增加了动词短语"cause him all at once to"后面并列着四个动词或者动词短语"blush and turn pale, feel distressed and grin idiotically",并将四个重复的时间副词"一会(儿)"都简略为后置的状语"all at the same time"。如此一来,译文表达虽然简洁,却一定程度上削弱了对宋钢丰富内心活动的表现力,也无法表现内敛的宋钢内心对林红的无比喜爱之情。但是,宋钢确实是天性比较优柔寡断,不像李光头那样敢爱敢恨,他有很多顾虑,并不是一个为自己而活的人。他总是把责任往自己身上扛,认为照顾好李光头是哥哥必须要做的事情。而现在他和林红谈恋爱就等于抢走了李光头的最爱,他于心不忍,更觉得有愧于母亲临终前的托付。因此他脑中不再想着和林红甜蜜的现在,而是更多地陷入了对过去的回忆。

> 可是这想象中的幸福昙花一现,接下去往事蜂拥而至,他**想到了**父亲宋凡平惨死在汽车站前的情景;**想到了**自己和李光头号啕哭叫的情景;**想到了**爷爷拉着板车让死去的父亲回家,一家人走在乡间的泥路上放声大哭,路边树上的麻雀飞散时惊慌失措;**想到了**他和李光头相依为命地将死去的李兰拉回村庄。宋钢**最后想到的是**李兰临终前拉住他的手,要他好好照顾李光头。(余华,2012:282)
>
> However, this imaginary contentment immediately evaporated. Song Gang **remembered** Song Fanping's death in front of the bus depot, his and Baldy Li's tears, and his grandfather dragging the coffin home in a pullcart. He **remembered** the entire family walking down the muddy country road sobbing, and how frightened he had been when the sparrows by the road had abruptly flown away. He **remembered** how he and Baldy Li had dragged Li Lan'a body back to the village like two sworn brothers. Finally, Song Gang **remembered** Li Lan grasping his hand before her death, making him promise to look after Baldy Li. (Chow and Rojas, 2009:274)

他想到了很多,父亲在"文革"中的惨死,他和李光头大哭的情景,爷爷拖着父亲回家时一路的景象和他们将死去的李兰拉回村庄以及李兰临终前对他的嘱托。原文重复了五个"想到",不断地丰富着宋钢的记忆,也让他与林红之间的爱情变得困难重重,以至于他感到有些无法负担,想要逃离。译者将其中的四个"想到"翻译为"remember",省译的第二个和第三个"想到"是因为爷爷用车拖着父亲回家这一路上的情景让宋钢心生恐惧,所以合并为一个

"remember"引导的宾语从句"He remembered the entire family walking down the muddy country road sobbing, and how frightened he had been when the sparrows by the road had abruptly flown away."。这样翻译是符合英语表达习惯的,也没有影响对宋钢内心活动的表现。译者将"想到"翻译为"remember"而不是"think about"更贴合宋钢的性格。他这样内敛的人其实很多时候是生活在回忆当中的,与其说这些情景是他想到的,更确切地说是他在回忆过去,因此他容易纠缠在过去中无法自拔,也无法真正勇敢地面对现在真实的生活,更别提去畅想未来,为他和林红的幸福去努力争取。所以译文将"想到"翻译为"remember",是在重复翻译原文词语的前提下对其内涵做了更深一步的引申,更有利于读者了解和把握宋钢性格特点和他人生悲剧的性格根源。

在爱情上,宋钢永远是被动的,所以林红虽然是女性,她只能选择主动,因为在她看来刘镇的所有未婚男性里面只有宋钢是她中意的对象。她对宋钢的感情并没有因为宋钢的后退和逃避而减少,相反却是与日俱增,甚至到了无法自拔的地步。

> 在那些月光明媚或者阴雨绵绵的晚上,林红入睡的时候总会不由自主地**想着**宋钢英俊的容貌,**想着**宋钢的微笑,**想着**宋钢低头沉思的模样,**想着**宋钢看到自己时忧伤的眼神,所有的宋钢都让林红倍感甜蜜。(余华,2012:288)
>
> Every night, rain or clear, Lin Hong would find herself **remembering** his handsome figure as she was trying to fall asleep — his smile, his bowed head and pensive appearance, his soulful look every time he saw her. She found everything about Song Gang as sweet as could be. (Chow and Rojas,2009:280)

林红在每晚入睡前都会习惯性地"想着"宋钢,"想着宋钢英俊的容貌,想着宋钢的微笑,想着宋钢低头沉思的模样,想着宋钢看到自己时忧伤的眼神",可见林红对宋钢用情之深,到了无时无刻不想的地步。这也是她后来为什么会主动要求宋钢出来见面表明心迹的原因。而译文将四个重复的心理动词"想着"翻译成了"find herself remembering",就是用一个动词"remembering"引导的四个并列的宾语"his handsome figure, his smile, his bowed head and pensive appearance, his soulful look"来取代原来的并列分句。这在句式结构上显得很简洁流畅,但是在表现林红强烈的感情和丰富的内心世界方面效果有所减弱。宋钢虽然犹豫不决,但是在林红强烈的爱情攻势之下还是情不自禁地妥协了,他来到了林红约她见面的桥下。在等待林红到来的时间里,他百感交集,内心不断地挣扎着,痛苦地煎熬着。

> 宋钢在桥下百感交集,**一会(儿)激动,一会(儿)沮丧,一会(儿)充满了向往之情,一会(儿)又涌上了绝望之感**。(余华,2012:290)
> He felt very anxious waiting there, **alternating between excitement and depression, determination and despair.** (Chow and Rojas,2009:282)

宋钢的内心波涛汹涌,起伏不定,他"一会(儿)激动,一会(儿)沮丧,一会(儿)充满了向往之情,一会(儿)又涌上了绝望之感"。其中的四个"一会(儿)"反映出主人公心理活动频繁,他实在是拿不定主意,到底应该如何面对他和林红之间的感情:如果接受之,意味着手足之情将尽;而拒绝之,他又于心不忍,心疼不已。所以,他的内心在痛苦地挣扎着,因为对母亲的那份承诺,他始终无法去真正面对自己的感情,还想着做爱情的逃兵,但是毕竟是青春少年郎,难得男有情女有意,若无法在一起,实在令人感到惋惜。译文"alternating between excitement and depression, determination and despair"采用"alternate between… and…"(交替着)所引导的现在分词短语作伴随状语,表明人物心情在激动、沮丧、决心和绝望之间举棋不定的状态。这样翻译比较简洁地道,但是在传达宋钢内心极度地剧烈变化的效果上还是较原文词语重复结构有所弱化的。

《兄弟》中主人公的内心戏都非常丰富。林红在发现宋钢不断接济李光头,甚至自己挨饿也在所不惜的时候,心中对他是又爱又恨,想到了许多,最终还是原谅了他。

> **林红开始心疼宋钢了,开始想到宋钢的种种好处,想到宋钢对自己的爱,想到宋钢的善良忠诚,想到宋钢的英俊潇洒**……(余华,2012:383-384)
> Lin Hong **began to feel sorry for Song Gang, thinking of all his good qualities, his love for her, his honesty and loyalty, as well as his good looks**…(Chow and Rojas,2009:374)

林红是了解宋钢的,即使他嘴上说要和李光头断绝兄弟关系,不再来往,但是心中始终放不下弟弟,所以她会一忍再忍宋钢对李光头的暗中关照。她在和宋钢大吵一架之后,更多还是想着宋钢的好,心疼宋钢,"开始想到宋钢的种种好处,想到宋钢对自己的爱,想到宋钢的善良忠诚,想到宋钢的英俊潇洒"。作者通过重复四个"想到"来引出林红的心理活动,表明了在林红心目中宋钢的重要性,她总是想到宋钢的种种好,同时加深了对李光头的厌恶。译文是由"thinking of"这个动词词组后面带着四个平行的名词短语:"all his good qualities, his love for her, his honesty and loyalty, as well as his good looks",也同样说明了林红当时的情感世界,但是重复结构所表现的林红对宋钢极度的爱和对李光头极度的厌恶之情却有所削弱。

宋钢觉得自己伤透了林红的心,自己活在这世界上也没有什么意思了,所以他一心寻死,却被正好回来的李光头撞见,给救了下来。救下宋钢的李光头对宋钢好一阵埋怨。

> 李光头伸手去摸宋钢脖子上那条红肿的勒痕,哭叫地骂着宋钢:"你他妈的死了,我他妈的怎么办?我他妈的就你一个亲人,你他妈的死了,我他妈的就是孤儿啦。"(余华,2012:304)
> Baldy Li reached out his hand to stroke the red welt on Song Gang's neck and through his tears he cursed his brother, **"If you had fucking died, what the fuck would I have done? You are my only fucking relative, and if you had fucking died, I would have become a fucking orphan."** (Chow and Rojas, 2009:295)

宋钢是李光头在世上唯一的亲人了。他们相依为命在苦难中茁壮成长。但是李光头实在想不明白宋钢为什么要寻死,而且完全忘记了还有他这个唯一的兄弟呢。他忍不住对宋钢大发脾气,动了粗口。他说:"你他妈的死了,我他妈的怎么办?我他妈的就你一个亲人,你他妈的死了,我他妈的就是孤儿啦。"原文中重复了两个粗口"你他妈的"和三个"我他妈的",英译文对应地翻译为"If you had fucking died, what the fuck would I have done? You are my only fucking relative, and if you had fucking died, I would have become a fucking orphan"。李光头这个人物性格鲜明,想说什么说什么,加上他没读什么书,自然是气急时刻动粗口。译文再现了原文所重复的五个粗口,让人物的形象和说话的语气得到了很好的表现和传达。

宋钢在和林红公开了恋爱关系之后就搬离了他和李光头相依为命的家。但是在他们准备婚宴的时候,还是决定给李光头送喜帖去。宋钢骑着他的永久自行车去找李光头,不明就里的李光头还以为宋钢来找他和好,上来就要试一试骑宋钢的自行车。骑车的李光头忘乎所以,越骑越快,而推车的宋钢则是越来越吃力地追赶着,但是兴头上的李光头却全然不顾,只想着自己开心,可见李光头口口声声的兄弟之情更多的是他阻止宋钢追求林红的借口。

> 宋钢在后面推着奔跑,**跑得**满头大汗,**跑得**上气不接下气,**跑得**眼睛发直,**跑得**口吐白沫。李光头听着风声嗖嗖地响,衣服哗哗地抖,自己的光头更是滑溜溜的舒服。(余华,2012:322)
>
> Song Gang was sprinting and soon **was covered in sweat and struggling to catch his breath. He ran so hard his eyes glazed over and he began frothing at the mouth**. The wind blew past Baldy Li's ears, through his clothes, and flowed smoothly over his bald head. (Chow and Rojas,2009:312)

原文用重复的四个动词"跑得"引导四个平行的状语"跑得满头大汗,跑得上气不接下气,跑得眼睛发直,跑得口吐白沫",描写了随着李光头骑车越来越快,宋钢越来越费劲和吃力的状态,但是他却担心李光头第一次骑车会跌跤,即使再累也不松开扶车子的手,可见宋钢对李光头的兄弟之情要远远超出李光头对他的情感。译文在处理这四个平行的分句时候,分成了两个句子,也没有采用重复结构,而是采取了比较灵活的翻译方法"... was covered in sweat and struggling to catch his breath. He ran so hard his eyes glazed over and he began frothing at the mouth."。这样翻译虽然让译文比较地道,但是缺乏了原文中对宋钢推车的外在动作的渐变性描述,也无法反映出宋钢虽然吃力却不肯放手的坚持以及对李光头的兄弟之情。

苏妈是《兄弟》中善良老百姓的代表。她眼见着宋凡平在"文革"时被红卫兵打死在火车站前,并叫陶青帮助两个半大的孩子将宋凡平拖回家中。她还在"文革"期间见到李兰被批斗,于是叫女儿分给两兄弟糖果吃。她也因此善有善报。李光头在规划他未来的服装加工厂时,也没有忘记善良的苏妈为自己家所做的一切。

> 李光头这时**想起了童年往事，想起了**宋凡平就在外面的空地上被人活活打死，他和宋钢悲怆哭号，**就是**苏妈借出她的板车，**也是**苏妈让陶青拉着死去的宋凡平回家……（余华，2012：341-342）
> Baldy Li suddenly **remembered his childhood, including how** Song Fanping was beaten to death right in front of the station, **how** he and Song Gang had cried abjectly, **how** it was Mama Su who lent them her cart, and **how** it was she who asked for Tao Qing to haul Song Fanping's corpse home.（Chow and Rojas，2009：333）

当苏妈向李光头提出希望自己也能够分到他未来服装加工厂的一部分股份的时候，李光头想到了他们兄弟两人悲惨的童年遭遇以及苏妈对他们的帮助，"想起了童年往事，想起了宋凡平就在外面的空地上被人活活打死，他和宋钢悲怆哭号，就是苏妈借出她的板车，也是苏妈让陶青拉着死去的宋凡平回家"。虽然股份已经被分得差不多了，他还是要给苏妈一份，以报答她当年的恩情，这也应验了文中重复多处的故事主题"善有善报"。译文用谓语动词"remember"引导宾语"his childhood"，并用重复的四个"how"来回顾童年往事，"remembered his childhood, including how Song Fanping was beaten to death right in front of the station, how he and Song Gang had cried abjectly, how it was Mama Su who lent them her cart, and how it was she who asked for Tao Qing to haul Song Fanping's corpse home."读者因此可以感同身受李光头和宋钢童年时候眼见父亲被打死，孤立无助的痛苦和苏妈雪中送炭的帮助对他们的重要意义。可见，李光头也是一个知恩图报、本性善良的人，因此人物的形象也变得更加多元而丰满了。

李光头在服装生意失利之后，想到再次回到福利厂去当厂长，在发现很难实现他的愿望的时候，又想到了静坐示威的方式，于是便在市镇大楼门前静坐起来。刘镇看客问他要坐到什么时候，他是这样回答的：

> 他坚定地告诉群众，他万般无奈只好静坐示威了，而且要一直静坐下去，**静坐到**海枯石烂，**静坐到**地球毁灭。（余华，2012：378）
> So there was nothing left for him to do but to hold his sit-down strike,

and he would **continue sitting here until** the end of time if that was what it took. (Chow and Rojas, 2009: 370)

他要表达自己将静坐进行到底的决心和勇气,就用了两个重复的"静坐到",表示一直到达到目的,回到福利厂工作的时候,静坐活动才会停止。"静坐到海枯石烂,静坐到地球毁灭"是非常李光头式的话语,很夸张,但是他虽然言行夸张,但是也言行一致,他真的会一直静坐下去。这里虽然采用了夸张的手法,但是符合人物的语言和性格特点。译文"continue sitting here until the end of time if that was what it took"并没有重复原文的谓语动词"静坐到",而是采用解释性的翻译,意思一目了然,但是那种李光头式的夸张语言风格却在译文中丢失了。

一夜暴富的李光头真成了刘镇的 GDP(国内生产总值),他的先富带动了刘镇很多人,尤其是他的合伙人共同富裕,他给刘镇带来了巨大的财富和机遇。李光头几乎包办了刘镇人们日常生活的衣食住行的方方面面。

李光头为我们刘镇群众**从吃到穿、从住到用、从生到死**,提供了托拉斯一条龙服务。(余华,2012: 435)
He provided those of us in Liu Town with **everything, from what we ate to what we wore, from where we lived to what we used, and from birth to death**. (Chow and Rojas, 2009: 430)

李光头可谓是一个谐星,也是刘镇的福星,因为他的发迹,让整个刘镇都改变了模样。他的产业覆盖到生活的各个领域,"从吃到穿、从住到用、从生到死,提供了托拉斯一条龙服务"。原文通过重复三个"从……到……"的结构说明了李光头的事业做得很大,使得整个刘镇都受益很多。而译文"everything, from what we ate to what we wore, from where we lived to what we used, and from birth to death"通过重复三次"from... to..."这个结构,让读者切实地体会到了李光头生意做得红火,及其给刘镇人的日常生活所带来的翻天覆地的改变。靠着垃圾生意成为刘镇 GDP 的李光头也成了众人瞩目的明星。在刘镇人们的日常生活中,李光头几乎成了无处不在的存在。

我们刘镇的群众天天看到李光头,打开报纸看到**李光头在笑**,听广播听到

李光头在笑,看电视看到**李光头在笑**。(余华,2012:465)

The people of Liu saw Baldy Li every day — when they opened their newspapers, they would see him **smiling at them**; when they listened to the radio, they would hear **his chuckle**; and when they watched television, they would see **his smiling face**.(Chow and Rojas,2009:461)

李光头总是有意无意地出现在人们的日常生活中和视线里,成为人们讨论的话题和追捧的对象,曝光率极高。人们总能看到他得意地笑。"打开报纸看到李光头在笑,听广播听到李光头在笑,看电视看到李光头在笑。"原文通过重复三个动词"在笑"描绘出的是一个人生得意须尽欢的人物形象。整个刘镇都充满了李光头得意的笑,甩都甩不掉,躲也躲不开。译文通过重复三个"when"引导的状语从句来实现李光头无处不在、无时无刻不在的效果。而译文并没有用完全一样的表达来翻译三个重复的"在笑",而是灵活地采用了不同的表达,分别翻译为"when they opened their newspapers, they would see him **smiling at them**; when they listened to the radio, they would hear his **chuckle**; and when they watched television, they would see his **smiling face**",因此译文忠实于原文意思,但是却不单调,更符合英语的表达习惯。

刘镇到底发生了多大的变化,除了刘镇人民在日常生活中能够感受到的之外,外来的人更能从他者视角给予关注。周游这个行走江湖多年的骗子,在听说刘镇举行全国处美人大赛之后,急匆匆地赶往刘镇,想在这里发一笔横财。他眼中的刘镇有着别人看不到的特别,那是李光头所创造的奇迹。

……,**他看见了**希腊式的大圆柱,那是李光头最豪华的饭店;**他看见了**罗马式的红墙商场,那是李光头的名牌服装店;中式的灰瓦院子里是李光头的中国餐厅,日式的庭院里是李光头的日本料理;**他看见了**哥特式的窗户和巴罗克式的屋顶……周游心想这个刘镇完全是个混血儿镇了。(余华,2012:486)

Wandering Zhou **spotted** soaring Greek Doric columns belonging to Baldy Li's fanciest restaurant, the Roman-style red-walled atrium housing his brand-name clothing store, the Chinese-style slate-roofed courtyard of his Chinese restaurant, and the Japanese-style garden of his

Japanese restaurant, as well as gothic windows and baroque roofs. Wandering Zhou said to himself, *This is a real mutt of a town*. (Chow and Rojas, 2009: 485)

从周游这个外人的视角可以看出刘镇现在是一个中西合璧的混血儿。"……，**他看见了**希腊式的大圆柱,那是李光头最豪华的饭店;**他看见了**罗马式的红墙商场,那是李光头的名牌服装店;中式的灰瓦院子里是李光头的中国餐厅,日式的庭院里是李光头的日本料理;**他看见了**哥特式的窗户和巴罗克式的屋顶……"通过重复三个引导性动词"他看见了"引出了李光头在刘镇巨大的产业版图,包括饭店、商场、服装店、餐厅等,可见他确实是刘镇的 GDP。而译文用一个谓语动词"spot"来引导并列的几个名词短语"soaring Greek Doric columns belonging to Baldy Li's fanciest restaurant, the Roman-style red-walled atrium housing his brand-name clothing store, the Chinese-style slate-roofed courtyard of his Chinese restaurant, and the Japanese-style garden of his Japanese restaurant, as well as gothic windows and baroque roofs"。"spot"指的是"to detect or discern, especially visually"(辨认,认出:特别指用眼睛看出),不仅仅是看到,而且是带有感情色彩的"辨认出",说明这些事物都打上了李氏烙印,一眼就可以看出是李家的产业,因为它们都有着混搭的风格。译文省略了原文中对谓语动词"他看见了"的重复,译文因此显得简洁明了,但是无法再现出周游这个外来客在初到刘镇时候眼前的那种应接不暇,似乎所有的新鲜事物都出乎意料的那种情态。

宋钢满心希望回到刘镇的家中,想要马上见到日夜思念的林红,但是令他失望不已的是,林红并不在家中。林红不知去向,空荡荡的家中只有他一个人在,他心里越发觉得孤独无依。

宋钢度过了一个艰难的夜晚,他独自一人躺在曾经是两个人的床上,觉得**自己的身体在被窝里是冰凉的,被子也是冰凉的,甚至屋子都是冰凉的**。(余华,2012: 587)
Lying alone on the bed he formerly shared with Lin Hong, he **felt frigid underneath the covers, and the covers themselves also felt frigid. Even the room felt frigid**. (Chow and Rojas, 2009: 592)

一个人躺在双人床上,宋钢心里的滋味实在不好受,他感受的是彻骨的寒冷和冰凉。他"觉得自己的身体在被窝里是冰凉的,被子也是冰凉的,甚至屋子都是冰凉的"。他的感受是通过重复三个形容词"冰凉的"不断地强化和加深的,因为凭着男人的直觉,他有一种不好的预感,林红不再是十年前他离开家时的那个林红了。译文采取直译的方法,翻译为"**felt frigid underneath the covers, and the covers themselves also felt frigid. Even the room felt frigid**",重复了三个"feel frigid"。"frigid:extremely cold(寒冷的:特别的冷)"让读者感同身受宋钢内心的苦闷和绝望,就像身陷深渊,无法自拔。

综合以上各例可知,译者对于重复词语的翻译,是以直译为主,但是有时也会因为考虑到中英文语言的特点和差异,采取了省略或者以代词取代重复名词的方式来避免行文过度冗余和重复,这是考虑到中英文的结构形式差异做出的合理调整,但多少无法兼顾文学作品的陌生化叙事效果,因此可能会弱化叙事的主题。除了词语重复,句子重复也在文中随处可见。

第二节 句子的重复翻译

《兄弟》中有些句子的重复预言着人物的命运,有着宿命的意味。李光头的生父因在厕所偷窥,不慎跌落粪池而亡。虽然故事开场时这个次要人物已经死亡,但是从母亲或者刘镇其他人口中,李光头也了解了他父亲那极不光彩的过去,因为他们不断重复着父亲的死亡原因,甚至还嘲笑他。而小小年纪的李光头却在故事刚开始时就重演了父亲的历史——因为厕所偷窥而落入臭气熏天的粪坑。母亲李兰获悉此事后,悲哀地抹着眼泪说:"有其父必有其子啊。"(余华,2012:4)译文为"a chip off the old block"(Chow and Rojas,2009:3)。此时母亲对李光头的偷窥行为感到失望。这么多年来前夫不光彩的死已经让她无法抬头做人。她没想到的是,李光头小小年纪却和他爸一样做出如此令人不齿的事情,她真是失望透顶。在第一章中这句谚语被重复四次,其中一次出自刘镇民众之口,三次是母亲李兰说的。母亲常提起宋凡平父子,夸奖宋钢就像他父亲一样优秀,讨人喜欢:

李光头母亲在世的时候,总喜欢对李光头说:**有其父必有其子**。她这话指

的是宋钢,她说宋钢忠诚善良,说宋钢和他父亲一模一样,说这父子俩就像是一根藤上结出来的两个瓜。(余华,2012:3)

Back when Baldy Li's mother was still alive, she always liked to speak to him about Song Gang as being **a chip off the old block**. She would emphasize how honest and kind he was, just like his father, and remark that father and son were like two melons from the same vine. (Chow and Rojas,2009:3)

这是母亲提到宋凡平父子时常说的话,这时的"有其父必有其子"是赞赏之言,表明她深爱着丈夫和继子。在她看来,宋钢继承了父亲的众多优秀品质。另一处出现该谚语的地方,是刘镇民众之口对李光头父子两人的嘲笑和讥讽。

我们刘镇的男女老少乐开了怀笑开了颜,张口闭口都要说上一句:**有其父必有其子**。只要是棵树,上面肯定挂着树叶;只要是个刘镇的人,这人的嘴边就会挂着这句口头禅。(余华,2012:4)

Everyone in Liu Town — men and women, young and old — laughed when he heard about Baldy Li and couldn't stop repeating, "**A chip off the old block.**" As sure as a tree grows leaves, if you were from Liu Town, you would have the phrase on your lips... (Chow and Rojas,2009:4)

这是刘镇民众在得知李光头厕所偷窥还掉进了粪坑之后进行的评论。母亲只敢在晚上去警察局带李光头回家,并告诉李光头当年他父亲就是因为厕所偷窥丢了性命。母亲又是以"有其父必有其子"开始她与李光头的交谈。译者在翻译第一章的四处"有其父必有其子"时,都采用归化的译法,借用了英语谚语"A chip off the old block"[中文意思:相貌(性格)和父母非常相似的孩子],较为准确地表达出原文的意思、人物的情绪及其获得的他人评价。

童铁匠、张裁缝、关剪刀和余拔牙是刘镇里与李光头发迹有着千丝万缕联系的几个小人物。他们是李光头创业之时的赞助人,也因此在他创业失败之后成了债主,后来又在他发迹之后成了他的合伙人和股东。从他们的身上也反映出那个时代很多人的人生轨迹。他们经历了"文革"、改革开放两个历史阶段的历练,已经成了时代的亲历者和见证人。"文革"时候,在他们从事的工作中,他们无时无刻不在证明着自己彻底的革命精神。比如张裁缝和关剪刀，他们在对待不同阶级的人时，态度迥然不同。因此，他们的行为可以看作是革命精神在不同工作岗位中的体现和重复。

> **若是贫农，张裁缝笑脸相迎；若是中农，张裁缝勉强收下布料；若是地主，张裁缝马上高举拳头喊叫几声革命口号**……（余华，2012：96）
> **If** he was a poor peasant, Tailor Zhang would greet him with a smile; **if** he was a middle peasant, Zhang would reluctantly take the fabric; and **if** he was a landlord, Zhang would immediately raise his fist and shout revolutionary slogans…（Chow and Rojas，2009：92）

张裁缝对待贫农、中农和地主的态度截然不同。原文用了由分号隔开的"若是"引导的三个条件分句"若是贫农，张裁缝……；若是中农，张裁缝……；若是地主，张裁缝……"来描述他差别极大的言行。可见他对待最穷的贫农态度最好，中农次之，地主是他最要革命的对象，因此他的服务态度最差。英译文也对应翻译出这样的重复句式和结构，翻译为用"if"引导的三个并列的条件状语从句"If he was a poor peasant, Tailor Zhang would...; if he was a middle peasant, Zhang would...; and if he was a landlord, Zhang would...."。因此译文较好地刻画出刘镇的小人物张裁缝在日常工作中的革命形象。而另一个小人物关剪刀父子的革命觉悟更高。他们对待贫农、中农和地主的态度其实就是张裁缝对待不同阶级的人的态度的一种重复，只是这里采用了不同的表达方式。

> 两个关剪刀的革命觉悟比张裁缝还要高，**贫农顾客不收钱，中农顾客多收钱，地主顾客就要抱头鼠窜**了。（余华，2012：96）
> The two Scissors Guan were even more revolutionarily enlightened than Tailor Zhang. **They didn't take any money from their peasant customers, they took extra from the middle-peasant ones, while the landlord customers had no choice but to scamper away.**（Chow and Rojas，2009：92）

他们父子俩对待"贫农顾客不收钱，中农顾客多收钱，地主顾客就要抱头鼠窜了"，译者将其直接翻译为"They didn't take any money from their peasant customers, they took extra from the middle-peasant ones, while the landlord customers had no choice but to scamper away."。这种在句式结构中的重复所反映出的关剪刀父子的不同态度间的反差更加强烈,从而更能够印证出那个时代对普通人生活的极大影响。

李兰最放不下的还是不争气的亲生儿子李光头,担心他不走正道,所以她在临终前单独留下宋钢,将李光头托付给了值得信任的宋钢,希望在她离世之后,宋钢能够照顾好李光头。宋钢果断地从母亲手上接过了照顾弟弟和这个家的责任和重担,并对母亲许下承诺。

> 宋钢抹着眼泪点着头说:"妈妈,你放心,我会一辈子照顾李光头的。**只剩下最后一碗饭了,我会让给李光头吃;只剩下最后一件衣服了,我会让给李光头穿**。"(余华,2012:213)
>
> Song Gang nodded as he wiped at his tears. "Mama, don't you worry. I'll take care of Baldy Li for as long as I live. **Even if I have one bowl of rice left, I'll let him have it, and if I have just one shirt left, I'll give it to him.**"(Chow and Rojas, 2009:206)

母亲临死前重托的原话其实是"最后一碗饭你们兄弟分着吃,最后一件衣服你们兄弟换着穿……"。她希望他们兄弟俩能够相依为命,互相扶持地生活下去。但是宋钢却固执地认为自己作为哥哥,理应将什么都完全地让给弟弟,而不是与弟弟分享。他的责任就是要像妈妈一样照顾好弟弟,所以在埋葬了母亲之后,他让李光头和爷爷先回去,自己跪在母亲墓前重复了对母亲许下的诺言:

> 宋钢看着他们走进了村庄,看着四周寂静下来了,他跪在了李兰的坟墓前,向李兰保证:
>
> "妈妈,你放心,只剩下最后一碗饭了,我一定让给李光头吃;只剩下最后一件衣服了,我一定让给李光头穿。"(余华,2012:217)
>
> Song Gang watched them walk away. Once he was alone, he knelt in front of Li Lan's grave and promised her, "Mama, don't you worry. **Even if I only have one bowl of rice left, I'll give it to Baldy Li to eat, and even if I have only a single piece of clothing, I'll give it to Baldy Li to wear.**

"(Chow and Rojas,2009:210)

译文都采取了直译法原原本本地将宋钢当时的决心表达了出来,同时也注意到句式在重复中用词的细微不同,在译文中都得到了比较好的体现。在母亲的病床前,宋钢还不是很确定母亲的意思和自己的决心,他对母亲说的是:"**只剩下最后一碗饭了,我会让给李光头吃;只剩下最后一件衣服了,我会让给李光头穿。**"译文是"**Even if** I have one bowl of rice left,I'll let him have it,and if I have just one shirt left,I'll give it to him."。而在母亲的墓前,他突然就长大成人了,明白了自己肩上的担子,并郑重向母亲许下诺言:"**只剩下最后一碗饭了,我一定让给李光头吃;只剩下最后一件衣服了,我一定让给李光头穿。**"译文也注意到宋钢的语气变得更加坚定了,并将其翻译为"**Even if I only have** one bowl of rice left,I'll give it to Baldy Li to eat,and **even if I have only** a single piece of clothing,I'll give it to Baldy Li to wear."。而且在他们未来生活中,只要遇到事情,李光头想要的,宋钢几乎从不和他争,都让着他,也都是因为他要信守对母亲的承诺。为此,他甚至付出了生命的代价也在所不惜。

句子的重复还出现在李光头向林红求爱的过程中。这时李光头进入了青春期,他热烈地追求着林红,在宋钢的帮助下,用尽了浑身解数,想要得到林红的芳心。但是经历了一次次求爱失败的打击后,他不敢再贸然行动,但是他也不许其他人追求他的女神。只要有求爱者,他就向他们示威,要他们识趣地知难而退,但是也有几个敢来跟他叫板的。于是他就不惜和他们大打出手。这次,刘镇看客们不仅在旁边观战,还做起了参谋,帮其他求爱者打败李光头。

> 让大街上围观的群众急得连连跺脚,好比是眼睁睁看着三国时期的曹操揍了刘备,又揍孙权,刘备和孙权却不知道联手还击。有几个群众一急,就把自己急成了诸葛亮,嚷嚷着让挨揍的两个人联起手来和李光头干仗,有个群众把右边那个当成刘备了,指着他一声声地叫:
> "**联吴抗魏!赶快联吴抗魏!**"(余华,2012:274)

The onlookers were now so giddy that they repeatedly stomped their feet,sensing that this was even better than returning to the Three Kingdoms period and watching Cao Cao beat up Liu Bei and Sun Quan.

Several onlookers became so frenzied that they imagined themselves to be the famous *Three Kingdoms* strategist Zhuge Liang and urged the two suitors to join forces and attack Baldy Li together. One onlooker pointed at one of the suitors and shouted battlefield strategies at him as though he were Liu Bei:**"Join forces with the Kingdom of Wu to defeat the Kingdom of Wei! Join with Wu to defeat Wei!"**（Chow and Rojas，2009：266）

刘镇看客将被李光头揍的两个人看做弱者，让他们联合起来教训李光头。他们着急怎么帮他们两人，就挪用了三国计策，将其中被揍的一个人看作是刘备，让他联合另一个人共同来打败李光头。刘镇看客不禁喊出了"联吴抗魏！赶快联吴抗魏！"。这里重复了两个"联吴抗魏"，有着其历史背景，读过《三国演义》小说的读者都能够了解，群众这么说是让势弱的两人赶紧联手，打败跋扈的李光头，灭了他嚣张的气焰。译文直接翻译为"Join forces with the Kingdom of Wu to defeat the Kingdom of Wei! Join with Wu to defeat Wei!"。虽然译文中没有对历史背景故事的介绍，但是读者可以通过上下文了解到群众想要表达的意思和心情，所以对原文意思的表达没有影响。只是，原文通过借用三国计策来营造出的黑色幽默效果在译文中无法传达出来。

句子的重复也出现在宋钢的内心世界里。他本来就是一个内心戏丰富，极为矛盾的人物。他始终坚守对母亲的承诺，什么都不想与李光头去争，同时也想拥有那份属于他和林红之间的真挚感情。所以，当李光头用兄弟之情为借口，要宋钢向已经伤心不已的林红说出绝情话，好让林红对他死心时，林红因此伤心欲绝，而假装决绝的宋钢也心痛不已，冲出了林红家门。

那一刻宋钢痛苦绝望，眼前不断闪现着林红睁大恐惧的眼睛，随即闭上后泪水流出眼角的情景，这让宋钢心里仿佛刀割般的疼痛。宋钢咬牙切齿地走在刚刚降临的夜幕里，他心里充满了对自己的仇恨。**从桥上走过时，他想纵身跳进下面的河水里；走过电线杆时，他想一头撞上去**。（余华，2012：302）

..., heartbroken and hopeless. Lin Hong's terrified gaze repeatedly appeared before him, again making him feel as though a dagger had been driven through his heart. **Every time he crossed a bridge, he wanted to throw himself into the river below; and whenever he passed an electrical pole, he wanted to hurl himself into it headfirst.** (Chow and Rojas, 2009: 293)

宋钢恨死了自己，因为要顾及兄弟之情而深深伤害了他心爱的林红。他自责着奔跑在回家的路上。"从桥上走过时，他想纵身跳进下面的河水里；走过电线杆时，他想一头撞上去。"原文重复了两个平行的句子结构，译文也翻译为分号引导的两个平行句子"Every time he crossed a bridge, he wanted to throw himself into the river below; and whenever he passed an electrical pole, he wanted to hurl himself into it headfirst."在重复的状语从句结构中，将宋钢心疼林红的心理状态表达无遗。

《兄弟》中句子重复多出现在人物之间的对话引导语上，并以此推动故事叙述的发展。除此之外，《兄弟》中句子的重复还表现为句式结构的重复。这尤其集中表现在林红和李光头在得知宋钢自杀的消息之后，他们各自的反应上面。李光头不断地诅咒自己不得好死，而林红则无语地来回走动。

> 他回过神来以后，痛哭流涕地诅咒自己：
> "我他妈的不得好死，**我不被车撞死，也要被火烧死；不被火烧死，也要被水淹死；不被水淹死，也要被车撞死**……"（余华，2012: 600）
> When he recovered his senses, he began to curse himself tearfully, saying, "I should fucking die. **I don't deserve to die well, and if I'm not run over by a car, I should be burned to death. If I'm not burned to death, I should drown in freezing water or be run over by a car...**" (Chow and Rojas, 2009: 607-608)

李光头本就是一个粗鲁而直言不讳的人，他对自己的诅咒也是用上了最狠毒的语言。他诅咒自己："我**不被车撞死，也要被火烧死；不被火烧死，也要被水淹死；不被水淹死，也要被车撞死**……"他认为宋钢是他害死的，是因为他背着宋钢做了对不起他的事情，宋钢才会自杀，因此他觉得自己是杀死宋钢的罪魁祸首，应该偿命。这里重复了三次"不被……也要被……"这样的结构，将他所有能想到的杀死自己的方法都说了一遍，可见他对自己害死兄弟的行为痛恨之深。译文"... and **if I'm not** run over by a car, **I should be** burned to death. **If I'm not** burned to death, **I should** drown in freezing water or be run over by a car...",其中重复了两个"if I'm not... I should be"的结构来对应翻译"不被……也要被……"这样的结构,省略了最后一个"不被水淹死,也要被车撞死",而简要翻译为"or be run over by a car"。这在表意上没有一点影响,但是在传达李光头对失去唯一亲人——哥哥宋钢时候的悲痛和绝望之情,以及对自己的深恶痛绝之感,效果上是有所削弱的。林红这个宋钢最深爱的女人,也在得知宋钢自杀的消息之后,完全失去了理智,除了不停地来回走动,她甚至不知该做些什么,说些什么。

> 她低着头双手抱住自己的肩膀幽幽地走来,**像是从生里走出来,走到了死,又从死里走出来,走到了生**。(余华,2012:603)
> She walked solemnly with her head bowed and hugging her shoulders, **looking as if she were walking in and out of life itself.** (Chow and Rojas, 2009:610)

林红在得知宋钢自杀的消息之后只知道走来走去,"像是从生里**走出来**,**走到了**死,又从死里**走出来**,**走到了**生"。作者描写林红走路的状态是通过重复"从……走出来了,走到了……",后面的宾语是"生"与"死",也就是说林红在惊闻宋钢自杀后生不如死,如行尸走肉般的活着的样子。译文"looking as if she were walking in and out of life itself"没有重复原文的句式结构,而采用"walking in and out of life itself"的简洁说法,译文简明易懂,加快了叙事的节奏,但是在表现人物林红当时内心的痛苦、行动上的机械重复和思想上的麻木不仁的情状方面是有所削弱的。

林红这个人物是故事的主人公之一,也是导致兄弟两人感情破裂,最终分道扬镳的主因。林红的人生轨迹并非直线一条,而是曲折波动不断。时间和命运的洗礼让她改变了模样,从清纯少女最终堕落为风尘女子。她的变化跟这两个兄弟的生活和命运紧紧联系在了一起,是串联着不同时代兄弟两人的一条珍珠项链。最终,曲终人散,珍珠洒落一地,而林红也逃离不了红颜薄命的命运,虽然她没有死,却过着行尸走肉般的生活,自甘堕落。

我们刘镇有谁真正目睹过林红的人生轨迹?**一个容易害羞的纯情少女**,一个恋爱时的甜蜜姑娘,一个心里只有宋钢的贤惠妻子,一个和李光头疯狂做爱三个月的疯狂情人,一个生者戚戚的寡妇,一个面无表情深居简出的独身女人。然后美发厅出现了,来的都是客以后,一个见人三分笑的女老板林红也就应运而生。(余华,2012:612)

Was there anyone in Liu Town who could have accurately predicted Lin Hong's life trajectory? **Beginning as a pure and easily embarrassed young girl, she was transformed into a sweet young woman in love, a virtuous wife completely devoted to Song Gang, a crazy lover who made crazy love to Baldy Li for three months, a solitary widow, an expressionless single woman living in complete isolation, a beauty salon proprietress, and finally this business-minded madam who always had a smile for her clients.** (Chow and Rojas,2009:623)

原文重复使用了七个"一个……"这样的句式结构来串联起刘镇一枝花林红的一生。她的一生让人唏嘘,也让人感叹,这样一个美貌女子既是红颜祸水也是红颜薄命。她"一个容易害羞的纯情少女,一个恋爱时的甜蜜姑娘,一个心里只有宋钢的贤惠妻子,一个和李光头疯狂做爱三个月的疯狂情人,一个生者戚戚的寡妇,一个面无表情深居简出的独身女人。然后美发厅出现了,来的都是客以后,一个见人三分笑的女老板林红也就应运而生"。她的人生轨迹是一条抛物线,随着宋钢的离去,这个抛物线可谓急转直下,跌入了人生的低谷。译文"Beginning as **a pure and easily embarrassed young girl**, she was transformed into **a sweet young woman in love**, **a virtuous wife completely devoted to Song Gang**, **a crazy lover who made crazy love to Baldy Li for three months**, **a solitary widow**, **an expressionless single woman** living in complete isolation, **a beauty salon proprietress**, and finally this **business-minded madam** who always had a smile for her clients.",除了翻译七个原文中的"一个……"的结构之外,还增加一个"an expressionless single woman"(一个面无表情的单身女人)。这一增译突出强调了宋钢的死也带走了林红的魂魄,她虽生犹死,生命漂泊无依如浮萍般的生活状态。

在中观句子层面,因为涉及的语言构成成分更多,所以在翻译处理的时候,不可避免会需要更为灵活的翻译方式。译者还是以直译保留原文重复的句子结构为主,但是有时兼顾到译文的经济原则和英语的简约特点,会进行一定的删节。这对原文的叙事审美效果有一点影响。重复格结构还出现在《兄弟》文本的更宏观的层面上,即篇章(情境)的重复。

第三节 篇章(情境)的重复翻译

预叙是指"事先讲述或提及以后事件的一切叙事活动"(热奈特,1990:39)。预叙是一种情境上的重复。《兄弟》中的预叙主要体现在叙述者对人物命运的预言上,故事中的人物都难逃各自的命运。

李光头心想真是因祸得福,应该是一辈子三鲜面的份额,他半年时间就全吃下去了。**那时候李光头还不知道自己后来会成为亿万富翁,不知道自己后来会将世上的山珍海味吃遍吃腻。**那时候的李光头还是个穷小子,有一碗三鲜面吃,他就美滋滋不知道天高地厚了,就像是到天堂里去逛了一次,他半年里美滋滋了五十六次,也就是去了天堂五十六次。(余华,2012:19) He thought that being able to eat so many house-special noodles was truly a case of bad luck begetting good. **At that point, Baldy Li had no idea of the vast fortune he would subsequently amass and no inkling that he would ultimately grow bored with even the most extravagant feasts.** Back then Baldy Li was still a poor lad and felt that having a bowl of house-special noodles was like taking a stroll in paradise — a stroll that he took fifty-six times during that half year. (Chow and Rojas,2009:18)

李光头在半年之内凭借着林红的秘密换取了56碗三鲜面,吃得他心满意足。这56碗面对于当时经常吃不饱饭的他来说,已经是如上天堂般的乐事了。但是,十几年后,他凭借自己的精明能干做起了垃圾生意,还因此成了富翁,天天过得犹如在天堂般。这是包括他自己在内的读者都想不到的,这样一个小无赖会成为未来的刘镇首富。作者通过全能叙述者对李光头吃了面之后内心活动的插入式评论"那时候李光头还**不知道**自己后来会成为亿万富翁,**不知道**自己后来会将世上的山珍海味吃遍吃腻"预言了他将要飞黄腾达的未来。其中也有动词的重复"不知道",译者采取了直译句子为主,细节表达上做了灵活的处理方法,"At that point, Baldy Li had **no idea of** the vast fortune he would subsequently amass and **no inkling that** he would ultimately grow bored with even the most extravagant feasts."使得译文比较符合英语行文不重复的表达特点。这样的预叙时不时地出现在故事当中,就像埋伏其中的草灰蛇线,隐隐约约,似断又续,不断地提醒着读者,也提醒着人物难逃命运的安排。这是中国古代叙事文学的特点,有着《红楼梦》等经典故事的叙事模式。预示着李光头飞黄腾达的未来也体现在李兰带着婴儿时期的李光头晚上出来散步的时候,叙述者插入的一段话。

> **很多年以后,李光头成为我们刘镇的超级巨富**,决定上太空去游览,**他闭上眼睛想象自己在太空里高高在上**,低头瞧着地球的时候,婴儿时期的印象神奇地回来了。(余华,2012:31-32)
>
> **Many years later, when Baldy Li would become Liu Town's premier tycoon** and decide to take a tour of outer space, he **would** close his eyes and imagine himself high in orbit peering down at the earth below, whereupon this impression from his infancy would miraculously return. (Chow and Rojas, 2009:31)

"很多年以后"这个表示预叙的时间状语翻译为"many years later",采取的是直译的方法,而后面的动词译者都是采用过去将来时"would"来翻译的,如将"李光头成为我们刘镇的超级巨富"翻译为"when Baldy Li would become Liu Town's premier tycoon",将"他闭上眼睛想象自己在太空里高高在上"翻译为"he would close his eyes and imagine himself high in orbit peering down at the earth below",说明了这一切实现的可能性非常之大,也注定了李光头将要发迹的人生轨迹。宋凡平在汽车站送妻子李兰去上海治病的时候,叙述者插入了这样的一段预叙:

> ……宋凡平向她挥动着手,汽车驶出了车站。那时候宋凡平脸上挂着微笑,**他不知道这是最后一眼看到自己的妻子**,李兰留给他的最后印象就是抬起手擦着眼泪的侧影,李光头和宋钢当时的印象是长途客车远去时卷起了滚滚尘土。(余华,2012:69)

Song Fanping waved at her, smiling, **not knowing that this would be the last time he would ever see his wife.** His last impression of Li Lan was of her profile, wiping away her tears. Baldy Li and Song Gang remembered only the billowing dust as the bus pulled away. (Chow and Rojas, 2009: 66)

"……宋凡平向她挥动着手,汽车驶出了车站。那时候宋凡平脸上挂着微笑,他不知道这是最后一眼看到自己的妻子,"这样的评论显然是在预言这次送别将成为两人的永别,也预言了刚刚得到短暂幸福的李兰将再次跌入苦难的深渊,也预言了宋凡平这个好男人、好丈夫将要走到他人生的尽头。译者将其翻译为"Song Fanping waved at her, smiling, not knowing that this would be the last time he would ever see his wife."。译文用"this would be the last time he would ever"的过去将来时来较为准确地传达出了原文中人物不可逃避的终将天人相隔的命运。预示着宋凡平这个好丈夫、好父亲即将惨死于"文革"之中的预叙还体现在这句话中:

很多年以后,李光头每次提起他的继父宋凡平时,只有一句话,李光头竖起大拇指说:

"一条好汉。"(余华,2012:120)

Years later, whenever Baldy Li spoke of his stepfather, he only had one thing to say. Raising his thumb, he would sigh and say, "What a real man."(Chow and Rojas, 2009: 117)

"很多年以后"李光头每次提起宋凡平都会说他是一条好汉,说明宋凡平在继子心目中的崇高地位,也暗示着宋凡平在"文革"中遭受了那么多折磨之后,终会惨死的命运。译者将表示将来的时间副词翻译为"Years later",强调了这句话的预见性。从李光头对宋凡平所评价的这句感叹句中"What a real man.",读者可以推测宋凡平在后面的故事中将要遭受更多的折磨,甚至暗暗也感觉到了他会死在"文革"中的不祥之兆。

李兰没有等到宋凡平来上海接她,心中的不安就越来越强烈。她强烈的预感到宋凡平出事了。于是,在独自坐车回刘镇的路上,叙述者这样描述了李兰的心理活动。

李兰深知宋凡平是一个言出必行的人，既然他说要到上海来接她，他就会不顾一切地来到上海。如果他没有来，必然发生了什么意外。这样的想法让李兰心里一阵阵地发抖，随着汽车离我们刘镇越来越近，车窗外的景色开始熟悉起来，**李兰不安的预感也就越来越强烈**。（余华，2012：147）
She knew that Song Fanping was a man of his word, and if he said that he would come pick her up in Shanghai, then he would do so at all costs. If he hadn't come, then something must have happened. This train of thought caused her heart to shudder. As the bus neared Liu Town and the landscape outside her window grew increasingly familiar, **Li Lan's uneasy premonitions grew stronger and stronger**. (Chow and Rojas，2009：143)

随着车子驶近刘镇"李兰不安的**预感**也就越来越强烈"，译文将这个对宋凡平死亡的预叙直接翻译为"Li Lan's uneasy **premonitions** grew stronger and stronger"。译者将"预感"翻译为"premonitions"，意思是"a presentiment of the future"（不祥之兆），说明宋凡平正如李兰所预料的那样，多半是遭遇到了不测。很快当车子到达刘镇，李兰走出车站后，看见两个哭成泪人的孩子，她的预感终于得到了印证：丈夫出事了。

当她水深火热般地走出汽车站时，两个像是在垃圾里埋了几天的肮脏男孩对着她哇哇大哭，**这时候李兰知道自己的预感被证实了**……（余华，2012：147）
When she dragged herself outside of the station, only to be greeted by two wailing boys who were as filthy as if they had been fished from a garbage dump, **Li Lan knew that her terrible premonitions had proven true**. (Chow and Rojas，2009：143)

在同一个家庭相依为命长大成人的宋钢和李光头成了性格截然相反的两类人，但是不变的事实是，他们是没有血缘关系但是胜似血亲的兄弟俩。刘镇看客对宋钢和李光头的评价是一个文官，一个武官，年轻女子更是评价他们为一个是唐僧，一个是猪八戒。和宋钢这个一表人才的哥哥相比，弟弟李光头其貌不扬，有时甚至低俗粗鲁，因此几乎没有人会想到若干年后李光头会成为刘镇的首富。

> 李光头越走越远的时候，小关剪刀身边的群众越聚越多，群众兴致勃勃地议论着远去的李光头，纷纷说自己度过了愉快的一天。**这些群众谁也想不到，十多年以后李光头成为了我们全县人民的GDP**。（余华，2012：328）
> As Baldy Li walked farther and farther into the distance, the crowd around Little Guan kept growing. They excitedly discussed Baldy Li, agreeing that this had been a most entertaining day. **What the crowd did not anticipate, however, was that a decade later Baldy Li would single-handedly account for the GDP of the entire county.**（Chow and Rojas，2009：318）

李光头在宋钢和林红的婚礼上大闹了一场，并为林红结了扎，还和宋钢从此各走各路，断了兄弟情分。刘镇看客在这一天又看了一场这两兄弟的好戏。但是，他们万万没有想到，这样一个落魄不堪的李光头会在多年后成为刘镇首富。原文"这些群众谁也想不到，**十多年以后李光头成为了我们全县人民的GDP**"是通过插叙作者的评论作为预叙，预示着情场失意的李光头，将会在生意场上风生水起，并成为众人羡慕和追捧的大富翁。而谁也没有想到的是，当时春风得意的宋钢后来会沦落到远走他乡，靠卖假药来维持生计。译者翻译为"What the crowd did not anticipate, however, was that **a decade later** Baldy Li would single-handedly account for the GDP of the entire county."，采用的是直译的方法，很好地再现了原文的语序，让读者期待看到李光头翻身做主人的一天。

《兄弟》的故事叙述除了对死亡或者殴打等暴力情景的直接描写之外，语言轻松诙谐。然而，在看似轻描淡写之中，隐藏着寓意深刻的意象。这些分散的意象如散落在《兄弟》这条时代大河河岸上的珍珠，闪烁着奇特的光芒。李兰的旅行袋就是这样一个意象。

> 天亮前的大街上空空荡荡，**孤零零的**李兰和她**孤零零的**旅行袋站在一起，两个黑影在医院的大门前无声无息。（余华，2012：140）
> The street was dark and empty, and the **solitary** Li Lan stood there with her **solitary** travel bag — two silent, dark shadows cast on the hospital

gate. (Chow and Rojas, 2009: 137)

李兰在去上海治病期间，无时无刻不在想念着丈夫和孩子，只是因为总能收到丈夫的来信，劝她安心治病，才在上海待了下来。可是，细心的李兰发现丈夫最近寄来的信件邮票贴的位置不对，这让她心中起疑，再也按捺不住回家的心情，要求丈夫来接她回去。宋凡平虽然身陷牢狱，不得自由，但还是答应妻子来上海接她。为了信守对妻子的承诺，他试图逃狱，却被打死在火车站前。而在上海等着丈夫到来的李兰，实在等不及想见到丈夫，天还没亮就收拾好行李，走出了医院，站在大门前焦急等待着宋凡平。此时的李兰就这样一个人站在医院门前，"孤零零的李兰和她孤零零的旅行袋站在一起"。译者将两个"孤零零的"翻译成了"solitary"，意思是"having no companions; lonesome or lonely"，真实再现了李兰当时的孤独与无助，而"孤零零的旅行袋"也预言了她将失去丈夫，独自走完人生旅程的命运。这个旅行袋在一定意义上就是李兰的化身。她带着这个旅行袋去上海治病，又带着这个旅行袋和满心的不安独自坐车回到了刘镇；在宋凡平被人打死在火车站前之后，李兰用旅行袋装了沾满宋凡平血的泥土带回家中；在宋钢和爷爷去农村生活之前，李兰用旅行袋装他的衣物和奶糖；当李兰离世，宋钢和林红开始新生活后，这个旅行袋就跟随着宋钢，却在宋钢潦倒不堪，要和骗子周游去闯世界赚钱时，被周游丢弃在垃圾桶里。然而多年之后，作为他哥哥的遗物，旅行袋却又被人发现，拿去送给了李光头。所以旅行袋也是《兄弟》中非常重要的意象之一。

李光头和宋钢坐在床上默默地看着她整理，看着她从印有"上海"的灰色**旅行袋**里拿出自己的衣物，拿出了染上了宋凡平血迹的那包泥土，还拿出了一袋大白兔奶糖。她又把宋钢的衣物放进了**旅行袋**，还把整整一袋奶糖全塞进了**旅行袋**……其余的又都塞进了**旅行袋**。

……板车上还放着宋钢的**旅行袋**。（余华，2012：160）

Baldy Li and Song Gang sat on the bed and silently watched her remove her own belongings from the gray **travel bag** with the SHANGHAI logo, including the wrapped bundle of bloodstained earth and a bag of White Rabbit candies. She then placed Song Gang's clothes into **the travel bag** and also stuffed in the entire bag of milk candies… and stuffed the remainder back into **the travel bag**..., and his **travel bag** was placed next to it. (Chow and Rojas, 2009: 156)

这个场景是李兰在为宋凡平料理完后事之后，为宋钢收拾他的衣物，让他和爷爷回到农村一起生活。两段中五次提到了那个"旅行袋"，其中不仅装了宋钢的衣物，还有他们兄弟俩都爱吃的大白兔，李兰都给了宋钢。译文中翻译了四处"travel bag"，还有一处翻译为"the entire bag"，是为了避免行文的重复。可见，译者注意到了"旅行袋"这个牵引故事发展的重要意象，并在译文中尽可能地保留了下来。

周游的离开不仅带走了刘镇的一笔财富，也带走了林红心爱的宋钢。这时身体羸弱、穷困潦倒的宋钢听信了周游的话，决定和他去闯世界，赚钱让林红过上好日子。于是，他背着林红收拾了自己的行李，留下给林红的信，然后悄悄随周游离开了家乡刘镇。这是他命运和人生的转折，至此踏实忠厚的宋钢不由自主地走上了一条行骗之路，而且这竟是一条让他生命提前结束的不归路。他随身携带着的还是从父亲宋凡平那里继承下来的旅行袋。这个袋子却因被周游嫌弃而被扔进了垃圾桶。

他翻箱倒柜，找出了那只印有"上海"两字的**旅行袋**，这是从父亲宋凡平那里继承的唯一遗产。……周游对宋钢提着的**老式旅行袋**很不满意，他说这都是**旧社会的旅行袋**了，提着它什么生意都做不成，他把宋钢的衣服倒进了纸箱子，把**宋钢的旅行袋**随手扔进了路旁的垃圾桶。（余华，2012: 528）
Next he ransacked the room looking for **the travel bag** with SHANGHAI printed on the side — the only artifact of his father's he had in his possession. Wandering Zhou was very dissatisfied with Song Gang's **old-fashioned travel bag**. He said that it looked like **something from the old society** and that they wouldn't be able to do any business while he was carrying it. He therefore put Song Gang's clothing into a cardboard box and threw **the travel bag** into a trash can on the side of the road. (Chow and Rojas, 2009: 532)

原文中出现了四次"旅行袋"，这个旅行袋代表了父亲宋凡平，也代表了宋钢在刘镇这么多年的生活，但是它在宋钢离开刘镇之前被周游扔进了垃圾桶，说明了宋钢将和他过去平和踏实的生活告别,一路颠沛流离,不得善终的悲惨遭遇和结局。译文重复了其中的三个"the travel bag",只有一个是为了避免重复而采用"something from the old society"来翻译"旧社会的旅行袋",因此译文显得简洁流畅而不单调,也突出强调了旅行袋的象征意味,它代表着宋钢过去这么多年在刘镇的生活。它被人丢弃了,则象征着宋钢要和他过去的生活告别,开始新的生活。可是,他没有想到的是,新生活并没有给他带来新生,却加速了他的死亡。

有时意象的重复也是为了预言人物的命运和结局。在宋钢随着周游到处行走江湖的时候,他的人生完全改变了模样。他们的生意做得并不顺利。滑头的周游想到了利用宋钢的身体作为活的广告来推销产品。他说服了宋钢去做丰胸手术,万般无奈的宋钢也只好这么做了,但是他心中其实非常矛盾,甚至感到了绝望。这时那只海鸟的意象在他的脑海中时隐时现。

> ……,进行全身麻醉时,他的脑海里突然出现了一只**孤零零的海鸟**,在弥漫着烟雾的海面上滑翔,可是他没有听到**海鸟**的叫声。(余华,2012:546)
> …, and when he received the full-body anesthesia, **a single seagull** suddenly appeared in his mind's eye, soaring in the dense fog over the ocean, but he couldn't hear the **gull's** cry. (Chow and Rojas, 2009:551)

他在做丰胸手术以前,在意识模糊的时候,脑中出现了一只"孤零零的海鸟",但是却听不见"海鸟"的叫声。"孤零零的海鸟"就像现在的宋钢,本来想跟着周游出来赚钱让林红过好日子,现在钱没有赚到还把自己的身体赔了进去,他感到极度的孤独和绝望。原本在刘镇虽然日子过得苦些,但是能和林红守在一起,再苦也是甜的,现在身处异乡的他,感到了深深的孤独和悲哀。译文将"孤零零的海鸟"翻译为"a single seagull","single"表示孤独,说明他漂泊无依的现实境况,就像一只单飞的海鸟,无家可归了。后面将"海鸟"翻译为"gull"除了表示海鸥的原意之外,还可以表示"a person who is easily tricked or cheated; a dupe"(容易上当受骗的人),可谓是一语双关,触及了宋钢命运发展至此的本质就在于他是过于单纯善良才会上了骗子的当,跟着他远走他乡,毁了自己原本幸福的家。在手术结束后,周游带他乘车回去休息,但是此时的他变得麻木不仁,对一切都无感无知,不知道自己在哪里,自己是谁。

他从出租车里出来,在周游付钱的时候,再次出神地看起了雾茫茫的大海,什么都没有了,**没有海鸟的叫声,也没有海鸟的飞翔**。(余华,2012:546)
When he got out of the taxi, as Zhou was paying the driver, Song Gang once again gazed spellbound at the misty ocean, but nothing was there — **neither gull cries nor the gulls themselves.** (Chow and Rojas,2009:551)

这时候宋钢的世界里没有了海鸟,也就是他完全迷失了自己,不知该往哪里去,前方的路在哪里,"没有海鸟的叫声,也没有海鸟的飞翔"。译文是"neither gull cries nor the gulls themselves",重复了重要的海鸟意象"gull",但是第二个"海鸟的飞翔",改为了"the gulls themselves"。这样的改译更加突出了宋钢本身,他已经完全失去了自我,在追求物质财富的道路上越走越远,但是这不是一条正道,更不是回家之路,而是将他引向了黑暗的远方,使他离家越来越遥远。最后,身心俱疲的宋钢决定归家,当他登上了回家的船时,海鸟再次出现在了他的眼前,这次是大海上真实的海鸟。

在波涛的响声里,在闪烁的阳光里,在蓝天和大海之间,**他看到了海鸟真实的飞翔,听到了海鸟真实的叫声**。(余华,2012:547)
Amid the sounds of the waves and the rays of the sun, between the sky and the ocean, **he saw a seagull soaring and heard its cries**. (Chow and Rojas,2009:552)

宋钢终于还是踏上了归乡之路。他"看到了海鸟真实的飞翔,听到了海鸟真实的叫声"。这时宋钢看到的海鸟和听到的海鸟都是真实的,而不是想象中的,因此翻译为"seagull"是准确的,但是后面省略"seagull"而采用了"its",是为了避免靠得太近造成的单词重复。这里的海鸟虽然是真实世界的动物,但是也映照着宋钢的自我和内心,因此它的飞翔和叫声都是宋钢内心的呼唤,所以应该在译文中将"seagull"的重复保留下来。宋钢乘车回刘镇的路上,他再次看到了海鸟,因为这是他的归家之路,所以在回家的路上他又找到了自我。

汽车在海边的公路上行驶时,宋钢再次看到了**海鸟**,成群结队地在阳光下和波涛上飞翔,可是他的耳边充斥着车内嘈杂的人声和汽车的马达声,他

没有听到**海鸟的鸣声**。(余华,2012:582)

As the bus was driving up the coast, he again saw **the gulls** soaring between the sun and the waves. This time, however, his ears were so full of the noise of the bus engine that he couldn't hear **the gulls' cries.** (Chow and Rojas,2009:588)

踏上返乡之途的"宋钢再次看到了**海鸟**,成群结队地在阳光下和波涛上飞翔,可是他的耳边充斥着车内嘈杂的人声和汽车的马达声,他没有听到**海鸟的鸣声**"。这句话中的海鸟仍然象征着宋钢本人,他在经历了外面世界的喧嚣之后,终于要回家了,但是却没有听到海鸟的鸣声,因为面对这样的自己和人生他已经不知道该说些什么了。所以译者采用直接翻译的方法,将"海鸟"翻译为"the gulls",将"海鸟的鸣声"翻译为"the gulls' cries",再现了原文中宋钢归家的那种茫然无助的形象。在船将要靠岸,离家越来越近的时候,宋钢又眼见着海鸟消失在天际,这也预示着人物的生命将走到了尽头。

当他在海口上船、渡海去广州的时候,在浪涛席卷出来的响声里,他终于听到了**海鸟的叫声**,那时候他站在船尾的甲板上,看着**海鸟**追逐着船尾的浪花,仿佛它们也是浪花。夕阳西下晚霞蒸腾之时,**海鸟们**离去了,它们成群结队地飞翔而去,像是升起的缕缕炊烟,慢慢消失在了遥远的海天之间。(余华,2012:582)

When he boarded the ferry to cross over to Canton, he was finally able to make out **the gulls' cries** in the sound of the waves. At that point he was standing on deck, watching **the gulls** chase the boat's eddies as though they too were eddies. As the sun set below the horizon, **the gulls** all soared away together, rising up like a cloud of smoke and gradually disappearing into the horizon. (Chow and Rojas,2009:588)

在夕阳西下的时候,宋钢坐着船向广州驶去,在船上他"听到了海鸟的叫声","看着海鸟追逐着船尾的浪花",但是后来"海鸟们离去了",这似乎也预言了他的生命将要告别这人世。事实上,不久之后,当身心疲惫地回到刘镇时,他却发现妻子林红已经和弟弟李光头在一起了。他除了埋怨自己这么多年未能尽到丈夫之责,让她独守空房这么久,也愧疚自己无法给予妻子物质和精神上的慰藉,因此他没有大吵大闹,而是选择安静地离开,平静地结束了自己不堪的生命。译文将"海鸟的叫声"翻译为"the gulls' cries","海鸟"翻译为"gulls","海鸟们"翻译为"the gulls"而不是"seagulls",说明这并不是指真实的海鸟,而是他自己,一个容易受骗上当的人,一个将不久于人世的人。译文通过直译的方法很好地在译文中再现宋钢生命将到尽头时候的平静心情。当他坐的火车驶入上海站的时候,他才发现海鸟没有了。

宋钢坐在广州到上海的列车时,**已经没有海鸟了**。(余华,2012:583)
As Song Gang rode the train from Canton to Shanghai, **the gulls had disappeared**. (Chow and Rojas, 2009:588)

海鸟的消失更是预言了宋钢难逃死亡的命运。译文用"the gulls"翻译原文的"海鸟",预言了宋钢这个被命运玩弄于股掌之间的小人物,最终要命归尘土,化作海鸟离去的结局。他快到家的时候,想到了很多,这些年的离去不知带给了林红怎样的改变。现在他回来了,却有些害怕面对今天的林红。而且脑中还挥之不去飞翔的海鸟的影子。

现在他没有顾虑了,他的眼睛时时看着照片上的林红,偶尔也看上一眼自己年轻时的笑容,**可是他的脑海里仍然飞翔着海鸟的影子**。(余华,2012:583)
Now, however, he had no misgivings. He looked repeatedly at the picture of Lin Hong, occasionally also glancing at his own young, smiling face, **but his thoughts were still soaring with the shadows of the gulls**. (Chow and Rojas, 2009:589)

此时"海鸟的影子"就像是死亡的阴影不断笼罩着宋钢,让他无处可逃。译文是"the shadows of the gulls",其中"shadow"既有"the rough image cast by an object blocking rays of illumination"的意思,也表示"a faint indication; a premonition(预感)",所以可谓一词双关,点出了海鸟对人物命运的象征意义。其实,现在的宋钢就是一个被死亡的阴影所笼罩,随时可能被死亡黑暗所吞噬的人。宋钢的临终一眼看到的也是向远处飞去的海鸟。

驶来的火车让他身下的铁轨抖动起来,他的身体也抖动了,他又想念天空里的色彩了,他抬头看了一眼远方的天空,他觉得真美;他又扭头看了一眼前面红玫瑰似的稻田,他又一次觉得真美,这时候他突然惊喜地看见了一只**海鸟**,**海鸟**还在鸣叫,扇动着翅膀从远处飞来。火车响声隆隆地从他腰部碾过去了,他临终的眼睛里留下的最后景象,就是一只**孤零零的海鸟**飞翔在万花齐放里。(余华,2012:594)

The approaching train made the tracks under him tremble, and as a result his body also started to tremble. He raised his head to look at the distant sky, feeling it was truly beautiful. He then turned his head and looked at the fields of roselike grain in front of him and felt they too were quite beautiful. At this point he noticed with delight **a seagull** flying overhead. **The seagull** was crying out, flapping its wings as it flew from far away. As the train rumbled over his back the last thing he saw was **the solitary seagull** soaring among the million blooming flowers. (Chow and Rojas, 2009:600-601)

宋钢在发现了林红和李光头的秘密之后,决定用自杀来成全他们,也解放他自己。他写好了给他们俩的信件,然后坦然地向西边走去,走过夕阳下红玫瑰似的稻田,平静地躺在火车轨道上。"这时候他突然惊喜地看见了一只**海鸟**,**海鸟**还在鸣叫,扇动着翅膀从远处飞来。他临终的眼睛里留下的最后景象,就是一只**孤零零的海鸟**飞翔在万花齐放里。"在他将要死去的时候,他又看见了海鸟,也就是看见了真实的自己,从远方飞过来,然后孤单一人飞舞在花丛之中。这样的美景让他对这人世间又有了一丝留恋,但更多的是面对死亡时候的坦然和平静。译文将故事最终这个场景中的"海鸟"都翻译成了"seagull",并将第三个"孤零零的海鸟"翻译为"the solitary seagull"。"Solitary"的意思是"having no companions; lonesome or lonely"(寂寞的:没有陪伴的;单独的或孤寂的)。这就是宋钢当时的真实写照,他孤单一人地踏上了西去之路,内心却感到了从未有过的幸福和解脱,却留给了林红和李光头一辈子的自责和愧疚。宋钢的离去让他们无法继续在一起,而且带着深深的悔恨苟且地生活在这人世间。

"大海"这个意象也在"文革"时期、宋凡平从人生顶峰走向低谷的时候频繁地出现。他在被抄家了之后,为了让孩子开心,答应孩子们带他们去看大海。但是,已经被打成右派的他白天都要面对无休止的批斗,只能在晚上带着孩子去海边享受片刻的安宁,就像李兰之前因为李光头的生父溺死于女厕而无脸见人,只能趁着夜色抱着婴儿时期的李光头出来晒晒月光一样。但是,其实父亲的心头压着沉沉的石头,此时的大海暗流涌动,也预示着他的人生即将要面对更多的苦难和折磨。

> 汹涌的海浪冲击过来时,掀起的泡沫**让大海白茫茫的一长条**,这茫茫的白色有时候会变成**灰色**,有时候又**黑暗**起来;远处的地方**有明有暗**,天上的月亮也在云层里**时隐时现**。(余华,2012:86)
>
> The waves rushed in, **creating a long line of white froth along the endless sea.** At times this whiteness would turn to **gray**, and sometimes it would be even **darker**. From a distance they could glimpse both **light and dark**, and the moon would **appear and disappear** behind the clouds. (Chow and Rojas,2009:83)

这大海就是宋凡平人生的写照。宋凡平眼中的大海"掀起的泡沫**让大海白茫茫的一长条**",有时候"会变成**灰色**,有时候又**黑暗**起来;远处的地方**有明有暗**"。译文是"creating a long line of white froth along the endless sea. At times this whiteness would turn to **gray**, and sometimes it would be even **darker**. From a distance they could glimpse both **light and dark**"都采用了直译法,在这种暗色调的背景下,通过强烈的明暗对比,再现大海波涛汹涌,天上的月亮时隐时现的样子,而隐喻的是宋凡平的人生在"文革"大潮中时隐时现,随时会被其淹没的不定命运。而当宋凡平出神地看着大海时,他眼中的大海是黑暗的。

> ……他自己出神地看着**黑暗中的大海**。(余华,2012:86)
>
> ..., staring out at **the dark sea**.(Chow and Rojas, 2009:83)

译文将黑暗中的大海翻译为"the dark sea"(黑暗的大海),更衬托出人物内心的无望,认为他的人生将在这革命大潮中暗无天日,没有未来,看不见任何一丝光芒。他还看见黑暗在扩大或者缩小地变化着。

> ……只有风声和涛声,月光时有时无,**黑暗中的**大海仿佛一会(儿)在扩大,

一会(儿)又在缩小。(余华,2012:87)

There was only the sound of the wind and waves; the moonlight appeared and disappeared; and **the darkness of the sea seemed to expand and contract**.(Chow and Rojas,2009:83)

原文"黑暗中的大海仿佛一会(儿)在扩大,一会(儿)又在缩小"翻译为"the darkness of the sea seemed to expand and contract"也是预示着他命运的漂浮不定,随时都有可能被这命运的洪流所吞噬。

另一个具有寓言意味的意象就是"永久牌自行车",从被宋钢买回家之后,这个自行车就一直陪伴着这个家庭,象征着宋钢和林红之间甜蜜美好的爱情能天长地久,此情不变。当时年轻的宋钢就每天骑着擦得崭新光亮的自行车去接林红下班。

宋钢的自行车每天都擦得一尘不染,每天都像雨后的早晨一样干净,林红每天都坐在后座上。林红的双手抱着宋钢的腰,脸蛋贴着他的后背,那神情仿佛是贴在深夜的枕头上一样心安理得。他们的**永久牌自行车**在大街上风雨无阻,铃声清脆地去了又来,来了又去,我们刘镇的老人见了都说他们是天作之合。(余华,2012:365)

Song Gang carefully wiped his bicycle down every day until it gleamed like the morning after a cleansing rain. Every day Lin Hong rode behind him, hugging his waist with both arms and pressing her cheek into his back, looking as screne as if she were pressing her head into a soft pillow. **Their Eternity bicycle** would not stop for wind or rain, and as the clear sound of the bell rang through the town, the town elders all remarked that the couple was indeed a match made in heaven.(Chow and Rojas,2009:358)

那时候的永久自行车是崭新的,车铃声也是清脆响亮的,这对车上的男女也让众人羡慕不已。这里"永久牌自行车"是直接翻译为"their Eternity bicycle"。"eternity: time without beginning or end; infinite time"(永恒:无开端或结尾的时间;无限的时间)也正说明了两人希望能够携手白头到老的美好愿望。在宋钢漂泊异乡打拼赚钱的时候,他也会拿出有这辆永久牌自行车的照片来回忆他们过去美好的生活。

> 宋钢经常拿出那张他和林红的合影仔细端详,他们的生活曾经是那么的美满,**那辆永久牌自行车就是他们幸福的象征**。(余华,2012:534)
> Song Gang would often take out that picture of himself and Lin Hong and examine it closely. Their lives had been so perfect, and **that Eternity bicycle had been a symbol of their happiness**. (Chow and Rojas,2009:538)

这时的"永久牌自行车"代表着他和林红过去的甜蜜回忆,承载着他继续在异乡努力赚钱的所有希望和梦想。他觉得为了他们未来能够永远这样幸福地相守下去,现在吃的苦和一切努力都是值得的。这里直接点明了"永久牌自行车"对于宋钢的意义,就在于"那辆永久牌自行车就是他们幸福的象征"。译文直接翻译为"that Eternity bicycle had been a symbol of their happiness",也简洁明了地传达出"永久牌自行车"的寓意,但是现实是残忍的,林红因为耐不住寂寞已经和李光头在一起了,而宋钢并不知情,继续做着他和林红永久相爱的美梦。然而梦终究是要醒的。梦醒的宋钢最终选择了结束自己可悲可叹的生命。至此,幸福意象的童话破灭了,公主和王子天人永隔,而对于"永久牌自行车"来说,宋钢的死则构成了对它极大的讽刺。

总之,译者在翻译重复格时,在篇章、句子或者词语层面上,都尽可能保留原文的重复格,以尽可能再现原文的叙事审美特点。但是,有时为了兼顾中英文的语言特点和读者的阅读感受,也会省略部分重复结构,使译文简洁地道,这对原文的叙事审美效果和叙事主题的传达多少有一些影响。但是《兄弟》的英译版有640多页,与中文版的页数相当,可见改写的并不是很多。

第二章
《兄弟》中比喻的翻译

先锋小说中的话语狂欢更多地体现在《兄弟》中使用的不同比喻当中。《兄弟》往往是先用明喻表明本体,然后当类似的本体再次出现的时候,就直接采用暗喻或者借喻的方式,这样表达更为简洁和形象。

第一节 明 喻

译者采取了灵活多变的翻译策略来翻译《兄弟》中的明喻。

一、保留本体和喻体

一般情况下译者会比较忠实地保留原文的本体和喻体。但是在处理方法上我们会发现存在细微差别。例如:

她这话指的是宋钢,她说宋钢忠诚善良,说宋钢和他父亲一模一样,**说这父子俩就像是一根藤上结出来的两个瓜**。(余华,2012:3)
She would emphasize how honest and kind he was, just like his father, and **remark that father and son were like two melons from the same vine**. (Chow and Rojas, 2009:3)

在李兰看来,宋钢继承了他父亲忠诚善良的基因,是一个可靠的人,所以她说"这父子俩就像是一根藤上结出来的两个瓜"来表达她对宋凡平的爱和对宋钢的喜爱,真可谓是爱屋及乌。而译文"remark that father and son were like two melons from the same vine"保留了原文的本体和喻体,忠实地再现了李兰对他们父子的赞美和爱慕,也和后面另一个类似的暗喻形成鲜明的对比。

有时候在保留本体和喻体的基础上，译者还会对情景进行具体的描述，这也是一种虚拟性翻译的表现。

那两个被李光头偷看过屁股的女人**就像是电视里的特邀嘉宾**，她们和赵诗人刘作家一唱一和，**她们脸上的表情一会（儿）气愤，一会（儿）委屈，一会（儿）气愤委屈混杂了**。（余华，2012：8）
And those two women who had had their butts peeped at by Baldy Li **were like the special guests on their talk shows, looking alternately furious and aggrieved** as they responded to Poet Zhao and Writer Liu's recounting of events.（Chow and Rojas，2009：7-8）

那两个被李光头偷窥了屁股的胖女人和瘦女人"就像是电视里的特邀嘉宾"。这个比喻正好符合刘镇看客的心态，他们就是来看好戏的，而两个女人就成了节目的主角、众人的焦点。译文再现了原文的本体和喻体"And those two women who had had their butts peeped at by Baldy Li were like the special guests on their talk shows"，但是在喻体的翻译上将"电视里"翻译成了"on their talk shows"，更加突出了这场闹剧中秀的成分，采用的是虚拟的翻译方法。其实这两个女性可能并没有那么在意这件事情，但是因为有这么多的观众在看，不表演一番怎么成？因此她们尽情发挥各自的表演才能，就是为了看客能够尽兴而归。

李兰在前夫因为偷窥掉入粪池溺死之后，根本再无脸面出门来面对刘镇众人的眼光。她的内心极度脆弱和敏感，忍受着煎熬，这从她的种种举动中可以反映出来。

当三个月的产假结束，李兰必须去丝厂上班时，她脸色惨白浑身发抖，**她拉开屋门抬脚跨出去时的恐惧仿佛是要跳进滚烫的油锅**。（余华，2012：30）
After the third month, Li Lan finally had to return to work. Trembling all over, her face pale, **she opened the front door and stepped out as if she were about to jump into a vat of boiling oil**.（Chow and Rojas，2009：29）

李兰因为生李光头得以在家中休假三个月不用上班，但是产假结束了，她必须走出家门。当她不得不重新面对这个世界时，"她拉开屋门抬脚跨出去时的恐惧仿佛是要跳进滚烫的油锅"。她内心的恐惧好比是要下油锅一般。这种切肤之痛让读者能够感同身受李兰需要鼓起多大的勇气来重新面对这个世界。译文"she opened the front door and stepped out as if she were about to jump into a vat of boiling oil"也保留了原文中的明喻，但是本体"恐惧"缺失了。当然，读者可以从上下文的描写中去体会出当时李兰是带着一种怎样的心情迈出了家门，但是如果保留"恐惧"的译文"terror"，可能更加可以表现出女性那种特有的情感体验，因为下油锅本就是非常恐怖的事情，对于女性来说更加如此。

李兰不敢在白天出来见人，所以她有时会带着李光头晚上出来晒晒月亮，这时候她才感觉自己能够畅快地呼吸几口新鲜空气。

> 她抬起头来时，河边的树木在月光里安静得像是睡眠中的树木，伸向空中的树梢挂满了月光，**散发着河水一样的波纹**。还有飞舞的萤火虫，它们在黑夜里上下跳跃前后飞翔时起伏不止，**像是歌声那样的起伏**。（余华，2012：31）

> When she lifted her head, she saw that the trees by the river were still, as if they were asleep, their tips painted with moonlight and **swaying slightly like the water**. There were also the fireflies leaping and darting in the dark night, **like an undulating melody**. (Chow and Rojas, 2009：30)

李兰晚上出来的时候才敢抬起头来，这时候她才能看清楚周围的一切，所有的景色对于她来说都是那么的美好，因为她已经太久没有享受到这样片刻的宁静了。在她看来，"空中的树梢挂满了月光，散发着河水一样的波纹"，而上下跳跃前后飞翔的萤火虫"像是歌声那样的起伏"，这样细致入微的观察说明了她此刻内心的平静和喜悦。译文将其翻译为"swaying slightly like the water"和"like an undulating melody"，保留了原文中的明喻，但是译法略有不同。第一个明喻增加了比喻词和动词"sway like"，因此所展现出来的波光粼粼的河水更加的形象和直观；而第二个译文改变了宾语的语序，"undulating"是"波动起伏"的意思，"an undulating melody"就是波动的悦耳音符，更加贴近当时人物的心境。李兰不仅看到了河流上的美景，还听到了悦耳的声音，说明她内心还有着一丝的喜悦。对于白天如在炼狱中生活的她来说，只有晚上出来走走才能给她一时的解脱。

丈夫偷窥致死的事件已经过去了很久,但是对李兰造成的影响却是永久性的。后来,其实人们差不多已经淡忘了这件事,但是李兰却一直很在意刘镇众人看她的眼光,始终觉得被别人嘲笑和鄙视。

> 其实那时候已经没有人对他们指指点点,甚至没有人来看他们一眼,**李兰仍然觉得所有人的目光都像钉子似的钉在她的身上**。(余华,2012:33)
> By that time no one pointed them out anymore — in fact, no one even looked at them — yet **Li Lan still felt the public's gaze like daggers in her back**. (Chow and Rojas, 2009:32)

对于刘镇看客来说,李兰的丈夫溺死在厕所的事情就是一出闹剧,看完了也就散场了,至多议论个几天就转移了注意力,但是李兰这个自尊心很强的女性却一直觉得因此被众人看不起和嘲笑。所以,出门的时候"李兰仍然觉得所有人的目光都像钉子似的钉在她的身上",这种切肤之痛只有她自己能够体会,而且无人能够分担。译文"yet Li Lan still felt the public's gaze like daggers in her back"是保留了原文中的明喻,但是在处理细节词上非常用心。译者将本体众人的目光翻译为"the public's gaze"。"gaze:to look steadily, intently, and with fixed attention"(凝视,注视:长久地、集中地看,集中注意力地看),说明李兰觉得众人是一直在看自己,看自己的笑话,而且"gaze"这个词有着贬义的色彩,代表众人是戴着有色眼镜来看李兰的,李兰更觉无地自容。而喻体"钉子似的钉在她的身上"则翻译为"daggers in her back"。"daggers"有两个意思:"a short pointed weapon with sharp edges"(短刀,匕首);"something that agonizes, torments, or wounds"(令人感到痛苦的事情)。虽然译文与原文的意思有些出入,但是却一语双关,道出了人物内心的无比痛苦,好似刀割一般,比钉子钉在身上有过之而无不及。李兰生活的转折点是和宋凡平父子成了一家人,从此她的生活从地狱来到了天堂,不再生不如死,而是甜蜜无比。这种对比让读者能够深深体会到这两个苦难家庭的结合对于李兰的意义,也为后来李兰失去了她的天堂重新掉入地狱做了铺垫,形成鲜明的对比。

> ……,自从她的前任丈夫在厕所里淹死以后,**她生不如死地熬过了七年,她的头发像狗窝似的乱了七年。**……**她的脸色像是吃了人参似的突然红润**

起来,她的偏头痛也突然没有了,她唑唑响了七年的嘴里开始哼起了歌曲。她那再婚丈夫也是红光满面,他在屋里走进走出时脚步敲鼓似的咚咚响,**他贴着外面的墙壁撒尿时疾风暴雨似的哗哗地响**。(余华,2012:56)

For the past seven years, ever since her first husband drowned in the public latrine, she had endured a life worse than death. **Her hair had become tangled like a bird's nest, ... Her complexion was suddenly blooming as if she had eaten ginseng, her migraines disappeared, and she started humming again**. Her newly remarried husband's gestures became expansive with pleasure. When he walked about the house, his steps would ring, **and when he pissed against the wall outside, the urine would splatter like a thunderstorm**.(Chow and Rojas,2009:54)

在失去前夫的七年里,李兰的生活是生不如死的,她完全不顾自己的形象,连头发也不梳,"她的头发像**狗窝似的**乱了七年"。译文"Her hair had become tangled like **a bird's nest**"保留了原文的本体,但是将喻体"狗窝"变成了"a bird's nest"(鸟巢),虽然喻体变化了,但是形象都是一样凌乱不堪,李兰当时混乱无望的人生从她乱七八糟的头发中显露无遗。而和宋凡平的结合让她重获新生,使她再次有了面对生活的勇气,"她的脸色像是吃了人参似的突然红润起来"。这句话的译文是"Her complexion was suddenly blooming as if she had eaten ginseng",完全保留了原文中明喻,包括本体和喻体,让读者可以感同身受李兰的生命被重新注入了生机和活力还有希望,充满了生命力的样子。她的丈夫宋凡平也是一样,"他贴着外面的墙壁撒尿时疾风暴雨似的哗哗地响"。这句话翻译为"when he pissed against the wall outside, the urine would splatter like a thunderstorm"。这个明喻将他撒尿的声音比喻为"疾风暴雨似的哗哗地响",直译为"the urine would splatter like a thunderstorm",其中核心动词"splatter: to spatter, especially to move or fall so as to cause splashes"(飞溅:溅泼,特别指移动或从高处落下以至四处飞溅),意思是如暴雨般的飞溅下来。虽然译文缺少了原文中的拟声词"哗哗地",但是读者也可以从形象的比喻中想象出宋凡平那种抑制不住的喜悦之情。他们俩和所有的新婚夫妻一样内心充满了无比的喜悦和对未来美好生活的向往之情。

"文革"开始时的宋凡平可谓如鱼得水,真可谓是一个站在"文革"浪尖的弄潮儿,他是刘镇革命的核心和领军人物,天天手举着旗帜带领着刘镇大众闹革命,但是极具讽刺意味的是,宋凡平最后会被"文革"大潮生生地吞噬。

> 宋凡平的红旗在风中行驶,**抖动的旗帜像是涌动的波涛,宋凡平仿佛是举着一块汹涌的水面在走过来**。他白色的背心已经被汗水浸透,**他的肌肉像小松鼠似的在他的肩膀和手臂上跳动**,他通红的脸上连汗水都在激动地流,**他的眼睛亮得就像天边的闪电**,……(余华,2012:71)
>
> As it flapped in the wind, **undulating like cascading waves, it made Song Fanping look as though he were hoisting a sheer wall of water above his shoulders**. His white shirt was soaked through with sweat, **his shoulder and arm muscles twitched like little squirrels**, his bright red face was covered in freely flowing rivulets of sweat, and **his eyes shone like bolts of lightning**. (Chow and Rojas,2009:69)

这是在举旗领导众人游行的宋凡平,他手中的旗帜、他的肌肉、他的眼睛都说明了他全身心地投入这场革命浪潮之中。译文基本保留了原文中的四个明喻的本体和喻体,使得宋凡平这个革命积极分子的形象跃然纸上,也为他后来悲惨地死于"文革"做了铺垫,并形成了强烈的对比。但是,除了第四个比喻"他的眼睛亮得就像天边的闪电"直接翻译为"his eyes shone like bolts of lightning",其他三个明喻在翻译的时候都做了适当的调整,如"抖动的旗帜像是涌动的波涛,宋凡平仿佛是举着一块汹涌的水面在走过来"中的喻体"涌动的波涛"译为"cascading waves"(瀑布般地落下的波涛),"宋凡平仿佛是举着一块汹涌的水面在走过来"翻译为"it made Song Fanping look as though he were hoisting a sheer wall of water above his shoulders",其中"汹涌的水面"简化为"a sheer wall of water",省略了形容词"汹涌的"。原文中的"涌动"和"汹涌"表面上是在描写革命旗帜,其实是在表现当时革命大潮的汹涌澎湃,带着要淹没一切的气势而来。英译文改变了或者省略了原文中的这两个形容词,对这种宏大场面的展示多少有些影响。"他的肌肉像小松鼠似的在他的肩膀和手臂上跳动"没有完全直接保留原文的本体,而是采用虚拟性译法,更加清楚地表明了原文中的本体和喻体"his shoulder and arm muscles twitched like little squirrels"。就是这样一个极度热衷革命和拥戴革命的人,却被命运无情地玩弄,最终死在了革命的洪流之中,这也是这个故事的黑色幽默所在。

李光头和宋钢眼中的刘镇在"文革"中就是一个巨大的战场,他们的所见、所闻和所感拉近了读者和那个时代的距离,让我们触摸和感受到孩子眼中的"文革"是怎样一番景象。

> 李光头和宋钢看到拳头一片片举起来一片片掉下来,喊叫出来的口号**就像炮声一样在周围隆隆地响**。(余华,2012:72)
> Baldy Li and Song Gang saw waves of fists and heard their slogans **booming like cannons**.(Chow and Rojas,2009:70)

在孩子们听来,刘镇群众在宋凡平的带领下喊出的革命口号真是震耳欲聋。如此大的声响就像炮声一样。原文"喊叫出来的口号就像炮声一样在周围隆隆地响"翻译为"their slogans booming like cannons",在喻体上做了一些调整,把谓语拟声词"隆隆地响"翻译为"booming like",这是符合英文表达的特点和习惯的,让当时刘镇革命群众的呼号声在译文中形象地再现出来。

被抄家之后,一切都被砸了个粉碎,他们父子三人甚至连吃饭的筷子都没有了。父亲宋凡平灵机一动,苦中作乐,上演了一场穿越剧,要回到古代去为孩子们取回古人吃饭用的筷子,其实就是用树枝做筷子,但是这样的表演让孩子能够欣然接受眼前的一切苦难,笑着面对悲惨的生活。

> 李光头和宋钢看着他**蹑手蹑脚**开门出去,又**蹑手蹑脚**地关上门,**仿佛他要去遥远的古代一样神秘和小心翼翼**。(余华,2012:85)
> Baldy Li and Song Fanping saw him **tiptoe** outside and **carefully** close the door behind him, **as if he were about to enter the land of the lost**.(Chow and Rojas,2009:82)

李光头和宋钢看着父亲表演穿越回去古代,看着他"蹑手蹑脚开门出去,又蹑手蹑脚地关上门,仿佛他要去遥远的古代一样神秘和小心翼翼"。那样小心翼翼地开门关门就像是要去遥远的古代,译文"saw him **tiptoe** outside and **carefully** close the door behind him, **as if he were about to enter the land of the lost**",译文保留了原文的本体和喻体,但是都做了一些微调。其中对本体开门动作的描写中,将两个重复的状态副词"蹑手蹑脚开门出去"和"蹑手蹑脚地关上门"翻译为"tiptoe outside"和"carefully close the door behind him",并没有完全重复原文状语,而是根据后面的动词采取了动词直译和副词转译的方法,比较好地再现了父亲表演时候的认真,希望孩子们能够入戏,并得到短暂而宝贵的快乐。而喻体翻译为"as if he were about to enter the land of the lost",将"古代一样神秘和小心翼翼"翻译为"the land of the lost"(消失之地),省略了部分状语"一样神秘和小心翼翼"。译文虽然与原文喻体有一点出入,但是可以比较准确地反映出父亲表演时候的专心、爱心和良苦用心,希望他的表演能让孩子们暂时忘记抄家给他们带来的痛苦,让他们能够开开心心地吃一顿饭。

"文革"之于刘镇就像每天都在上演的一场戏,刘镇民众既是剧中的演员也是剧场的观众。因此就有了下面这个贴切的比喻:

大街上的红旗和大街上的人仍然**多如牛毛**,每天都像电影散场似的;……(余华,2012:89)

The streets were still overgrown with red flags and dotted with people **as numerous as the hairs on a cow**, who **dispersed at the end of every day like an audience at the end of a movie**.(Chow and Rojas,2009:86)

这句话中有两个明喻。第一个明喻形容大街上参加革命的人数之多:"大街上的红旗和大街上的人仍然多如牛毛",译文采用"as...as..."的结构,译为"as numerous as the hairs on a cow",保留了原文中的本体和喻体,很好地体现出刘镇如火如荼的革命景象,将整个刘镇都卷入了"文革"大潮之中;第二个明喻是指刘镇上参加革命的人很多,因此"每天都像电影散场似的"热闹无比。译文是"dispersed at the end of every day like an audience at the end of a movie",保留了原文的本体和喻体,采用的是虚拟性翻译方法,将原文的名词词组宾语"电影散场"调整为了动宾短语"dispersed at the end of every day like an audience at the end of a movie"来突出当时混乱热闹的景象,并增加了名词"an audience"来表明人们参与革命的心态,更多的是一种看客心理。他们参加革命的主要动机就是每天都来看一场吵吵闹闹的戏剧,然后心满意足地回家。他们没有想到的是,自己也是被他们观看的闹剧中人。在这场愈演愈烈的戏剧中,刘镇的每个人都是观众,更是演员。

"文革"时期可谓全民皆兵,刘镇民众也不例外。其中的代表人物童铁匠、关剪刀和张裁缝都在各自的岗位上为革命服务。

> 李光头到处游荡,看完了童关张三家铺子**像是兵工厂那样制造红缨枪**后,李光头打着哈欠走到余拔牙的油布伞下。(余华,2012:98)
>
> In Baldy Li's wanderings, he would watch Tong, Guan, and Zhang **busy producing red-tasseled spears as if they were a munitions factory**. When he tired of watching, he would wander over to Yanker Yu's oil-cloth umbrella.(Chow and Rojas,2009:94)

在李光头看来,"童关张三家铺子像是兵工厂那样制造红缨枪"。这个明喻将三家店铺比喻成制造兵器的兵工厂。译文保留了原文的喻词和喻体,但是对本体进行了虚拟性翻译,即将"童关张三家铺子"翻译为三个人:"Tong, Guan, and Zhang"正在做的事情"busy producing red-tasseled spears"。这样的调整让"文革"时候充满革命激情的童关张三人的形象更加鲜明。

因为李光头在校门口说的一句话,宋凡平被关起来之后,兄弟两个只能自己养活自己,可是对于两个半大的孩子来说,要吃饱饭都成了天大的难事。他们吃完了家里的粮食,身无分文,李光头开始到外面去觅食。

> 李光头也只好吞着自己的口水,继续**像野狗一样在大街小巷到处游荡**,刚开始的时候李光头还能蹦跳几下,中午他**就成了泄了气的皮球**。(余华,2012:104-105)
>
> There wasn't much for Baldy Li to do but to swallow his own saliva and **continue roaming the streets and alleyways like a stray dog**. At first he still had some spring in his step, but by noon **he was like a deflated balloon**.(Chow and Rojas,2009:101)

这段对李光头如流浪狗一般到处觅食的形象描写,让人感受到孩子极度饥饿的痛苦。开始的时候,他还有劲"像野狗一样在大街小巷到处游荡",但是到了中午饿得前胸贴后背的时候,他"就成了泄了气的皮球"。这两个明喻表现出李光头从尚有些力气到完全有气无力的状态。第一个译文"continue roaming the streets and alleyways like a stray dog"保留了原文中的本体和喻体,将核心动词"到处游荡"翻译为"continue roaming",其中的动词"roam: to move about without purposes or plans; wander"(没有目的或计划地四处走动)是比较符合李光头当时到处找食吃,又苦于找不到的那种无助状态。第二个译文"he was like a deflated balloon"则完全保留了原文中的喻体"泄了气的皮球"(a deflated balloon),生动地再现李光头完全没有力气再继续游荡的情形,他的肚子里已经空无一物了。这时候,李光头想着如果风和阳光可以当饭吃,那该有多好。

> 李光头看着风吹在树叶上沙沙地响,阳光照在他的脚趾上亮闪闪,**李光头心想要是阳光像肉丝一样可以吃,风像肉汤一样可以喝就好了**。(余华,2012:107)
> Baldy Li could hear the sound of the wind blowing through the tree branches and could see the sunlight shining on his toes. **He thought to himself, *If I could munch the rays of sunlight like stir-fried pork and drink the wind like a bowl of meat broth*, *then I'd be set*.** (Chow and Rojas,2009:103)

这是李光头的心理活动,他想着"阳光像肉丝一样可以吃,风像肉汤一样可以喝就好了"。他想象着自然界中的阳光成了肉丝,迎面吹拂而来的风成了肉汤,这样他就可以饱餐一顿了,说明他吃不到真实的食物,通过想象来满足对食物渴望的可怜情景。译文"If I could munch the rays of sunlight like stir-fried pork and drink the wind like a bowl of meat broth, then I'd be set"保留了原文的明喻,阳光比喻为肉丝,风儿比喻为肉汤,但是具体翻译过程中调整了表达的方式,采用的是"could",表示虚拟语气,说明这是他无法实现的愿望;将"阳光像肉丝一样可以吃"翻译为"I could munch the rays of sunlight like stir-fried pork"(我能像吃炒肉一样大口嚼着阳光),将"风像肉汤一样可以喝"翻译为"drink the wind like a bowl of meat broth"(像喝肉汤一样饮下风儿),从而更加符合英语的表达习惯,同时再现了原文中人物饥饿难耐的真实境况。

宋凡平答应李兰要去车站接她回家,为此他不惜逃出了仓库,并回到家中将家里收拾干净,也把自己收拾干净,然后一大早在孩子还在半睡半醒的时候大踏步离开了家。他留给兄弟两人的背影是高大无比的,像极了电影中的英雄。

宋凡平一只手插在口袋里,另一只手甩着走出去时神气极了,这个迎着日

出走去的高大身影,像是电影里的英雄人物**。(余华,2012:124)
With one hand in his pocket and the other swinging freely, he looked like a dashing movie star walking into the rising sun.(Chow and Rojas,2009: 121)

在两个孩子看来,此时的宋凡平和饱受牢狱之苦的囚犯判若两人,他已经变成了他们心目中的英雄。"这个迎着日出走去的高大身影,像是电影里的英雄人物。"这样的背影留在孩子的记忆中是父亲一辈子磊落形象的缩影,而且在他们看来,宋凡平是一个真正的英雄,一个能够拯救世界的英雄。译文"he looked like a dashing movie star walking into the rising sun"保留了原文中的明喻,但是采用虚拟性译法,将"电影里的英雄人物"改为了"a dashing movie star"(勇敢的电影明星),虽然意思差不多,但是在表现孩子对父亲的崇拜之情方面似乎有所削弱。

两个孩子在寻找父亲的时候路过车站门口,一开始并没有认出被人打死在那里的宋凡平。当他们认出他的衣服并确定了那个惨死的人是自己的父亲时,他们绝望的哭声就像断了的翅膀一样掉了下来。他们哭父亲的惨死,更哭不知该如何是好,怎么才能带父亲回家。恰在此时陶青从这里经过,他们就像是抓住了救命稻草一般,拉着陶青不放。

李光头和宋钢一个抱住他的一条腿,一个揪住了他的裤管,两个孩子就像是抓住了救命稻草似的死活不松手。(余华,2012:133)
But Baldy Li and Song Gang held on to the man's legs, **as if they had finally found a savior** and were clinging to him for dear life.(Chow and Rojas,2009:130)

他们两个人不约而同地抓住了陶青不放,希望他能够帮帮他们。"两个孩子就像是抓住了救命稻草似的……"。原文将两个孩子抓住陶青不放的动作比喻成抓住了救命稻草一般。译文保留了原文中的明喻,但是在具体翻译的时候对喻体做了一些改写,采用的是虚拟性翻译方法,即译作"as if they had finally found a savior"。喻体"救命稻草"指的就是"savior: a person who rescues another from harm, danger, or loss"(救助者,救世主,救星)的意思,所以译者解释性地翻译了原文的喻体"救命稻草"。如果直接翻译,会显得突兀,甚至造成英语读者的误解。

此时的李兰正在心心念念地想着宋凡平,她在上海街头焦急地等待宋凡平来接她一起回家,但是等到了中午还没有等到丈夫,她心里焦急得不知该做什么,就站在原地一直等待,不吃不喝也不动。

> ……她滴水未沾,粒米未进,可她仍然脸色通红情绪高昂。随着中午的临近,她的激动和亢奋也达到了顶点,她的目光看着那些往来的男人时,**像是钉子似的仿佛要砸进那些男人的身体**。(余华,2012:142)
> She had not had a drop to drink nor a bite to eat, but her face was still beaming with emotion. As noon approached, her excitement reached a fever pitch, her gaze **like a nail piercing the bodies of each of the men walking by**. (Chow and Rojas,2009:139)

她怀着一种极其热烈而急迫的心情在等待着宋凡平的出现,她觉得丈夫会在某个时刻马上出现,但是一次次的希望落空让她更加焦急不安,这种焦灼的情绪像是火炉般炙烤着她,让她亢奋无比。她的目光看着街上往来的男性,"像是钉子似的仿佛要砸进那些男人的身体"。这个明喻将李兰注视着其他路人的目光比喻为像是钉子砸进那些男人的身体,可见她有多么渴望和急切想要见到丈夫。而这种迫切想要见面的心情也是为了安抚她内心隐隐的不安,她的直觉告诉自己丈夫可能是出事了,但是她又不敢或者不愿意相信这是真的,所以她真希望能看到丈夫来接她。译文"her gaze like a nail piercing the bodies of each of the men walking by"保留了原文明喻中的本体和喻体,但是采用虚拟性翻译法,将本体"她的目光"翻译为"her gaze",其中的核心词"gaze:to look steadily, intently, and with fixed attention"(凝视,注视:长久地、集中地看,集中注意力地看),忠实再现了李兰对丈夫到来的渴望之情,而喻体"钉子似的仿佛要砸进那些男人的身体"译为"like a nail piercing the bodies of each of the men walking by",其中的核心动词"pierce:to cut or pass through with or as if with a sharp instrument; stab or penetrate"(刺入,刺穿),比原文的"砸"更贴近李兰的目光给人的感觉,那种要把自己眼睛望穿,要把别人身体看透的样子就像"刺"一般的感受。

等不来宋凡平的李兰只能自己回刘镇,但是在回去的路上,她的不祥预感越来越强烈,直到在车站门口看见了两个脏兮兮的孩子,从而证实了她的猜想:宋凡平出事了。

汽车驶进了我们刘镇的车站,李兰提着印有"上海"的灰色旅行袋最后一个下车,她跟随在出站人群的后面,**她觉得自己的两条腿像是灌满了铅似的沉重,每走一步都让她感觉到噩耗的临近。当她水深火热般地走出汽车站时,两个像是在垃圾里埋了几天的肮脏男孩对着她哇哇大哭,这时候李兰知道自己的预感被证实了**,她眼前一片黑暗,旅行袋掉到了地上。(余华,2012:147)

When the bus pulled into the Liu Town depot, Li Lan, carrying her gray travel bag with SHANGHAI printed on the side, was the last to emerge. She followed behind the crowds, **her limbs feeling as heavy as lead. Every step took her closer to bad news. When she dragged herself outside of the station, only to be greeted by two wailing boys who were as filthy as if they had been fished from a garbage dump, Li Lan knew that her terrible premonitions had proven true.** Her eyes grew dark, and she dropped the travel bag to the ground.(Chow and Rojas, 2009:143)

李兰独自走出刘镇汽车站时,可谓举步维艰,"她觉得自己的两条腿像是灌满了铅似的沉重"。译文采取"as… as…"的同级比较结构来引导这个明喻,翻译为"her limbs feeling as heavy as lead",再现李兰内心的沉重和痛苦,又想知道真相又害怕面对真相的矛盾和煎熬。当她看见车站前两个孩子,"两个像是在垃圾里埋了几天的肮脏男孩对着她哇哇大哭",一切的不祥之兆都应验了。译文是"two wailing boys who were as filthy as if they had been fished from a garbage dump"也是用"as… as…"的结构引导明喻的喻体,而且喻体的处理做出一些调整,将"在垃圾里埋了几天"翻译为"fished from a garbage dump"(从垃圾堆里摸出来的),但是对表现孩子无人管,就像两个流浪儿的可怜样子并没有任何影响。李兰作为一个母亲和妻子的直觉告诉她,丈夫可能已经不在人世了。

李兰的心疼没有人能够体会,只有她自己知道,宋凡平带给了她悲惨人生中唯一的光亮和希望,现在他死了,也带走了她所有生的希望和幸福的源头。

她的世界再次陷入了无边的黑暗,而且跌入了无边的黑暗谷底。

> 谁也无法想象她是如何度过这个夜晚的,如何压制住自己,如何让自己不要发疯,后来当她在床上躺下来,闭上眼睛头枕着宋凡平的胸口时,不是睡着了,**是陷入和黑夜一样漫长的昏迷之中**,一直到日出的光芒照耀进来,才将她再次唤醒,她才终于**从这个悲痛的深渊里活了过来**。(余华,2012:151)
> No one could imagine how she survived that night, how she reined herself in and managed not to go insane. Afterward, she lay down on the bed and placed her head on Song Fanping's chest, **falling into a state that was not so much sleep as a long, pitch-dark unconsciousness**. Only when the sun's rays pierced the room did she **rouse herself once again from the terrible pit of her pain**. (Chow and Rojas, 2009:147)

她在为宋凡平清洗了伤口,并换上了干净的衣物之后,就枕着他的胸口昏睡了过去。李兰已经是身心俱疲,但是却无法入睡,而是"陷入和黑夜一样漫长的昏迷之中",直到太阳出来,"她才终于从这个悲痛的深渊里活了过来"。这里的第一个明喻"和黑夜一样漫长的昏迷之中"译为"a state that was not so much sleep as a long, pitch-dark unconsciousness",采用了定语从句,增加了原文没有的"a state"来引导后面的宾语从句,从句中使用了"so much… as…"的结构来翻译原文中的喻体"not so much sleep as a long, pitch-dark unconsciousness";第二个明喻"悲痛的深渊"翻译为"the terrible pit of her pain",忠实再现了原文的本体和喻体,也突出表现出李兰当时内心痛苦到无法自拔的感受。即便如此,她也要勇敢地爬起来,因为还有很多后事要去料理,她要继续活下去,让丈夫入土为安,照顾可怜的兄弟俩。残酷的现实没有给她长久悲痛的机会,死者已逝,生者犹在,新的一天她要咬着牙去面对,把这个残缺的家支撑下去,让丈夫走得体面安心。

丈夫宋凡平去世后,李兰无力拉扯两个孩子长大,于是就让宋钢跟着爷爷去乡下生活了。失去了兄弟的李光头,就像失去了身体很重要的一部分,感觉非常的孤单。

李光头没有了宋钢,也就没有了伙伴,他整日游荡在大街小巷,**像是河面上**

漂浮的树叶那样无聊,也像是街道上被风吹动的纸屑那样可怜巴巴。(余华,2012:165)

Without Song Gang, Baldy Li no longer had a pal. All day, every day, he wandered the streets, **as adrift and aimless as a leaf floating down the river and as pitiful as a scrap of paper blowing in the wind.**(Chow and Rojas,2009:161)

这句话中的两个明喻形象地描述出失去了宋钢的李光头在刘镇大街小巷游荡的身影,他是如此的孤单和落寞。"他整日游荡在大街小巷,像是河面上漂浮的树叶那样无聊,也像是街道上被风吹动的纸屑那样可怜巴巴。"译文"he wandered the streets, as adrift and aimless as a leaf floating down the river and as pitiful as a scrap of paper blowing in the wind"保留了原文中的明喻,但是在翻译本体和喻体的时候采取了虚拟性译法,使用"as... as..."的同级比较结构来引出两个比喻,并进行了一些调整。译者将"无聊"解释性地翻译为"adrift and aimless",其中"adrift"有两个意思:(1)drifting or floating freely; not anchored(漂浮的:自由地漂浮或漂流的);(2)without directions or purposes(漫无目的地)。第二个意思和"aimless"同义,第一个意思则和其喻体"河面上漂浮的树叶"的形象相符,因此译文准确地反映出李光头失去了兄弟后无依无靠、四处游荡的样子。第二个明喻则完全复写了原文的本体和喻体,真实再现了李光头可怜的样子。

李光头和宋钢在"文革"中又失去了母亲和爷爷,两人相依为命地长大,经历了很多痛苦和磨难,但是终究长大成人了。他们的生命充满了韧性,即使被人欺负,被生活辜负,但是仍然充满希望,积极乐观地面对生活中的每一天。

李光头和宋钢**像野草一样被脚步踩了又踩,被车轮碾了又碾,可是仍然生机勃勃地成长起来了**。(余华,2012:224)

Baldy Li and Song Gang **were like weeds that, despite having been trampled underfoot, had continued to grow vigorously**.(Chow and Rojas,2009:216)

他们两兄弟可以说是在经历了"文革"的风浪洗礼之后,沐浴在改革开放的春风下成熟起来的新一代。虽然"文革"让他们遭受了很多苦难,他们"像野草一样被脚步踩了又踩,被车轮碾了又碾,可是仍然生机勃勃地成长起来了",译文"were like weeds that, despite having been trampled underfoot, had continued to grow vigorously"保留了原文明喻中的本体和喻体,但是在翻译喻体时,省略了"被车轮碾了又碾",但这并不会影响对兄弟两人经历的描写,对故事叙述和主题传达也没有太大影响。共同经历过太多苦难成长起来的兄弟两人却有着迥然不同的外表和性格特点:宋钢细腻而谨慎,李光头粗鲁而直爽。他们的差异在刘镇众人看来更是一个天上,一个地下。

> 宋钢身材挺拔,面容英俊,**像个学者那样戴着黑边眼镜**;李光头身材短粗,虽然穿着中山装,**可是满脸的土匪模样**。这两个人总是形影不离地走在我们刘镇的大街上,刘镇的老人伸手指着他们说:**一个文官,一个武官**。刘镇的姑娘就不会这么客气了,她们私下里议论这两个人:**一个像唐三藏,一个像猪八戒**。(余华,2012:228)
> Song Gang was tall and slim, had a handsome face, and now **looked quite scholarly with his dark-rimmed glasses**. Baldy Li, on the other hand, was short and squat and, even in his Mao suit, **still looked like a bandit**. The brothers were inseparable as they strolled down the streets of Liu. The town elders gestured to them, saying that **one looked like a civil official and the other a military official**. The young women of Liu, meanwhile, were not so polite, instead comparing them to **the Buddhist monk Tripitaka in the folktale *Journey to the West* and his companion Pigsy**. (Chow and Rojas, 2009:220)

叙述者对他们两人有自己的评价,而刘镇的不同人群对他们的评价也不同:先从两人的外貌来看,宋钢"像个学者那样戴着黑边眼镜",而李光头"可是满脸的土匪模样";译文"looked quite scholarly with his dark-rimmed glasses"和"still looked like a bandit",保留了原文明喻中的本体和喻体,让人物的外貌对比反差极为鲜明。而刘镇老人们的评价更为委婉,认为他们"一个文官,一个武官",译文"one looked like a civil official and the other a military official",也忠实保留了原文中明喻的本体和喻体,突出了兄弟两人外貌气质的巨大差异。刘镇的年轻女性则比较直接,把两人分别比作"一个像唐三藏,一个像猪八戒",译文"the Buddhist monk Tripitaka in the folktale *Journey to the West* and his companion Pigsy",也忠实再现了原文中的本体和喻体,而且增加了这两个人物的出处,即中国古代四大名著之一的《西游记》(*Journey to the West*),从而补充了这个喻体中缺失的文化背景信息,让读者可以更深切地感受到两人巨大的外貌差异。显然,在众人眼中,从宋钢和李光头的外表来看,宋钢是占有了绝对的优势,但是在实际生活中,他却是一个彻头彻尾的失败者。这无形中就为故事的展开做出了铺垫,并和两人截然不同,甚至完全相反的命运形成了鲜明的对比。

李光头确实没有辜负陶青的帮助,带领着福利厂干得热火朝天,给厂里的员工创造了很好的福利,还被任命为了新厂长。当李光头把任命书带回家给宋钢看的时候,宋钢真是高兴得无法形容。

他把任命文件捧在手里,**要把每个字都吃下去似的读了最后一遍**。(余华,2012:246)

Song Gang then grasped the appointment letter in his hand and read it one more time, **as if he were trying to devour every word**. (Chow and Rojas,2009:239)

宋钢为弟弟感到由衷的高兴,觉得弟弟真是既有本事又出息,小小年纪就能带着福利厂发家致富,而且还当上了厂长。他捧着弟弟的任命书读了一遍又一遍,"要把每个字都吃下去似的读了最后一遍",说明他内心的激动难平,只能一遍遍地读着手中的任命书来确定眼前的一切都是真的。译文"as if he were trying to devour every word"采用直译的方法,保留了原文中的本体和喻体。核心动词"devour: to take in eagerly"(吞食;如饥似渴地读),也充分表达了哥哥为弟弟的事业有成而开心和激动的心情。为了庆祝弟弟成为厂长,宋钢还为李光头亲手织了一件毛衣,胸前的图案是他自己设计的,是一艘扬帆起航的船,象征弟弟的远大前程。这特别的构图引来刘镇女性的讨论,她们不明白为什么李光头的毛衣会用这样的图案。

她们庸俗的提问让李光头十分恼火,他推开她们的手,觉得把远大前程船的毛衣给她们欣赏,简直是**对牛弹琴**。(余华,2012:248)

Their rude and ignorant questions infuriated Baldy Li. He pushed away their hands, feeling that allowing them to admire his tall mast sailing into the future was like **serenading cows with violins**. (Chow and Rojas, 2009: 240)

宋钢在李光头心中的地位也是至高无上的,他心目中的哥哥几乎完美,样样会做,甚至还会女红。而且宋钢亲手织的毛衣是希望弟弟能像远行的船那样前程远大,但是刘镇妇女是不会懂的,所以李光头看不起她们,也不屑和她们解释图案的意思,认为是"对牛弹琴"。这个明喻翻译成了"serenading cows with violins",保留了原文的本体和喻体,其中核心动词"serenade"(弹奏小夜曲)的意思,虽然喻体由中国古琴曲变成了西方的小夜曲,但是并不影响其表达的效果,都说明了李光头对宋钢这样有知识的人的崇拜,对刘镇妇女那样无知的人的蔑视。

李光头带领着他福利厂的职工去向林红求爱。这支求爱的队伍是由一群残障人士组成的,因此队伍本身在刘镇众人看来就是一个大笑话。他们更想看李光头求爱的笑话,于是簇拥着这支求爱的队伍向林红的工厂涌去。

我们刘镇的群众拥挤推搡,**像是波浪包围着漩涡一样**,包围着李光头的求爱队伍,一起拥向了针织厂。(余华,2012: 260)
Everyone crowded around Baldy Li's courtship brigade **like waves around a whirlpool**, and together they surged toward the knitting factory. (Chow and Rojas, 2009: 252)

刘镇看客不仅要看好戏,还想在里面添油加醋,促成这场好戏的上演,所以"我们刘镇的群众拥挤推搡,像是波浪包围着漩涡一样"。译文为"Everyone crowded around Baldy Li's courtship brigade like waves around a whirlpool"。这个明喻完全保留了原文的本体"Everyone crowded around Baldy Li's courtship brigade"(群众拥挤推搡)和喻体"waves around a whirlpool"(波浪包围着漩涡)。读者从中可知,最终酿成这场求婚闹剧的不仅是李光头和他的队员,还有在一旁不断煽风点火、推波助澜的刘镇看客们。

林红在经过一段时间的侦察之后,发现刘镇的未婚青年男子虽然不少,但是没有一个合她的心意,唯一例外的就是宋钢了。

林红放眼望去,刘镇的未婚男子们**犹如丛生的杂草,竟然没有一棵参天大树**,林红倍感苍凉,仿佛是前不见古人,后不见来者。(余华,2012:275)

When she cast her eye over all of Liu Town, she saw that, though the town's bachelors **might be as common as weeds, there was not a single towering oak among them**. She was increasingly desolate, feeling completely on her own with no hope for the future.(Chow and Rojas, 2009:267)

在林红没有发现宋钢的特别之前,她觉得"刘镇的未婚男子们犹如丛生的杂草,竟然没有一棵参天大树"。这个明喻说明林红选男友是有自己的评价标准的,不是随随便便找个人就嫁了。她把刘镇男子比作"犹如丛生的杂草,竟然没有一棵参天大树",可见她失望至极,感觉根本无法找到一个如意郎君,所以她将他们贬得一文不值,就像杂草一般。译文"the town's bachelors might be as common as weeds, there was not a single towering oak among them"使用"as... as..."结构来引领明喻的喻体"as common as weeds"(就像杂草一样平常),基本上保留了原文的喻体,也表达出林红近乎绝望的心情。与铺地而生的杂草形成鲜明对比的是参天大树"a single towering oak",但是在林红的眼中,这样的男子在刘镇根本没有。这里将林红心目中的完美丈夫比作参天大树,说明林红的择偶标准很高,她想要找到一个可以真正托付终身的男性,但是无奈这样的参天大树她至今还没有发现。译文保留了原文中对林红心目中丈夫像参天大树形象的比喻,为林红选定宋钢这个目标做了铺垫。

林红选定了宋钢作为她追求的目标,就马上采取行动,试探宋钢对他的心意。当她发现自己并非一厢情愿,他们其实是女有情,男有意的时候,林红暗自欢喜。

……,见到宋钢有时候慌张有时候忧伤的眼神,**林红心里响起泉水流淌般欢快的声音**。(余华,2012:276)

Every time she glimpsed Song Gang's confused or melancholic expression, **her heart would pound like water burbling from a fountain**.(Chow and Rojas, 2009:268)

宋钢一直是李光头追求林红的军师,为他出了很多主意。虽然他也喜欢林红,但是他压根不敢去想林红会看上自己。当发现林红对自己有意的时候,他难掩心中的慌张和忧伤,因为林红是兄弟李光头要追求的对象,自己是不能也不敢对她有非分之想的,但是青春少年,爱意朦胧,怎么又能够拒绝这样强烈的两性吸引呢?于是生性犹豫懦弱的宋钢在此时更是停步不前,只能暗自神伤。但是林红心里却乐开了花。因为她从宋钢悲戚戚的眼神中确证了他对自己有情,既然如此,她就可以大胆地展开她的爱情攻势,将宋钢追到手,关键是可以摆脱那个对她死缠烂打的李光头。于是,"林红心里响起泉水流淌般欢快的声音"。这个明喻说明了林红在明白了宋钢对自己有情之后,心中掩饰不住的喜悦之情,就像泉水流淌的声音一般,令人愉悦。译文"her heart would pound like water burbling from a fountain"保留了原文的本体和喻体,在翻译喻体的时候进行了虚拟化处理,使用了英语拟声词"burble: a gurgling or bubbling sound, as of running water"(流水潺潺的或汩汩的声音),更加形象地展现出林红欢乐无比的内心感受。

但是面对林红大胆炙热的直视,宋钢却一步步地退缩。这好比一次次给林红泼冷水,让她熊熊燃烧的爱情之火经受一次次的打击和考验。

> 终于有过两次机会在大街上单独见到宋钢,当她的眼睛深情地望着他时,他却是慌张地掉头走开了,**像个逃犯那样走得急急忙忙**。(余华,2012:278)
>
> Twice she happened to run into him alone on the street, but when she shot him a longing glance, he scurried away with his head down, **like a criminal fleeing the police.** (Chow and Rojas, 2009: 270)

宋钢在左思右想之后,还是决定不能接受林红的爱,因为他无法忘记对母亲李兰的承诺,更无法割舍与李光头之间的兄弟之情。他很清楚,和林红在一起就意味着和李光头的决裂,而这一点他宋钢无论如何是做不到的。于是,他有意识地避开林红,想以此来暗示林红他们之间还是算了,但是林红却对他紧追不舍。每次当她的眼睛深情地望着他时,他却是慌张地掉头走开了,"像个逃犯那样走得急急忙忙"。这个明喻表明了宋钢见到林红时候心中的恐慌,他怕直面林红时他的决心又会动摇,所以选择逃避,就像逃犯躲避警察那样。译文保留了原文明喻中的本体和喻词,但是对喻体进行了一些改动,译为"like a criminal fleeing the police"(就像是罪犯逃避警察一样)。这样的改动让喻体更加直观,而且更突出了林红现在在宋钢心目中的形象,就好比是逃犯惧怕的警察一般。他生怕被林红撞见,生怕自己无法抗拒林红的猛烈追求,生怕他和李光头之间的兄弟情分会因为他和林红之间的感情而走到尽头。这种种顾虑是他的本性,也决定了他的一生注定无法按照自己的意愿去生活,而是在无数次的逃避中走向自己生命的终点。

但是林红不让宋钢一直逃避,她决定当面告诉宋钢她的心意,于是她在街上给宋钢塞了一封信,约他出来当面把话说清楚。宋钢和林红面对面说话的时候,完全体会到了林红的爱意和用心,也确证了林红对他的爱。这对于宋钢来说,真像是做了一场黄粱美梦,美到他都无法相信这一切是真的,所以他做梦一般地上班,做梦一般地回到家,然后吃饭的时候却止不住地傻笑,这一切都让李光头看在眼里,心生狐疑。

*坐在桌前的李光头满腹狐疑地看着宋钢,*__宋钢的模样像吃错了药似的,像个傻子一样哧哧笑个不停__。(余华,2012:279)
Baldy Li, sitting at the table with him, studied him suspiciously, since **Song Gang was grinning idiotically as though he had swallowed the wrong medication.** (Chow and Rojas,2009:272)

宋钢回家后的行为举止确实反常,"宋钢的模样像吃错了药似的,像个傻子一样哧哧笑个不停"。这个明喻将当时宋钢沉浸在喜悦之中的形象生动地展现出来。而译文"Song Gang was grinning idiotically as though he had swallowed the wrong medication."保留了原文中的本体"Song Gang"(宋钢的模样)和喻体"he had swallowed the wrong medication"(像吃错了药似的),但是另一个明喻"像个傻子一样哧哧笑个不停"则简化为动词+状语"grinning idiotically"(像白痴一样的傻笑),但是对描写宋钢当时喜不自禁地嗤笑的形象没有影响。宋钢对李光头来说是透明的,所以李光头一下就看穿了宋钢有心事。而李光头一问,宋钢就说出了林红约他晚上在小树林见面的事情。李光头就以兄弟之情要挟宋钢,让他拒绝林红的邀约。宋钢左右为难,最终还是选择了弟弟李光头,艰难地走向林红的单位,要向她说明自己不会去赴约。

……,当针织厂下班的铃声响起时,宋钢突然感受到了从未有过的痛苦,**仿**

佛是来到了死亡的边缘,他要说出那句他一生里最不愿意说的话,可是一旦说了出来,宋钢也就拯救自己了。(余华,2012:282-283)
When the bell rang announcing the end of the workday, he suddenly felt an unprecedented sense of anguish, **as if he were on the verge of death**. He needed to say the one thing that he least wanted to say in his life; but he knew if he managed to get it out, he would no longer have to struggle with himself over Baldy Li. (Chow and Rojas, 2009:275)

但是,宋钢要对林红说出绝情的话同样是痛苦万分,因为林红是他钦慕的对象,而他心中的女神也向他抛出了绣球,但是他现在却无法接受她的爱,所以"宋钢突然感受到了从未有过的痛苦,仿佛是来到了死亡的边缘"。叙述者将宋钢的心理体验比喻为来到死亡的边缘,确实是痛苦到无法形容。译文保留了原文中的明喻"he suddenly felt an unprecedented sense of anguish, as if he were on the verge of death",原文的本体"he suddenly felt an unprecedented sense of anguish"(宋钢突然感受到了从未有过的痛苦)和喻体"on the verge of death"(死亡的边缘)都忠实地再现出来了,也表明宋钢对林红的无限爱慕,也为后来宋钢在经历了一死之后,想通了和李光头之间的关系,决意离开李光头奔向林红的心理历程做出了铺垫。

宋钢最终没有说出不去赴约的话,但是他没有去,换成了李光头去小树林赴林红之约。林红发现来者不是自己爱慕的宋钢,而是她厌恶无比的李光头时,又大骂李光头是癞蛤蟆。这让李光头的求爱之路再遇波折,而且让他想起上次上门求爱时候遭到林红父母唾骂的情景。于是,求爱再次失利的李光头垂头丧气地回到家中。

李光头像是一只斗败的公鸡那样回到了家中,横眉竖眼地坐在了桌前,他一会(儿)愤怒地敲敲桌子,一会(儿)又泄气地擦擦额上的汗水。(余华,2012:285)
Baldy Li returned home **looking like a defeated rooster in a cock-fight**. Disconsolate, he sat down, then **furiously pounded the table while wiping the sweat from his brow**. (Chow and Rojas, 2009:277)

李光头是一个敢作敢当的人,面对自己的感情也是勇敢地表达和追求。这是他和宋钢截然不同的地方。他也能越挫越勇,在经历了多次被林红拒绝之后,还一次次地发起新的进攻。在得知宋钢被林红约去小树林,他说服宋钢之后,自己去小树林赴约,但是遭到林红臭骂一顿,顿觉人生无望。"李光头像是一只斗败的公鸡那样回到了家中"。这个明喻说明李光头爱斗的本性,他的人生就是一场战斗,最终他通过奋斗改变了自己的命运。译文"Baldy Li returned home looking like a defeated rooster in a cock-fight",保留了原文中的明喻,本体是"Baldy Li"(李光头),但是在翻译喻体的时候进行了虚拟性处理,"a defeated rooster in a cock-fight"增加了"in a cock-fight"(在斗鸡中),说明了对李光头来说人生就是一场战斗,虽然他暂时失败了,但是他愿赌服输,重新振作之后还会继续加入这种战斗,直至胜利为止。

在小树林求爱受挫之后,李光头再次重振士气,迎难而上。在刘镇众人眼中,李光头为林红彻底改变了自己的形象,而在林红本人看来,李光头是本性难移的,他所做的一切都是为了讨自己欢心,一旦得手后就会恢复其粗鲁的本来面目。因此,对于李光头大变样这件事,林红有自己的判断和评价。

> 林红知道李光头是一个什么货色,她没觉得太阳从西边出来了,心想李光头哪怕有孙悟空的本事,变来变去还是一个癞蛤蟆加牛粪的李光头;**好比孙悟空有七十二变,到头来也还是猴子一只**。(余华,2012:287)
> Li Hong knew what kind of scum Baldy Li was and didn't feel at all as though the sun were now rising in the west. Instead, she was convinced that he was up to his old tricks, and at the end of the day he was merely the same ugly toad and pile of cow dung, **just as, at the end of the day, the Monkey King in *Journey to the West* was still, despite his seventy-two incarnations, merely a monkey.** (Chow and Rojas,2009:280)

在林红心中,李光头一直就如她父母所说的,是一只癞蛤蟆和一堆牛粪。看到李光头突然变得文质彬彬,还读起书来,她更觉得李光头"好比孙悟空有七十二变,到头来也还是猴子一只"。这个明喻将李光头这次的改头换面比喻为"孙悟空七十二变",说明了林红了解李光头的底细,也不会被他的表面功夫所蒙蔽。英译文"just as, at the end of the day, the Monkey King in *Journey to the West* was still, despite his seventy-two incarnations, merely a monkey"保留了原文中明喻的本体和喻体,但是在翻译喻体的时候,因为涉及中国古典名著《西游记》中的人物孙悟空,所以增译了其出处"*Journey to the West*",使得译文的喻体更加清楚和准确,采用的是虚拟性译法。

宋钢没有去赴小树林之约,林红却等来了她讨厌之极的李光头。林红想要再次约宋钢出来把话说清楚,于是又塞给他一封信,约了晚上八点在桥下见面。宋钢经过内心痛苦的挣扎之后,决定赴约,但是他是来告诉林红因为李光头是自己的兄弟,所以他不能夺兄弟之爱。林红等来的是宋钢如此的回绝,她绝望地跳进了桥下的河里。

> 宋钢看着林红的身体在黑暗里跳进了河水,**溅起的水花像冰雹一样砸在他的脸上**,……(余华,2012:292)
> Song Gang watched as her body fell, and **the droplets of water struck his face like hailstones**. (Chow and Rojas,2009:284)

宋钢看着自己心爱的人在风雨交加的夜晚,在他眼前跳进了冰冷的河水中,心中疼痛难忍,心如刀割,所以"溅起的水花像冰雹一样砸在他的脸上"。这个明喻充分说明了宋钢对林红的爱,但是他心中始终放不下和李光头之间的兄弟之情,所以无法坦然接受林红的爱。译文"the droplets of water struck his face like hailstones"保留了原文的明喻,其中本体"溅起的水花"翻译为"the droplets of water",喻体"冰雹"翻译为"hailstones",都忠实地再现了宋钢亲眼看到心爱的人为他跳河,却无能为力而又心疼不已的内心真实的体验和感受。

宋钢经历了林红跳河示爱的过程和最终拒绝了林红强烈的爱的攻势,看着自己心爱的女人悲伤绝望地离开,他也心灰意冷地回到了家中。这时候李光头发现,宋钢全身湿透,就像从水里捞出来的一样。

> 这时李光头才注意到宋钢不是被雨水淋湿的,**宋钢像是刚刚被人从河里捞上来**,李光头惊讶地说:
> "你怎么像一条落水狗?"(余华,2012:294)
> ..., and only then did Baldy Li notice that Song Gang not simply soaked from the rain but, rather, **looked as if he had been pulled out of the river**. He asked in surprise, "How is it that you are as wet as a dog?" (Chow and Rojas,2009:286)

在李光头看来,宋钢不仅浑身上下湿透就"像是刚刚被人从河里捞上来",而且神情沮丧,就像"一条落水狗"一样。这里有两个明喻,译者翻译的时候都保留了下来。其中第一个明喻是完全保留了下来,把湿漉漉的宋钢比喻为刚从河里捞上来的人,即"looked as if he had been pulled out of the river"。但是第二个明喻的喻体在翻译的时候发生了一些变化。译者用"as... as..."的结构来形容他看起来有多狼狈,但是译文只是翻译了一层意思,那就是全身潮湿"as wet as a dog",但是第二层意思,他像个"落水狗"一样狼狈不堪,沮丧万分,却无法在译文中体现出来。显然,译者采用的是虚拟性翻译方法,改变了原文第二个明喻的喻体,使得比喻中所展现的人物形象和人物情绪受到一些削弱和影响。

宋钢被李光头连哄带骗地去还林红的手帕,实则是要再给林红致命一击,好让她对宋钢彻底的死心。宋钢为了兄弟之情,不惜再次伤害林红的心,虽然他心中有千万个不愿意,但是为了兄弟,他还是违心地对生病中的林红说出了绝情的话。而对于已经身心都极度虚弱的林红来说,宋钢的话真是雪上加霜,彻底将她击垮,让她成为这场爱情战役的失败者。

> 林红**像是被子弹击中似的浑身一颤**,……宋钢浑身哆嗦着把手帕轻轻放在了林红的被子上,**转身以后逃命似的冲出了林红的屋子**,……(余华,2012:300)
>
> Li Hong **shuddered as if she had been shot**... His entire body shuddering, Song Gang placed the handkerchief on her covers, **then rushed out of her room as if he were fleeing for his life**.(Chow and Rojas,2009:291)

林红在病榻上再次听到了宋钢的绝情话,她就"像是被子弹击中似的浑身一颤"。这个明喻将林红当时因为震惊和痛苦而浑身颤抖的动作比作了被子弹击中一般,说明她内心已经伤痕累累,再也经不起宋钢这样残忍的打击了。译文"shuddered as if she had been shot"忠实地保留了原文明喻的本体"shuddered"(浑身一颤)和喻体"she had been shot"(像是被子弹击中似的),因此读者可以感同身受林红再次备受宋钢打击时候的无比绝望和虽生犹死之感。而此时的宋钢又何尝不是心如刀割,他无法面对伤痕累累的林红,"转身以后逃命似的冲出了林红的屋子"。这个明喻将宋钢奔跑出林红家的动作比作逃命一般,说明他就是一个爱情的逃兵,无法坦然接受林红的爱,眼看心爱的人痛苦却无能为力,只能逃离现场。译文"then rushed out of her room as if he were fleeing for his life"保留了原文明喻的本体"rushed out of her room"(逃出她的屋子)和喻体"as if he were fleeing for his life"(就像逃命一般)。可以说,在这场李光头所导演的劳燕分飞的爱情悲剧中,两位主人公都被李光头的计策伤得遍体鳞伤。但是李光头也没有好果子吃,林红非但没有接受他,反而更加强烈地拒绝他进入她的世界,仿佛林红世界的大门永远对李光头是关闭的,他根本不得其门而入,只能在门外焦急地打转,无计可施。在门外等待宋钢好消息的李光头,看见宋钢失魂落魄地从林红家夺门而出,心想自己的计划得逞了,赶忙上去探听消息。

> 守候在外面的李光头**看见宋钢脸色惨白地跑了出来,那模样像是死里逃生**,李光头喜气洋洋地迎上去,问宋钢:
> "胜利啦?"(余华,2012:300)
> When Baldy Li **saw Song Gang rush out as if he had seen a ghost**, he delightedly asked him, "Did you succeed?"(Chow and Rojas, 2009: 291)

李光头在心里打着他的如意算盘,只等着宋钢和林红恩断义绝之后,他自己即可冲进去,给予林红爱的抚慰。这时候,他"看见宋钢脸色惨白地跑了出来,那模样像是死里逃生"。这个明喻说明了宋钢此时内心的极度痛苦,无法面对伤心的林红,只想马上逃离的现实境况。在李光头眼中,一切都在他的掌握之中,包括宋钢此时的反应,于是他觉得是应该他李光头出手的时候了。译文"saw Song Gang rush out as if he had seen a ghost"保留了原文的明喻,但是在翻译本体和喻体的时候进行了虚拟化处理,其中的本体"Song Gang rush out"(宋钢冲出来)显然略去了原文对宋钢当时脸上神情的描写"脸色惨白",而喻体"he had seen a ghost"(像见了鬼一样)则不同于原文"死里逃生"。译文的前后对应,有其内在逻辑,也可以表现出宋钢当时绝望而失魂落魄的样子,对原文的表现力没有影响。

宋钢再一次出现在林红父母面前时,不再是愁云惨淡,而是笑容满面,虽然浑身湿漉漉的,但是心里却充满了希望和阳光。

> **落水狗一样的**宋钢笑容满面地看着林红的母亲。(余华,2012:307)
> He smiled broadly at her, **like a big wet dog**. (Chow and Rojas, 2009: 298)

"落水狗一样的"宋钢笑容满面地看着林红的母亲,这让她惊讶不已,不知他葫芦里卖的是什么药。但是即便如此,林红的母亲对宋钢仍抱有好感,所以译文"like a big wet dog"(像一只大大的湿漉漉的狗)虽然保留了明喻,但是在翻译喻体的时候,进行了虚拟化处理,更加中性客观,不带贬义色彩,只是描述了林母眼中宋钢全身上下湿透的样子。而原文中明喻的喻体"落水狗"会让人联想到"痛打落水狗",这是极富贬义色彩的比喻,并不符合人物当时的心境和情形。如果说当时违心拒绝了林红奔回家中向李光头交差的宋钢算是落水狗的话,此时满怀希望和憧憬出现在林家的宋钢至多只是一直全身上下湿透了的狗。

整个刘镇就是兄弟俩故事发生的小舞台,在这个舞台上宋钢和李光头是演员,其他的刘镇众人是观众,也是看客。他们不仅看故事,也为故事的发展推波助澜,所以他们既是观众,也是群众演员。

> 林红的父母和那几个女工再去告诉别人,一传十,十传百,百传千,**宋钢自杀的故事在我们刘镇传播时像细胞分裂一样快**,没出几天就家喻户晓了。(余华,2012:317)
> Lin Hong's parents and those friends at the factory then told other friends, and soon tens, hundreds, and even thousands of people knew about it **as the story of Song Gang's suicide attempt spread around town like a virus**. (Chow and Rojas, 2009: 308)

宋钢为了林红自杀的消息从林红父母的口中传出,然后经由众人之口,口口相传,竟然"像细胞分裂一样快",很快成为众人皆知的事情。译文"as the story of Song Gang's suicide attempt spread around town like a virus"保留了原文的明喻,尤其是其喻体"spread around town like a virus"(就像病毒一样传遍刘镇),说明了刘镇人为了满足自己的口舌之欲,不惜到处传播别人家的是非,来打发自己无聊的时光。可见,刘镇看客也是这个故事中不可或缺的群众演员,正因为他们的加入,兄弟两人的故事更具有喜剧和黑色幽默的色彩。正因为成长和生活在这样的人群之中,才有可能造就兄弟俩天壤之别的性格特点。因为人认识的自己很多时候是被人凝视中的自我形象,也就是别人把你定位成什么样的人,你本人就有可能有这样的自我认同,并朝着心目中的自我形象去构建现实生活中的自己。

李光头在得知宋钢和林红的婚讯之后,彻底地绝望痛哭。刘镇众人从他的哭声里面听出了七情六欲,像极了各种动物的叫声。

> 邻居们都听到了李光头失恋的哭声,他们说李光头的哭声里有七情六欲,**有时像是发情时的猫叫,有时像是被宰杀时的猪嚎,有时像是吃草的牛哞哞地叫,有时像是报晓的雄鸡咯咯叫**。(余华,2012:323-324)
> The neighbors heard him crying over his lost love and remarked that Baldy Li's crying ran the gamut of emotions: **At different times he meowed like a cat in heat, screeched like a pig being slaughtered, lowed like a cow grazing grass, or crowed like a rooster greeting the dawn.** (Chow and Rojas, 2009: 314)

在李光头的邻居听来,他的哭声里混杂着各种动物的叫声"有时像是发情的猫叫,有时像是被宰杀的猪嚎,有时像是吃草的牛哞哞地叫,有时像是报晓的雄鸡咯咯叫"。这一连串的明喻将李光头的痛哭声形象地展现出来。译文保留了原文的明喻,只是在处理原文并列的四个偏正结构的时候,改成了动宾结构,即"At different times he meowed like a cat in heat","screeched like a pig being slaughtered","lowed like a cow grazing grass","crowed like a rooster greeting the dawn"。其中四个核心拟声词"meow"(喵喵叫),"screech"(刺耳的尖叫声),"low"(牛叫声),"crow"(鸡啼:公鸡发出的尖叫声)让他的哭声更真实生动而富有变化。这样的虚拟性翻译方法更加符合英语表达的习惯,而且更加突出李光头当时悲伤无比的心情,也说明李光头对林红的用情很深,所以在林红和宋钢结婚之后,他毅然为林红去做结扎,而且虽然身边女性不断,心中却始终只有林红一人。这里对李光头哭声的描写让他的形象变得圆满,不再是扁平的粗鲁之人,原来他也有深情专一的一面。

李光头最终还是出现在宋钢和林红的婚礼现场,但是他不是来送上祝福的,而是来宣誓对林红的爱的,并强调他李光头不会就此一蹶不振,而是要振作精神,在哪里跌倒就在哪里爬起来。

> 然后李光头**像一个西班牙斗牛士一样**转身走了。(余华,2012:326)
> The he spun around **like a Spanish toreador** and left.(Chow and Rojas,2009:317)

宣誓完决心之后,李光头就转身离开了婚礼现场,那气势就"像一个西班牙斗牛士一样"。这个明喻说明了李光头虽然伤心,却不绝望,他要重整旗鼓,让自己更加强大,要证明给林红看,他李光头不是癞蛤蟆或者牛粪,林红选择宋钢是一个错误。译文"like a Spanish toreador"完全保留了原文的明喻,突出了西班牙斗牛士这个喻体,描绘出李光头在林红求爱战失利之后,能够快速地从失败之地站起来,继续奋斗下去的决心和勇气。这十分符合李光头的为人和个性,他就是这样一个与天斗其乐无穷,与人斗其乐无穷的人,一个苦难压不垮,只会让他成为更坚强的不倒翁。他在情场上的失意,转化为了商场上的拼命奋斗,就是为了让林红和宋钢还有刘镇所有的人都看一看,他李光头不会因为爱情上的失败而永远失败,他不会让别人看笑话,他要让自己比任何人活得都要好,都要精彩。

李光头其实是一个充满正能量,自力更生,艰苦创业的人。他给自己的职业规划就是不能满足于做福利厂的厂长,他要冲出刘镇,走遍中国,去发掘更大的市场,创造更多的财富。他的第一个淘金之地选择了中国第一大都市上海,选中了加工服装来起步。

> 最后李光头决定做服装加工,只要从上海的服装公司那里拿到一笔笔订单,**李光头的事业就会像早晨的太阳一样冉冉升起**。(余华,2012:333)
> Ultimately, he decided to go into the clothing business, and as long as he could secure some orders from some big Shanghai companies, **his business would rise like the morning sun**.(Chow and Rojas,2009:324)

李光头对自己未来在上海将要从事的服装生意充满了信心,所以他认为"李光头的事业就会像早晨的太阳一样冉冉升起"。这个明喻说明了服装生意在李光头看来,是一定会如初升的太阳一般,越做越红火,为他带来源源不断的财富,也说明了李光头是个乐观,甚至是有些盲目自信的人。他根本就没有去考察市场，也没有任何做服装生意的经验，就想当然地以为只要他出马，去上海拿到订单，他的服装加工生意必定就越做越大。译文"his business would rise like the morning sun"保留了原文中的明喻，但是在翻译喻体的时候省略了状态副词"冉冉"。这个省略对表达李光头的雄心大志并没有太大的影响，因为在他看来，只要他李光头亲自出马，一定可以将生意做成"the morning sun"一样蒸蒸日上。但是，盲目自信既是李光头的优点也是缺点，他毅然辞去了厂长一职，不给自己留一点后路，奔赴上海，但是最终因为没有经验，不但生意没有像早晨的太阳那样冉冉升起，而且将刘镇几位股东的血汗钱交了学费，肉包子打狗有去无回了。

李光头要去上海为自己的服装加工厂接单子，联系生意，他对这一趟行程充满信心，认为一定能够满载而归，他的合伙人也这么认为，但是经过一段时间的等待，却得不到李光头的任何一点消息，他们感觉希望在一点点地落空。

> 六个合伙人在铁匠铺盼星星盼月亮，盼着李光头的电报从上海发过来，盼了一个月零五天了，**这个李光头好比是伸手不见五指的黑夜，没有一个星星，没有一丝月光，让六个合伙人黑灯瞎火的不知道怎么办**。（余华，2012：344）
> The six partners would then sit gazing at the stars and waiting for Baldy Li's telegram to arrive. They continued waiting like this for a month and five days. **The partners had been left like a pitch-black night sky, without a single star or a glimmer of moonlight — completely in the dark and with no idea of what to do next**.（Chow and Rojas，2009：336）

六个合伙人一直急切等待李光头的好消息，但是一次次的失望，他们觉得"这个李光头好比是伸手不见五指的黑夜，没有一个星星，没有一丝月光"。这个明喻说明收不到李光头的一点讯息，让他们看不见一点成功的光芒和希望，认为自己的投资要全打水漂了，所以感觉身陷黑夜当中。译文"The partners had been left like a pitch-black night sky, without a single star or a glimmer of moonlight"保留了原文中的明喻，但是采用了虚拟性翻译方法，使用了被动语态，改变了句子的主位，主语不再是"李光头"，而是"the partners"（合伙人），突出了他们的主体感受和焦急万分的心理状态；喻体"a pitch-black night sky"

中的形容词"pitch-black：extremely dark；black as pitch"（漆黑、乌黑的）来翻译原文的喻体"伸手不见五指的黑夜"也能充分体现出各位合伙人长时间得不到李光头消息之后的绝望心情。此外，喻词的翻译也有一些变化，增加了"leave"，说明了合伙人好比被李光头所遗弃或者遗忘在无边黑暗之中的情形。

几个合伙人自从李光头离开刘镇之后，每天都按时聚集在童铁匠的店里，等待他的消息。因为迟迟得不到消息，大家觉得很可能被李光头给骗了，他带着他们的血汗钱远走高飞，再也不会回到刘镇了。但是，谁也不敢把这个猜测给挑明了。

> 小关剪刀忍不住埋怨起来：
> "**这个李光头去了上海，怎么像是肉包子打狗，有去无回啊！**"（余华，2012：344）
> Little Guan couldn't help but complain."**Shanghai seems to have swallowed Baldy Li up like a dog swallowing a meat bun**，eh?"（Chow and Rojas，2009：336）

只有小关剪刀实在忍不住说出了他的猜测："这个李光头去了上海，怎么像是肉包子打狗，有去无回啊！"这个明喻将李光头一去不回比喻为肉包子打狗。这个歇后语中蕴含的深意大家心知肚明，就是他们的钱被骗了，可能再也要不回来了。译文"Shanghai seems to have swallowed Baldy Li up like a dog swallowing a meat bun"保留了原文的明喻，但是进行了虚拟化处理，也将原句的主语改为"Shanghai"，将其拟人化，意思是"上海好像吞下了李光头就像狗吃了包子一样"，这样的解释性翻译，让小关剪刀的话意更加明确，但是谚语中所蕴含的语言色彩和讽刺挖苦意味却有所丢失。

李光头终于风尘仆仆地回到了刘镇。最先看到他归来的是在车站前面开店的苏妈。他让苏妈转告各位合伙人，到童铁匠的铺里集合。苏妈仿佛等到了财神，马上遵命照办。

> 苏妈如**获圣旨般地**跑向了我们刘镇的城西巷，……（余华，2012：350）
> Mama Su then dashed off toward the town's western alley as if **she had received an imperial mandate.**（Chow and Rojas，2009：341）

在苏妈看来,李光头的命令就是圣旨,他虽然风尘仆仆,但是自信犹在,相信是带回来了胜利的好消息,要和众人分享。于是"苏妈如获圣旨般地跑向了我们刘镇的城西巷"去告知各位合伙人李光头要他们去集中的消息。译文"Mama Su then dashed off toward the town's western alley as if she had received an imperial mandate"保留了原文的明喻,但是在翻译本体的时候进行了虚拟化处理,将"苏妈跑向了我们刘镇的城西巷"翻译为"Mama Su then dashed off toward the town's western alley",其中核心动词词组"dash off"意思是"冲向",更加表明了苏妈想尽快通知大家集合的焦急的心情,也说明作为合伙人之一的她想要尽快召集大家,来分享李光头带来的好消息。而"she had received an imperial mandate"(她就像接到了圣旨一般)完全保留了原文的喻体。苏妈将李光头的话当圣旨,可见李光头在他的合伙人心目中的地位之高,但是一旦他们了解了李光头在上海做生意失败,用光了他们的钱时,李光头在他们看来就是一文不值的乞丐,甚至是有着深仇大恨的天敌,见一次打一次都不解恨。

等众人都聚集在童铁匠铺子里之后,李光头开始不慌不忙地说出了实情。他先说上海赚钱的机会很多,但是自己首战失利了,他只是叹了口气,就让所有人心凉了半截。

> 这时李光头长长地"唉"了一声,这声叹息跌进了六个合伙人的耳朵,**好比是六盆冷水泼在了六个热脑袋上**,刚刚兴奋起来的六个脸色通通阴沉了下去。(余华,2012:354)
>
> Baldy Li sighed, and **the sound of that sigh was like a bucket of cold water dumped over the heads of his partners.** (Chow and Rojas, 2009:346)

因为之前大家都心里有所准备,觉得李光头怕是会有去无回,如今虽然人回到了刘镇,但是一身疲惫的样子,不复出发时候的意气风发,所以心里都有隐忧。果然,在说了一番上海的好之后,他长叹了一口气。这一口气"好比是六盆冷水泼在了六个热脑袋上"。这个明喻形象地描绘出李光头的言行此时牵动着众人的心,他对上海的描述让众人觉得他一定是赚到了很多钱回来。他们刚被李光头说得兴奋无比,却又被他的叹气声拽入了失望的谷底。这一声叹息让他们的心情就像坐着过山车一般,忽高忽低,忽上忽下。译文"the sound of that sigh was like a bucket of cold water dumped over the heads of his partners"保留了原文的本体"the sound of that sigh"和喻体"like a bucket of cold water dumped over the heads of his partners",只是在翻译喻体的时候省略了形容词"热"。这对表达六个合伙人的失望之情有一些影响,原文中热和冷之间的对比在译文中丢失了。

李光头在上海做生意失败回到刘镇后,成了众矢之的,几个合伙人看见他就像见了天敌一样,见一次打一次。就连老实巴交的王冰棍也不例外。他听了童铁匠他们要教训李光头的誓言之后,也决定一定要向李光头讨回自己的血汗钱。

> 哭得伤心欲绝的王冰棍听到童铁匠的誓言,也擦干眼泪,**一脸风萧萧兮易水寒的表情,仿佛要荆轲刺秦王了**……(余华,2012:358)
> Upon hearing Blacksmith Tong's oath, Popsicle Wang wiped away his tears. **With a look of steely determination, as if he were a heroic martyr off to assassinate the tyrant king**, ...(Chow and Rojas,2009:349)

王冰棍决定要跟李光头讨回血汗钱,他"一脸风萧萧兮易水寒的表情,仿佛要荆轲刺秦王"。这个明喻将王冰棍脸上的表情比喻为荆轲刺秦王前的坚毅和决绝的表情。译文"With a look of steely determination, as if he were a heroic martyr off to assassinate the tyrant king"保留了原文的明喻,但是在翻译本体和喻体的时候进行了虚拟化处理,将本体"一脸风萧萧兮易水寒的表情"翻译为"with a look of steely determination",其中的核心词语"steely determination"表示钢铁般的意志和决心,可以表达出王冰棍要讨债到底的决心,但是那种壮士一去不复返的悲壮之情却没有翻译出来。喻体"荆轲刺秦王"被解释性地翻译为"he were a heroic martyr off to assassinate the tyrant king"(他就像一个要去暗杀暴力君主的英雄一般),将中国古代经典故事的背景完全略去,直接交代了王冰棍那种要去和李光头拼命,以讨回自己的钱的决心。

李光头因为把刘镇合伙人的钱都用完了,但是生意没有做成,回来之后成了合伙人眼中的天敌,他们只要看到他就会打他一顿来解气。他们因为职业不同,所以打人的风格也差别很大。

写文章的是**文如其人**，**揍人的是揍如其人**，这五个人用五种风格揍李光头。（余华，2012：359）

Just as **a writer is known by his distinctive turns of phrase, a boxer is defined by the turn of his fist.** Each of them, therefore, pounded Baldy Li in his own distinctive way.（Chow and Rojas，2009：351）

叙述者形容合伙人用不同的方式来惩罚李光头，采用的明喻是"写文章的是文如其人，揍人的是揍如其人"。这个明喻用每个人写文章的风格不同来比喻他们各异的揍人方式。译文"Just as a writer is known by his distinctive turns of phrase, a boxer is defined by the turn of his fist."保留了原文的明喻，将本体翻译为"a boxer is defined by the turn of his fist"（拳击手因为他的拳法得名），喻体"a writer is known by his distinctive turns of phrase"（作家因他特别的文风而出名）。这种解释性的翻译让作为刘镇看客的众合伙人的形象更加鲜明。他们既是李光头首次创业的合伙人，也是刘镇看客的代表，他们代表着各行各业的人，所以他们的行为有着他们职业的烙印，也是刘镇看客这个群体的缩影。比如张裁缝教训起李光头来就像做着他的针线活一般，是一指禅的风格。

张裁缝见到李光头就会恨铁不成钢地喊叫起来"你你你"，揍出去的是拳头，挨到李光头脸上时变成了一根手指，**像缝纫机的针头一样密密麻麻地戳一阵李光头的脸就结束了**，张裁缝是一指禅的风格。（余华，2012：359）
Meanwhile, whenever Tailor Zhang encountered Baldy Li, he would scream at him **in a disappointed tone**, "You, you, you!"—but by the time his fist reached Baldy Li's face, **it had become merely a finger poking at it like a sewing machine needle.** Thus Tailor Zhang could be said to have finger-poking style.（Chow and Rojas，2009：351）

张裁缝对付李光头时会用上他的撒手锏，就是他的手指，"像缝纫机的针头一样密密麻麻地戳一阵李光头的脸就结束了"。这个明喻将张裁缝的手指比作缝纫机的针头那样的锋利。译文"it had become merely a finger poking at it like a sewing machine needle"（手指变成了针头戳他的脸，就像缝纫机的针头一样）。译文保留了原文的明喻，但是在翻译喻体的时候省略了戳时候的动作细节,即"密密麻麻地",所以在表现张裁缝的愤怒之情方面有一些影响。

李光头在被债主追债,终日食不果腹之时还能笑对生活的主要原因,除了他自己乐观的性格使然,还和宋钢的暗中接济有着很大的关系。因为毕竟"巧妇难为无米之炊",如果不是宋钢的帮忙,恐怕他多日饿肚子,也很难再威风起来。

> 此后李光头只要在大街上见到骑车的宋钢,就会挥着手把宋钢叫到面前,再把宋钢口袋里的钱和粮票拿走,**那模样理直气壮,好像那是他自己的钱,暂时存放在宋钢的口袋里**。(余华,2012:368)
> After this, every time Baldy Li saw Song Gang ride by on his bike, he would call him over and accept the money and grain coupons Song Gang was carrying in his pocket. **He did so with such an air of entitlement that it seemed as if it were actually his own money and was merely stored in Song Gang's pocket for safekeeping**. (Chow and Rojas, 2009:361)

而李光头接受宋钢的接济时候却非常坦然和自然,就像是自己的钱暂存在宋钢那里一样。他"那模样理直气壮,好像那是他自己的钱,暂时存放在宋钢的口袋里"。成语"理直气壮"出自明代冯梦龙的《喻世明言》第三十一卷:"便捉我到阎罗殿前,我也理直气壮,不怕甚的。"意思是理由充分,说话气势就大。译文"He did so with such an air of entitlement that it seemed as if it were actually his own money and was merely stored in Song Gang's pocket for safekeeping."保留了原文的明喻,但是在翻译本体和喻体的时候做了虚拟性的调整。本体"那模样理直气壮"翻译为"He did so with such an air of entitlement",其中的核心词组"with such an air of entitlement"是指带着一副理所当然的神气,而喻体的后半部分"暂时存放在宋钢的口袋里"翻译为"was merely stored in Song Gang's pocket for safekeeping"显然增加了"for safekeeping"(为了保险起见),增加的状语表明李光头对宋钢心理上的依赖。虽然两人因为林红而分家,但是仍旧惺惺相惜,所以李光头从宋钢口袋里面拿钱就像拿自己的钱一样自然,而且觉得钱放在宋钢身上比自己拿着还要安全。可见,兄弟两人的缘分并不会就此完结,而且林红和他们之间的纠葛还会继续。

李光头在创业失利之后回到刘镇,希望能够重回福利厂当厂长,而且他在吃了十四个部下请他吃的面条之后，许诺说他一定能够回来，带着他们重新发家致富。于是，他带着部下一起去找陶青，请求让他再次回到福利厂。陶青因为李光头不告而别到现在气都没有消，他没想到做生意失败的李光头还想回福利厂。但是福利厂是国企单位，怎么能容他说来就来说走就走，所以他生气地一口回绝了。李光头并未就此气馁。

> 看着十四个忠臣**依依不舍七零八落**地走去，李光头心里突然难受起来，他安慰他们，对着他喊叫道：
> "我李光头**说出的话，就是泼出的水，收不回来的**。"（余华，2012：377）
> Seeing his loyal minions **obediently** walking away, he suddenly felt bad. He consoled them by proclaiming loudly, "My words are **like flowing water and, once out, cannot be gathered back.**"（Chow and Rojas，2009：369）

李光头看着他的部下"依依不舍七零八落地走去"，心中突然感觉难受。李光头的这十四个残疾人部下的表现也说明了他的为人是得到大家认可的。"依依不舍"这个成语出自明代冯梦龙的《醒世恒言 卢太学诗酒傲王侯》中的"那卢楠直送五百余里，两下依依不舍"，形容舍不得离开。而"七零八落"这个成语出自宋代惟白的《建中靖国续灯录》第六卷的"无味之谈，七零八落"，原意是形容稀稀疏疏的样子，特指原来又多又整齐的东西现在零散了。作者用这两个成语描写十四个残疾人很不舍地离开李光头的样子。译者将"依依不舍七零八落"用一个简单的副词意译为"obediently"（服从地，顺从地，忠顺地），让读者可以体会到李光头在他的部下心目中的很高地位。虽然不舍，但是他们仍然听从他的命令。而原文更强调的是李光头眼中他的残疾人部下离去的形象，说明他是善良的，不忍心看着他们伤心地离开。

他为了安慰他的部下，让他们知道自己一定言出必行，所以他说："我李光头说出的话，就是泼出的水，收不回来的。"他将自己说的话比作是泼出去的水，说明他想回到福利厂的决心，也说明他是个负责的人，既然答应了老部下，他就一定会想办法回来。译文"My words are like flowing water and, once out, cannot be gathered back"忠实地保留了原文的明喻，将本体翻译为"my words"（我的话），将喻体翻译为"like flowing water and, once out, cannot be gathered back"（就像流动的水，一旦流出，就收不回来了），表示既成事实，改变不了了。说这样的话是符合李光头坚定不移的性格和毅力的。他也在后面想办法履行对部下的诺言，到县政府前去静坐示威来表明自己重回福利厂的决心，后来却鬼使神差地做起了垃圾生意，并由此真正走上了他的致富之路。可见，李光头是一个认真生活的人，在他眼中，没有办不到的事情，只有想不到的主意。

李光头想要通过静坐示威来迫使县里同意他再当福利厂厂长。在刘镇看客看来，李光头的静坐带着一种挑衅的意味，就像武侠剧中要报仇雪恨的侠客一般。

> 群众"嘿嘿"地笑，说他**坐在那里威风凛凛一点都不像静坐示威，倒是像武侠电影里报仇雪恨的侠客**。（余华，2012：378）
> Everyone laughed and **said that he, sitting there impressively, didn't look as if he were staging a sit-in but, rather, as if he were a knight-errant in a martial arts movie, trying to avenge some wrong.** (Chow and Rojas, 2009：369)

原文中的明喻是透过刘镇看客的视角来描述李光头静坐时候的样子的。他"坐在那里威风凛凛一点都不像静坐示威，倒是像武侠电影里报仇雪恨的侠客"。"威风凛凛"这个成语出自明代罗贯中的《三国演义》第七回："看那少年，生得身长八尺，浓眉大眼，阔面重颐，威风凛凛。"宋代吴自牧的《梦粱录·州府节制诸军春教》："亲从对对，衫帽新鲜，士卒威风，凛凛可畏。"意思是形容声势或气派使人敬畏、恐惧。译文直接保留和翻译了原文的明喻，但是在翻译本体的时候进行了虚拟化处理，翻译为"he, sitting there impressively"（他坐在那里，令人印象深刻），采取的是意译的方法，相比较原文中的本体"坐在那里威风凛凛"，似乎在表现力方面削弱了一点。在众人看来，李光头即使是在自己最穷困潦倒的时候，仍然有像刘镇主人般的威风而气势，而译文则缺乏这种气势和形象。喻体翻译为"didn't look as if he were staging a sit-in but, rather, as if he were a knight-errant in a martial arts movie, trying to avenge some wrong"。其中涉及的另一个成语"报仇雪恨"出自《淮南子·氾论训》："（文）种辅翼越王勾践。而为之报怨雪耻。"意思是"报冤仇，除仇恨"。译文"avenge some wrong"（报仇）采用的是直译的方法，让读者可以感受到李光头无处不在的那种压人的气势。李光头明明是在求人办事，而且是他辞职在先，却可以这么理直气壮地在县政府前面静坐示威。译文完全复写了原文中的表达，用"not as if but rather as if…"的结构，让人们在这种前后鲜明的对比中体会李光头的那种与生俱来的气势。也是凭着这种无所畏惧的威风凛凛的气势，他才能在一次次的跌倒之后爬起来，继续前进，并走向成功的终点。

宋钢暗中接济李光头的事情最终还是被林红发现了，两人因此大吵了一架，林红还逼着宋钢承诺以后要和李光头一刀两断，再也不要和他有瓜葛来往了。此时，宋钢心中痛苦万分，在妻子和弟弟之间无法取舍，他想到了和弟弟相依为命的过往，好像穿越了大风雪一般，好不容易走到了今天。

> 宋钢低头坐在那里，此刻遥远的往事雪花纷飞般地来到，他和李光头的共同经历**仿佛是一条雪中的道路，慢慢延伸到了现在，然后突然消失了。宋钢思绪万千，可是又茫然不知所想，仿佛是皑皑白雪覆盖了所有的道路，也就覆盖了所有的方向**。（余华，2012：381）
> Song Gang sat with his head bowed, a blizzard of memories swirling back to him. It was as if **he and Baldy Li had forged a path through a blizzard, a path that had gradually extended to the present day but had then suddenly disappeared. He was lost in thought and at a loss as to what to do. It was as if the white snow blanketed all possible paths**. (Chow and Rojas, 2009：372)

他和李光头所有一起成长的回忆"仿佛是一条雪中的道路，慢慢延伸到了现在，然后突然消失了。宋钢思绪万千，可是又茫然不知所想，仿佛是皑皑白雪覆盖了所有的道路，也就覆盖了所有的方向"。"思绪万千"这个成语出自南朝陈释洪偃的《游故园》："怅望伤游目，辛酸思绪多。"意思是指思想的头绪相当多，思虑复杂多端。译文"lost in thought"（陷入沉思之中）采用的是意译，虽然读者也能体会到宋钢此时的为难，但是那种思绪纷繁复杂的情绪却无法在简单的意译文中得到很好的体现。这里的明喻将两人的往事比作是"雪中的道路"，而将迷失了方向，将不知该如何对待李光头的宋钢比作"仿佛是皑皑白雪覆盖了所有的道路，也就覆盖了所有的方向"。这两个明喻都说明了宋钢的迷惘和彷徨,在面对林红的伤心失望和李光头的穷困潦倒时,他实在不知该如何选择。他和李光头的未来到底在哪里,他也无从知晓。译文"It was as if he and Baldy Li had forged a path through a blizzard, a path that had gradually extended to the present day but had then suddenly disappeared. He was lost in thought and at a loss as to what to do. It was as if the white snow blanketed all possible paths."保留了原文的两个明喻,但是在翻译的时候采用虚拟化的方法进行了调整改写。如第一个喻体"仿佛是一条雪中的道路"翻译为"It was as if he and Baldy Li had forged a path through a blizzard"(仿佛他和李光头在大风雪中开辟出一条道路)。这样的改写让两人之间相依为命的过去更加真实地展现在读者面前。失去了父亲这棵参天大树,他们在人生的大风雪中艰难地前行,互相依靠,互相取暖,好不容易长大成人,而且宋钢也成家立业,生活有所依靠了,但是李光头的未来又在哪里呢?他们兄弟俩的未来又会怎样呢?他很迷惘。第二个喻体"仿佛是皑皑白雪覆盖了所有的道路,也就覆盖了所有的方向"翻译为"It was as if the white snow blanketed all possible paths"(仿佛白雪覆盖了所有可能的道路),省略了后半句话"也就覆盖了所有的方向"。这对表现宋钢当时迷惘的心情有所削弱,因为要在妻子和兄弟之间做出选择,他谁都不想失去,他真不知道出路在哪里,因此觉得走到那个方向都没有出路,心里很绝望。

宋钢纠结万分的时候,李光头的垃圾生意却是越做越大,他凭着自己的商业头脑,发现了破烂中的巨大商机,抓住了机遇,走上了发家致富的道路。

> 路过的群众经常看到,他满脸笑容地坐在这些高级破烂中间,**那神态仿佛是坐在珠光宝气里**。(余华,2012:398)
> People walking by would often see him sitting happily in the middle of these high-quality scraps, **looking as if he were sitting amid a pile of jewels.**(Chow and Rojas,2009:390)

在刘镇看客看来,他不再是在垃圾堆里捡破烂的李光头,而是坐在金山银山上的破烂王了,"那神态仿佛是坐在珠光宝气里"这个明喻充分说明了李光头扬眉吐气、挺直腰板做人的神情。他的样子极富感染力,让人觉得他不是坐在垃圾上面,而是坐在宝贝上。译文"looking as if he were sitting amid a pile of jewels"(看上去他像坐在一堆珠宝中间),保留了原文的明喻,包括本体和喻体,就是在翻译喻体的时候,将珠光宝气具体化为了"jewels"。这也充分说明了别人眼中的垃圾对于李光头来说,就是发家致富的财宝,如果没有这些垃圾,他也不可能翻身做了刘镇的首富。所以这样的虚拟性翻译符合人物的实际想法。

李光头在赚到了第一桶金之后,首先想到的是还债,因为他当时将欠股东的钱数都登记了下来,就等着这一天来一一还清。他是连本带息一起还的,这让王冰棍吃惊不已,从心里佩服李光头的言行。

"当然有利息,"李光头说,"**我李光头好比是人民银行,你们好比是储户。**"(余华,2012:400)

"Of course there will be interest,"Baldy Li said. "**I am like a People's Bank, and you are my depositors.**"(Chow and Rojas,2009:392)

李光头对王冰棍解释自己要还上利息的原因时,用了这个明喻:"我李光头好比是人民银行,你们好比是储户。"这个明喻非常形象,说明李光头对自己非常有信心,他觉得这个垃圾产业可以带给他源源不断的财富,就像银行一样,是他的生财之道。因此,他要兑现当初对合伙人的承诺,归还他们的钱的同时也将利息一并还上。译文"I am like a People's Bank, and you are my depositors"保留了原文的明喻,说明了李光头和其他合伙人之间的关系,也说明了他做生意的目的,不仅是自己发家致富,还要回馈当初给他事业启动金的人,更要实现他当时给他们规划的未来。这种"a People's Bank"和"my depositors"的关系,说明李光头对待合作伙伴是非常诚恳的,他敢说也敢干,有能力的时候也不忘掘井人,毕竟如果不是他们为他集资了第一笔钱,他也不可能去创业,因此可以说李光头是个知恩图报的人。在他看来,还钱要加利息就像银行储蓄生利息是一个道理,是天经地义的。这也是他为人处世之道和他成功的性格根源之一。

李光头在和陶青交涉了之后,终于如愿以偿地得到了仓库作为店面,正大光明地做起来了垃圾回收买卖。他的回收站开业当天,很多刘镇看客来看热闹,那场面堪比过年。

场面十分火爆,**像是过年时的庙会**。(余华,2012:408)

The scene **was as lively as a temple fair at New Year's**.(Chow and Rojas,2009:401)

在刘镇看客看来,李光头的回收站开业的火爆程度就"像是过年时的庙会"。可见,李光头在刘镇已经成了不可忽视的存在。译文"The scene was as lively as a temple fair at New Year's"保留了原文中的明喻,将本体和喻词翻译为"The scene was as lively as"(场面热闹得就像),喻体翻译为"a temple fair at New Year's"(新年的庙会)。当时盛况空前,刘镇看客又看了一场好戏。而且刘镇的好多出戏的主角很多时候都是李光头。

李光头在回福利厂未果之后,决定在县政府门前静坐示威,却无意间做起来了垃圾生意,而且将这个业务做到了日本,带回了一堆旧西装,卖给了刘镇男性,给他们的审美观造成了极大冲击,让他们顿时觉得镀上了一层金子一般。

> 余拔牙穿着"松下"姓氏的西装,王冰棍穿着"三洋"姓氏的西装,游手好闲地在刘镇的大街上走来走去,两个人相遇时就会忍不住哈哈地笑,**比癞蛤蟆吃了天鹅肉还要高兴**。(余华,2012:419)
> Yanker Yu wore a Matsushita suit while Popsicle Wang wore a Sanyo one, and both strolled idly up and down the streets of Liu. When they ran into each other, they couldn't help laughing, **happier than a pair of toads feasting on the succulent flesh of a swan.** (Chow and Rojas,2009:413)

李光头的两个合伙人余拔牙和王冰棍在穿上他从日本带回的西装之后,心里美滋滋的,"比癞蛤蟆吃了天鹅肉还要高兴"。这个明喻让他们的欢乐之情溢于言表,但是这个喻体是富有贬义色彩的。译文"happier than a pair of toads feasting on the succulent flesh of a swan"保留了原文的明喻,而且在翻译喻体的时候对两个重要的名词进行了虚拟化的处理,让这种对比更加的鲜明有趣。将"癞蛤蟆"翻译为"a pair of toads"(一对癞蛤蟆),突出说明了癞蛤蟆就是指他们两个人;而天鹅肉是指西装,将"天鹅肉"翻译为"the succulent flesh of a swan"(天鹅鲜美多汁的肉),充分体现出了叙述者的调侃和嘲讽。虽然在两人看来,西装如此令人垂涎三尺,但是即使穿上了西装,他们也做不了外国人,更做不了外国元首,他们仍旧是刘镇的两个手艺人:余拔牙和王冰棍。

余拔牙和王冰棍沾了李光头二次创业的光,可谓是财源广进。他们高兴地到处去说自己发财的故事,事实上这样就间接地宣传了李光头,让他在刘镇的影响力变得更大。

> **余拔牙和王冰棍这两张嘴就是我们刘镇的人民广播电台**,两个人丰收以后喜气洋洋,见了刘镇的群众就要广播他们的发财故事。(余华,2012:428)
> **With their big mouths, Yanker Yu and Popsicle Wang functioned as the town's radio broadcast station.** After their bumper crop, they both eagerly told everyone about how they had struck it rich. (Chow and Rojas,2009:422)

刘镇的众看客既是这场戏的观众,也是群众演员,他们的言行对故事的发展起到了推波助澜的作用。当李光头第一次创业惨败的时候,他的合伙人对他的贬损和打骂都让李光头的处境更加窘迫,更被人看不起。而当他第二次创业成功,并给合伙人带来了巨大利润的时候,他们的言行无形中就宣传和扩大了李光头在刘镇的影响力。"余拔牙和王冰棍这两张嘴就是我们刘镇的人民广播电台",这个明喻充分说明了看客对于故事主人公命运的影响,他们的言论可以载舟,亦能覆舟。译文"With their big mouths, Yanker Yu and Popsicle Wang functioned as the town's radio broadcast station."保留了原文的明喻,只是在翻译本体的时候进行了虚拟化处理,将"余拔牙和王冰棍这两张嘴"翻译为"With their big mouths, Yanker Yu and Popsicle Wang",这样的语序调整和增译形容词"big",让译文中的本体更加清晰而有趣。他俩的大嘴巴爱说话,正好成了李光头的新闻发言人,帮助李光头宣传他发家致富的事迹,因此将两人爱扩散新闻的喜好活脱脱地展现在读者眼前。正因为刘镇有很多这样的不仅爱看戏还爱评论的看客,所以兄弟俩的故事才更加有看头。

余拔牙和王冰棍跟着李光头发起大财,第一次他们拿着麻袋去李光头那里拿回自己的分红还心有余悸,既不确定这是不是真的属于自己,也不确定这钱是不是真的,总之他们是被那么多钱吓到了。但是,接下来,他们习以为常地带着麻袋去李光头那里取钱。

> 这次两个人不再惊心动魄了,两个人的嘴脸好像这是他们意料之中的,来的时候就各自提着一个旅行袋,往旅行袋里装钞票时的表情,**像是往米缸里倒米一样轻松**。(余华,2012:429)
> This time, however, they weren't surprised but, rather, acted as if they

were expecting it. When they arrived, they each brought a travel bag and, while stuffing the bags full of bills, **they appeared as relaxed as if they were filling a rice jar with rice**. (Chow and Rojas, 2009: 424)

第二次他们再见到这么多钱时已经是习以为常了,往自己袋子里装钱,"像是往米缸里倒米一样轻松"。这样的心理变化说明他们对李光头会赚钱这件事已经确定无疑,而且也觉得自己作为股东,分红这么多也是理所当然的。译文 "they appeared as relaxed as if they were filling a rice jar with rice" 保留了原文的明喻,而且将装钱比喻为 "they were filling a rice jar with rice"(向米缸里面装满米),说明了他们内心的满足和喜悦。他们觉得靠着李光头,后半辈子就找到了铁饭碗,可以衣食无忧了。本来只想收回成本,赚些小钱的余拔牙和王冰棍,现在钱多到需要用旅行袋去装,但是也觉得没什么大惊小怪的,说明人的欲望真是无止境的。李光头也是这样的欲无止境,所以生意会越做越大,并最终赢得了他的心上人林红的芳心。

李光头在发家致富之后,还要彻底改变刘镇的面貌,就和他的恩人陶青合作,对刘镇进行了翻天覆地的大改造。

整整五年时间,我们刘镇从早到晚都是尘土飞扬,群众纷纷抱怨,说吸到肺里的尘土比氧气还多,脖子上沾着的尘土比围巾还厚;**说这个李光头就是一架 B-52 轰炸机,对我们美丽的刘镇进行地毯式轰炸**。(余华,2012: 434)

For five full years, Liu Town was covered in dirt and dust from dawn to dusk. Everyone complained that they were inhaling more dust than oxygen and that the layer of dirt permanently caked on their necks was thicker than a scarf. They said that Baldy Li **was like a B-52 bomber, carpet-bombing the formerly beautiful town.** (Chow and Rojas, 2009: 429)

李光头对刘镇的改造可谓从里到外,从上到下,彻彻底底地把刘镇翻了个底朝天。群众对此怨声载道,他们"说这个李光头就是一架 B-52 轰炸机,对我们美丽的刘镇进行地毯式轰炸"。刘镇看客的这个明喻将李光头比作"B-52 轰炸机",可谓形象生动而准确,因为这场改造确实就像对刘镇进行了轰炸之后的重建，完全改变了刘镇的原貌。译文"They said that Baldy Li was like a B-52 bomber, carpet-bombing the formerly beautiful town"保留了原文中的明喻，说明了这场改造对刘镇人的日常生活，甚至思想观念都是一个极大的冲击。在这样的冲击之下，李光头这个改革先锋首先充当的是破坏一切的"B-52 bomber"的角色，对一切进行"carpet-bombing"（地毯式轰炸），而重点在于，他在摧毁了这个陈旧的刘镇之后，还会重建一个崭新的、中西合璧的刘镇。这才是李光头为刘镇创造的新世界，他是这个新世界的主宰和自己命运的主宰。

李光头二次创业发家之后，生意如日中天，日子越过越好；而相比较而言，哥哥宋钢的生活却不尽如人意，因为厂里效益不好，宋钢下了岗，所以和他在一起的林红过着清贫的日子。他们就像被改革浪潮所遗忘的人，并没有抓住机遇，让自己过上更好的生活，反而过得越来越窘迫。

> 这巨浪似的车流过去以后，宋钢看到了林红，**仿佛是被海浪遗忘在沙滩上的珊瑚**，林红在工厂空荡荡的路上独自一人走来。（余华，2012：436）
> After this wave of vehicle passed, Song Gang spotted Lin Hong walking down the empty road, **looking like a piece of coral the tide had left behind on the beach**. (Chow and Rojas, 2009: 432)

宋钢还是每天风雨无阻地骑着永久牌自行车去接林红下班，这时宋钢看见林红"仿佛是被海浪遗忘在沙滩上的珊瑚"。这个明喻说明了他们夫妻俩已经远远落后于这个不断发展的时代。这时候大家都逐渐富裕了起来，换上了新自行车，甚至是电动车，但是宋钢还是骑着这辆已经破旧的自行车来接林红。译文"looking like a piece of coral the tide had left behind on the beach"保留了原文的明喻，将现在的林红比喻为"a piece of coral the tide had left behind on the beach"（被海浪遗忘在沙滩上的一片珊瑚），说明她仍然美丽，但是此时却美得那么孤独与落寞。曾经的宋钢和他骑的永久牌自行车都是她心中的骄傲，让她成为众人眼中的公主，但是现在她正逐渐被时代的大潮所淹没，她和宋钢还有他们的永久牌自行车正在被时代，还有刘镇众人所遗忘。这让她很伤心失望，因为她是个愿意被众人瞩目的人，希望活在别人羡慕的目光之中，但是现在宋钢已经无法满足她这样的心理需求了，因此让她觉得有点失落，这为后来她的精神和肉体的出轨做了心理上的铺垫。

林红的失落宋钢都看在眼里,尤其是当自己下岗之后,连基本的生活保障都无法给予林红,他想尽了一切办法,拼了命地去赚钱。

他的休息就是直挺挺地躺在潮湿的草地上,青草从他的脖子和衣领之间生长出来,河水在他的胳膊旁边荡漾,他双眼紧闭,剧烈的呼吸让他的胸脯急促地起伏着,**里面的心脏似乎像拳头一样捶打着他的胸口**。(余华,2012:439)

Therefore, his break would consist of sprawling there, with grass wedged under his collar and river water flowing past his arm, his eyes closed tightly, his chest rising and falling rapidly, **and his heart pounding like a fist against his chest cavity**. (Chow and Rojas, 2009:435)

宋钢本是一介柔弱书生,但是下岗之后,他为了挣钱养家,干起了体力活,去码头搬运沙袋。这对他的身体来说,是一个极大的挑战,但是他不仅义无反顾地去干,而且比谁搬得都快,最终造成腰部严重受伤,无法继续搬运。他休息的时候,感觉"里面的心脏似乎像拳头一样捶打着他的胸口"。这个明喻是一种极端的感受,让人觉得他的心脏都要从胸膛里跳出来一般。译文"…and his heart pounding like a fist against his chest cavity"(他的心脏像个拳头一般捶打着他的胸腔)采取直译的方法,让人感同身受宋钢在做搬运工时候的累和痛苦,但是他咬紧牙关,拼尽全力,就是希望看到林红每天接过他赚回的血汗钱时的笑容。但是,即便如此,他也无法满足林红的物质欲望,甚至在受了工伤之后,他也无法满足林红的精神和肉体欲望,最终他和林红渐行渐远。

宋钢在码头搬沙袋赚钱时却砸伤了腰,虽然疼痛无比,但是为了省钱,他没有去看医生,而是一忍再忍了下来,这也是他后来彻底毁了自己身体的开端所在。

宋钢没再去医院,**他觉得扭伤和感冒一样,治疗能治愈,不治疗也能痊愈**。(余华,2012:443)

Therefore, he did not return to the hospital, **telling himself that a sprain is like a cold, and it will cure it itself even if you don't treat it**. (Chow and Rojas, 2009:438)

宋钢之所以没去医院治疗的根本原因,并非"他觉得扭伤和感冒一样",能够不治而愈,而是他不想血汗钱都花在医药费上,自己空手而归,对林红和他自己都无法交代。可是,他没有想到,身体是革命的本钱,没有了好身体的宋钢只能做些更加赚不到钱的工作了。译文"telling himself that a sprain is like a cold"(告诉自己扭伤就和感冒一样),保留了原文的明喻,让读者深深体会到宋钢的心理感受。他实在不想为自己的身体多花一分钱,而更愿意将钱省下来,让林红过上好日子。这个明喻体现出的是宋钢忘我的情怀,他的心中只有林红,他的奋斗目标就是让林红过上衣食无忧的日子,即使受了伤也在所不惜。只要能看到林红的笑容,他死也甘心了。而后面林红和李光头的地下恋情,让宋钢的一切心甘情愿都变成了一厢情愿的笑话和悲剧,让兄弟之间的故事充满了讽刺和黑色幽默。

受伤后的宋钢再也无法干重体力活了,但是他还是四处寻找可以做的工作,希望能有收入来源。他最终将目标锁定在卖玉兰花上。虽然这是女性干的工作,但是他觉得只要能赚到钱,而且他的身体干得了,他就去干。

>……,有几次他轻轻揭开南瓜叶看了看下面的白玉兰,**他微笑的神态仿佛是看了一眼襁褓中的婴儿**。(余华,2012:446)
>... periodically looking down at his little flowers hiding under the melon leaves, **as though he were peering down at a swaddled baby.** (Chow and Rojas,2009:441)

当宋钢第一次从乡下买回白玉兰花,小心翼翼地带回镇上卖的时候,他一路上时不时地揭开南瓜叶子看着白玉兰,"他微笑的神态仿佛是看了一眼襁褓中的婴儿"。这个明喻将宋钢的微笑比作在看初生的婴儿时候露出的笑容。这并不是说作为男性的他非常喜欢花朵,而是因为这个花儿在他眼中就是另一条生财之道,可以为林红和这个家每天增添新的收入。所以他满心欢喜。译文"as though he were peering down at a swaddled baby"(就像他凝视着襁褓中的婴儿一样),保留了原文的明喻,就是在翻译喻体的时候进行了虚拟化处理,将"看了一眼"译作"peer down"(低头凝视),这种更加具体细致的动作描写,让读者深深体会到宋钢对林红的爱。此时,宋钢的爱都倾注在这些白玉兰花上,因为他相信这些花儿会为他带来财运,他能够再为林红和他们的家带来经济收人,而不是成了一个废人。因此,花儿在他的眼中是那么可爱,让他都忍不住多看了几眼,而且是深情地凝视着。

在宋钢几近穷困潦倒的时候,李光头的生意却是做得如火如荼,而且他乘着改革开放的春风,敏锐地嗅到了商机,并抓住机遇,将生意越做越大。

李光头兴奋得像是一只小狗看到了一堆肉骨头,他知道百年一遇的商机来了,……(余华,2012:464)

Baldy Li was as excited as a little dog finding a pile of juicy bones. He recognized that this was a once-in-a-century business opportunity,…(Chow and Rojas,2009:459-460)

李光头是有着做生意的天赋的,因此是他而不是宋钢能够在改革春风吹遍中国的时候,抓住历史机遇,成了时代的弄潮儿。他感觉到商机来了,"李光头兴奋得像是一只小狗看到了一堆肉骨头"说明了李光头有着敏锐的商业嗅觉,而且非常热衷于做生意。译文"Baldy Li was as excited as a little dog finding a pile of juicy bones"(李光头兴奋得就像小狗找到了一堆鲜美的骨头)采用"as… as…"同级比较的结构,忠实地保留了原文的明喻,再现了李光头发现商机之后内心的激动,并且在翻译喻体的时候,增加了形容词"juicy: full of juice; succulent."(多汁的;鲜美多汁的),可见商机对于李光头的吸引力之大,就像好吃的肉骨头对小狗的吸引力一样。而且他天生就能够发觉商机,并且及时抓住商机,为自己赢得人生的一桶桶金。

经过李光头改造之后的刘镇成了旅游中心,吸引着各地的游客来到这里观光购物,也带动了刘镇的 GDP 产值一路上涨。在李光头的带领下,刘镇人靠着旅游产业共同富裕起来。

我们刘镇的旅馆业、餐饮业和零售业突飞猛进,**大批的外地人像雪花飘扬似的来到**,他们在刘镇住,在刘镇吃,在刘镇的商店进进出出买东西。(余华,2012:465)

Liu Town's hotel, restaurant, and retail industries began to take off. **Crowds of visitors blew through like blizzards**, and they would stay in Liu Town's inns, dine in its restaurants, and shop in its stores. (Chow and Rojas,2009:461)

"大批的外地人像雪花飘扬似的来到"这个明喻说明来刘镇旅游的外地人之多,也同样说明开发后的刘镇赚足了游客的钱,而这一切要归功于李光头敏锐的商业意识和头脑。如果不是他开发了刘镇的旅游资源,并几乎垄断了刘镇旅游业的方方面面,这样的热闹繁荣景象是不可能出现在刘镇的。译文"crowds of visitors blew through like blizzards"(大批游客就像是大风雪一般吹进了刘镇)保留了原文的明喻,在翻译喻体的时候进行了虚拟化处理,将"雪花"翻译为"blizzards"(大风雪),强调了这场旅游大潮来势凶猛,对刘镇人的日常生活冲击之大,也给他们的生活带来了翻天覆地的变化,所以译文的改写是比较恰切的。

李光头为了再次吸引全国人民的目光,打算在刘镇举行全国处美人大赛。大赛不但吸引了众多的媒体和游客,还吸引了想来此趁机捞一笔的骗子周游。他也敏锐地发现了刘镇巨大的商机,来到刘镇卖处女膜,但是他几乎是身无分文地到达这里的,却还能摆出一副百万富翁的架势。

> 我们刘镇除了首席代理宋钢,所有男人口袋里的钱都比周游多,仍然自卑地觉得自己是穷人,**这个只有五元钱的周游却是满脸的福布斯中国排行榜上的表情**。(余华,2012:484)
> Actually, apart from Chief Sub Song Gang, every man in Liu had more money in his pockets than did Wandering Zhou, yet they all felt poor. **Even with only five yuan, however, Wandering Zhou had the air of someone who was on China's Forbes 400 list.** (Chow and Rojas,2009:483)

这个周游是个行走江湖多年的骗子,他来到刘镇的时候身上只有五元钱和一箱子假货,但是他还是一副富人神气,让人觉得他是一个重要人物。"这个只有五元钱的周游却是满脸的福布斯中国排行榜上的表情",这个明喻充分刻画出周游这个骗子的高明骗术,说明他有着丰富的欺骗经验,即使手里无钱,也知道如何引人上钩,然后达到他的欺骗目的。译文"Even with only five yuan, however, Wandering Zhou had the air of someone who was on China's Forbes 400 list"保留了原文的明喻,用"the air of"的结构来翻译其表情,说明他对自己的骗术充满信心,决心在刘镇狠赚一笔再走。所以后来参加处美人大赛的众美人会抢空了他的假货,苏妈的女儿会被他成功骗到手,宋钢会和他远走他乡去赚钱。

周游的到来是宋钢命运的转折点,而宋钢注定要随周游远走他乡。周游不仅抢了宋钢的席子落脚,还发觉宋钢是他很好的合作伙伴,于是拉上他一起推销人造处女膜。老实巴交的宋钢为了赚钱养家,虽然心不甘情不愿,但还是跟周游一起伫立在刘镇街头,做起了他的托儿。

> 宋钢什么话都没说,没有点头也没有摇头,可是他站在那里痛苦不堪,**仿佛有把钝刀子在割他的肉**。(余华,2012:504)
> Song Gang didn't say a word, neither nodding nor shaking his head. He just stood there, feeling extremely uncomfortable, **as if there were a dull knife sawing away at his flesh**. (Chow and Rojas,2009:505)

但是宋钢根本无法像周游那样面不改色地推销处女膜,他只能配合地站在原地,不动也不作声,任凭周游和赵诗人拿他做例子,把假货说得天花乱坠。他觉得很痛苦,"仿佛有把钝刀子在割他的肉"。这个明喻生动地再现了宋钢的内心世界,就像一把钝刀子慢慢切割着一般的钻心彻骨。译文"as if there were a dull knife sawing away at his flesh"(就像一把钝刀子在切割着他的肉一般)保留了原文的喻体,其中的核心动词"saw:to cut or divide with a saw"(锯:用锯切割或分割)充分体现出宋钢内心的挣扎和绝望。他实在不想再站在那里忍受着众人的围观和嘲笑,但是他又想和周游合作赚钱,让林红过上好日子,因此左右为难的他,还是决定为难自己,继续做一个哑巴模特,任由周游去说。可以说,受了工伤后的宋钢,已经在求生的路上慢慢放弃了做人的基本尊严,只求能赚钱养家了,因此之后他和周游去海南岛继续行骗,并愿意为此做隆胸手术,变得不男不女也就不足为奇了。

宋钢背井离乡外出打工赚钱之时,李光头坐拥刘镇的上亿资产,产业还在不断扩大,而且心大的李光头想要再次追求林红,最终林红在其猛烈的攻势之下行将就范。

> 李光头走到茫然无措的林红面前,将手里的玫瑰递给她时,**这个土财主竟然像个洋贵族**,先将玫瑰轻轻地吻一下,然后才递给林红。(余华,2012:561)
> He walked up to the baffled Lin Hong, and when he handed her the

rose he was holding, **this local moneybags looked like a genuine foreign gentleman**. First he delicately sniffed the rose, then he handed it to Lin Hong. (Chow and Rojas, 2009: 567)

林红打心眼里是看不上李光头的,觉得他粗鲁不堪,现在暴富的李光头在她看来也不过就是一个土财主,但是这个李光头要她林红去为他新置的豪宅揭幕,可谓给足了她面子。而且他亲自去邀请林红,行动不再鲁莽,而是像个绅士一样,这让林红对他的看法有了很大的转变,觉得"这个土财主竟然像个洋贵族"。这个明喻是林红对现在的李光头的评价。这个评价非常关键,说明李光头就要攻下她这个坚固的堡垒了,因为林红看到了李光头好的一面,从心理上在慢慢接受这个等待了她多年的人。译文"this local moneybags looked like a genuine foreign gentleman"保留了原文的明喻,将"土财主"翻译为"local moneybags"(当地的富翁),"洋贵族"翻译为"a genuine foreign gentleman"(真正的外国绅士),说明了林红对李光头看法的彻底改观,为她后来心甘情愿投入李光头的怀抱奠定了思想上的基础。林红是有着女性的虚荣心的,宋钢离去多年,她内心空虚寂寞,因此李光头的穷追不舍满足了她的虚荣心,填补了宋钢离去带给她的寂寞,因此让她觉得李光头不再那么令人讨厌了,甚至有些欣赏的意味了。

林红在众人的注目之下,心甘情愿地上了李光头的高级轿车,随他去了他的豪宅,离开了宋钢留给她的空虚寂寞。至此,她投入了李光头的怀抱,忘记了远在他乡为她拼命赚钱的宋钢。

> 从来没有坐过轿车的林红不是坐进去,而是爬了进去,刘镇的群众都看到她翘着屁股**像是爬进了狗洞**。(余华,2012:562)
> ... never having ridden in a sedan before, she didn't get in so much as crawl in. The crowd saw her wiggle her butt as though she **were trying to climb into a foxhole**. (Chow and Rojas, 2009: 567)

刘镇众人看到林红坐进李光头轿车时候的样子,"像是爬进了狗洞"。这个明喻极富讽刺意味。明明是一个众人瞩目的美女,应该正大光明、优雅万分地坐进车里,但是因为她没有坐过车子,所以上车的样子非常难看,而且在众人看来,林红也不再是之前那个高傲的公主,而变成了李光头金钱攻势下的俘虏,心甘情愿地爬进了狗洞。译文"she were trying to climb into a foxhole"保留了原文的明喻，但是在翻译喻体的时候进行了虚拟化处理，将"狗洞"改为了"foxhole"（狐狸洞）。这样的改写更有意味。原文是对林红为五斗米折腰的讽刺，译文则是讽刺林红陷入了李光头用珠光宝气堆砌起来的温柔乡。"狐狸洞"让人联想起狐狸精、妖艳的人和性诱惑，因此也预示着林红和李光头之间将展开一场肉体的纠葛。这场纠葛最终导致了兄弟决裂、夫妻劳燕分飞的结局。

离开了江湖经验丰富、行走八方的周游，宋钢不知自己该往哪里去。他只能没有目标地漫游，走在寻找发财之道的路上。

> 没有了周游，宋钢行走江湖就没有了方向，**仿佛树叶离开树枝以后只能随风飘去**。（余华，2012：574）
> Without Zhou, Song Gang was adrift, **like a leaf fluttering aimlessly after leaving the tree**. (Chow and Rojas, 2009: 580)

宋钢形单影只，"仿佛树叶离开树枝以后只能随风飘去"。这个明喻让宋钢孤独一人漂泊异乡的可怜境地形象地展示出来。他根本就没有做生意的天赋，离开了能说会道的周游，孤身一人如何能够赚到钱呢？离开了周游，宋钢就像没有了领路人，不知该去哪里，只能在路上漂泊着。译文"like a leaf fluttering aimlessly after leaving the tree"（就像树叶离开树之后没有目的地飘去）保留了原文的明喻，再现了宋钢的无奈和孤独落寞。他真不知还能去哪里，就像孤独的叶子，只能随风飘动，浪迹天涯。他可以像周游一样回到刘镇，回到朝思暮想的林红身边，但是他不允许自己空手而归，必须赚到了足够多的钱，衣锦还乡，让林红过上衣食无忧的生活。这是他生活的理想，为了这种理想的生活，他必须继续漂泊。

> 他太想回家了，可是挣到的钱太少了，还不能让林红此后的生活无忧无虑，**他只能让自己继续漂泊下去，像孤独的树叶那样**。（余华，2012：574）
> He wanted desperately to go home but hadn't yet earned enough money to provide for Lin Hong for the rest of her life. Therefore, **he had no choice but to continue wandering aimlessly, like a solitary leaf.** (Chow and Rojas, 2009: 580)

因此，打定主意的宋钢继续漂泊在异乡，忍受着对林红的苦苦思念，只希望尽早赚到大钱，尽快回到林红的身边。他对自己的苛刻要求，让他只能"像孤独的树叶那样"继续漂泊。译文"he had no choice but to continue wandering aimlessly, like a solitary leaf"保留了原文的明喻，尤其是用"like a solitary leaf"来对译"像孤独的树叶那样"非常的贴切，其中的核心形容词"solitary: having no companions; lonesome or lonely"（寂寞的：没有陪伴的；单独的或孤寂的），说明他内心的煎熬，多么渴望回家的感受。可是，宋钢忘记了，忍受着思念之苦和分离煎熬的不只是他一个人，还有林红，甚至还有李光头。因此，他们两个距离相近、同病相怜的人就凑在一起相互安慰和取暖，从而最终导致宋钢失去了妻子林红和弟弟李光头，也失去了自我，走向了死亡。宋钢的悲剧是其性格的悲剧，如果他没有那么执拗于让林红过好日子的目标，回到刘镇两个人相守一生，也可以过得平静而幸福，但是他内心一直自卑，总是想给林红最好的，但是能力有限，所以至死都给不了林红他所谓的幸福，只能孤独地死去。

宋钢最终还是一身疲惫、风尘仆仆地回到了心之所系的刘镇——他的家。他急切地想要见到林红，诉说多年的思念，但是却扑了个空。家中没有林红。他在刘镇四处寻找林红，却从别人口中得知，不必等林红了，她和李光头走了的消息。这对于宋钢来说真是晴天霹雳，致命的打击。他已经隐隐知道发生了什么，但是还不敢去面对。

> 宋钢木然地站在我们刘镇的大街旁，直到大街上的行人开始稀少，霓虹灯逐渐地熄灭，四周寂静下来，**他才像一个颤巍巍的老人那样转回身来**，低头走进了自己的家，没有了林红的自己的家。（余华，2012：586-587）
> He stood woodenly by the side of the road until the crowds began to diminish and the neon lights were gradually turned off. As everything quieted down he finally turned around and **stumbled like an old man back into his house** — his house without Lin Hong.（Chow and Rojas，2009：592）

宋钢虽然回到了刘镇，但是没有找到林红，心中空落落的，后来从别人口中听到的话，让他更失去了将要和林红团聚的喜悦之情。"他才像一个颤巍巍的老人那样转回身来，低头走进了自己的家"。在外漂泊多年的宋钢，身心俱疲，他已经不知该如何面对林红，现在的林红不再是他心心念念的那个她。如果连妻子都抛下了他，他在这个世界真是生无可恋了。他瞬间苍老，连走路都变得异常困难。译文"stumbled like an old man back into his house"（步履蹒跚像个老人一样走进家门）保留了原文的明喻，表明出宋钢的老态，但是在翻译喻体的时候，进行了虚拟化的处理，使用了动词"stumble: to proceed unsteadily or falteringly; flounder"（蹒跚: 蹒跚而行），说明他真是瞬间变老，对他的人生已经丧失了最后的一点希望。因为林红离他而去，他的世界已经天崩地裂，无所依靠了，所以他义无反顾地选择了离开了这纷纷扰扰的人世，成全林红和李光头。而且，他觉得只有李光头这样有能力的人才能给林红物质和精神上的满足。这一点，是宋钢永远也无法给予林红的。

宋钢终于说服了自己，林红只有和李光头在一起才能得到真正的幸福，他是时候真正退出他们三人之间的爱情纠葛了。他要永远离开他们，让他们享受本该属于他们的幸福。

> 这样一想，宋钢突然释然了，**仿佛是心里的石头终于落地，他一下子轻松起来**。（余华，2012: 590）
>
> When he saw things this way, Song Gang suddenly felt relieved, **as if a heavy weight had been lifted from his heart**. (Chow and Rojas, 2009: 596)

宋钢想通了，自己打拼多年所要给林红的，却是李光头唾手可得的财富，而且李光头这么多年来一直没有忘记林红，他们才是天生的一对，而宋钢却是一个第三者。宋钢的存在只会让他们三个永远得不到真正的幸福和安宁，为此，他要永远地离开。他想通了之后，"仿佛是心里的石头终于落地，他一下子轻松起来"。这个明喻说明他一直带着对李光头的愧疚和林红生活在一起，所以他一直心事重重，无法解脱，现在他觉得离开是最大的解脱，仿佛心中的石头落地，感觉到无比轻松。译文"a heavy weight had been lifted from his heart"虽然保留了明喻，但是对喻体进行了比较大的调整，译作"从他的心里卸下了沉重的负担"。用"a heavy weight"翻译"石头"，更突出说明了三人之间的感情纠葛对他造成的沉重的心理负担。现在，在经历了人生的种种遭遇之后，他不想再背着这样沉重的包袱生活下去，他想要解脱，最好的办法就是离开这悲惨的人世。

决意离开人世的宋钢想给林红和李光头留下绝笔信来表明自己的心意。他心中释然,已经没有任何顾虑和挂念,获得了真正的解脱,但是在刘镇看客看来,宋钢似乎有些异样。因为他吃小笼包的时候,竟然一口喝下了滚烫的汤汁。

> 那几个讥笑他的群众吓了一跳,里面的肉汁没有一百度的高温,也有个八九十度,**宋钢呼呼地吸着,就像吸着凉水似的一点都不觉得烫**。(余华,2012:592-593)
>
> Those customers who had been making fun of him jumped in surprise, because the sauce was at least 175 degrees Fahrenheit. Song Gang, **however, sipped it up as though he were sipping cold water.**(Chow and Rojas,2009:599)

在众人眼中,宋钢有点不正常了,因为他把滚烫的汤汁当做凉水吸了下去。"宋钢呼呼地吸着,就像吸着凉水似的一点都不觉得烫。"这个明喻说明了众人眼中宋钢的举动极为反常,同时反衬出宋钢心中的平静,现在再也没有什么事情能够苦恼着他了,他就要得到永远的解脱了。译文"sipped it up as though he were sipping cold water"(吸出汤汁就像吸着凉水一样)保留了原文的明喻,说明宋钢完全失去了人的疼痛感,已经没有任何欲望,也无所畏惧了。

综合以上各例可知,对明喻的处理,译者主要保留了原文的本体和喻体,但是在具体情况下,又采取了不同的虚拟性的翻译策略:将人物的感受更加明晰化;通过改变句式结构使喻体更具动态和画面感;翻译喻体中的成语的时候代之以具体的场景描述,从而强化了故事的主题和原文所要传达的讽刺意味,并更有利于英语读者的理解,拉近了读者和译文之间的距离。有时候译者还将明喻翻译为借喻。

二、省译明喻

译者有的时候也将明喻略去,而直接采用一种类似于解释的译法,将事件通过描述清晰地展现出来。李兰回到家中看到已经死去的宋凡平躺在床上,她强忍着巨大的悲痛用水为他擦拭身上的伤口和泥土,并为他换下沾满了血水的衣服。她看着曾经高大英俊的丈夫竟是如此的惨死,整个人都崩溃了。

这个夜晚李兰**泪如雨下**,她在给宋凡平擦洗身体时,累累伤痕让她浑身发抖,她几次都要爆发出惨烈的哭叫,她又几次把哭声咽了下去,她把哭声咽下去的时候也同时昏迷了过去,又几次从昏迷中坚强地醒过来,她把自己的嘴唇咬得鲜血淋漓。(余华,2012:151)

All night Li Lan had **wept**. As she wiped down Song Fanping's body, she shuddered over his bruises and wounds. Several times she almost burst out into terrible wails, but each time she managed to swallow her sobs and would bravely rouse herself, though the effort almost made her faint. Her lips bled from biting down on them. (Chow and Rojas, 2009: 147)

李兰一边帮宋凡平擦拭身体,一边"泪如雨下",这个明喻说明她实在无法抑制自己内心的悲痛,几次都哭昏了过去,但还是硬撑了过来,再次边流泪边把丈夫的身体清洗干净,她要让宋凡平回到原来那个干净清爽的样子,虽然人已逝,也要他走得体体面面的。她一直想着和宋凡平幸福的家庭生活,但是却被无情的现实一次次地击垮,所以泪水止不住地往下流。译文"All night Li Lan had wept"去掉了原文中的明喻,而采取直接翻译的方法,核心动词"weep:to shed(tears) as an expression of emotion"(流泪)虽然也说明李兰非常伤心,但是却无法表现出李兰当时心疼不已、流泪不止的样子。自从回到刘镇得知宋凡平的死,见到了宋凡平的尸体,李兰再也没有停止过流泪,但是她更多的是自己默默流泪,尽量不在孩子面前过度地表现出悲伤。然而在宋凡平不得不折断腿才能放入棺材之后,当晚他们娘儿仨坐在一起吃纪念逝者的豆腐饭时,李兰再也无法控制自己的情绪,泪水不停地往下流。

当她将一大盆豆腐和一碗青菜端到桌子上时,李光头和宋钢看到她**泪如泉涌**,她在给两个孩子盛饭时仍然**泪如泉涌**。然后她转身去拿筷子了,她在灯光的阴影里站了很久,她拿着那六根树枝继续**泪如泉涌**地走到桌前,她脸上的表情像是睡梦中的表情,她**泪如泉涌**地在凳子上坐下来,**泪如泉涌**地看着手里的树枝,……(余华,2012:155-156)

As she placed the giant bowls of tofu and greens on the table, Baldy Li and Song Gang saw that her tears were still **gushing forth**, and she continued **weeping** as she filled their bowls with rice. Then she turned to get the chopsticks with a dreamlike expression on her face. **Weeping,** she sat on the bench and stared down in confusion at the sticks in her hands. (Chow and Rojas, 2009: 151)

这一段对他们吃晚饭情节的描写中用到了五个"泪如泉涌"。这个四字成语中含有一个明喻,将泪流不止的样子比喻为如泉水一般喷涌不止,说明了她无法抑制的悲伤从内心喷涌而出。译文省略了这几处重复的"泪如泉涌",但是省略方式有所差异,其中三处是采取解释性翻译的方法：第一处"李光头和宋钢看到她泪如泉涌"翻译为"Baldy Li and Song Gang saw that her tears were still gushing forth",其中的核心动词"gush: to flow forth suddenly in great volume"(喷涌),指的是泪水喷涌而出,基本符合"泪如泉涌"的意思;"她在给两个孩子盛饭时仍然泪如泉涌"翻译为"and she continued weeping as she filled their bowls with rice",用"weep"来翻译"泪如泉涌",完全取消了原文中的喻体,只是描写出她流着泪盛饭的情景;"她泪如泉涌地在凳子上坐下来,泪如泉涌地看着手里的树枝"翻译为"weeping, she sat on the bench and stared down in confusion at the sticks in her hands",此处"weep"用来翻译"泪如泉涌"而且还省略了一处"泪如泉涌",让原文的表现力削弱了一些。与此类似的一处完全省略明喻的地方是"她拿着那六根树枝继续泪如泉涌地走到桌前,她脸上的表情像是睡梦中的表情",翻译为"Then she turned to get the chopsticks with a dreamlike expression on her face",这对表现李兰当时痛苦无比的心情是有所影响的。

宋凡平走后的几年,李兰始终想念着丈夫,为此她整整七年都没有洗头,以示对宋凡平的纪念。

在我们刘镇,丧夫的女人一个月不能洗头发,最长的半年不洗。李兰自从宋凡平死后,再也没有洗过头发。**没有人知道李兰对宋凡平的感情有多深,那是比海洋还要深厚的爱。**李兰七年没有洗头发……(余华,2012: 188)

In Liu Town, a widow was not supposed to wash her hair for a month after her husband's death, and sometimes the custom would be extended to half a year. Li Lan stopped washing her hair altogether following Song Fanping's death. For seven years she didn't wash it,…(Chow and Rojas,2009:183)

这里写到了刘镇寡妇为丈夫一个月不洗头发的传统,而李兰更是为了宋凡平七年没有洗过头发,可见她对他的爱之深。叙述者有一句评论很好地说明了他们之间的感情有多深。"没有人知道李兰对宋凡平的感情有多深,那是比海洋还要深厚的爱。"其中包含了一个明喻,就是将李兰对宋凡平的爱的程度和海洋的深度进行比较,是有过之而无不及的。正因为如此,她才决意七年不洗头发,直至自己的生命即将走到尽头,才重新梳洗干净,准备干干净净地去与地下的宋凡平团聚。译文省略了这个海洋的明喻,虽然读者也可以从上文了解李兰七年不洗发的原因是出于对宋凡平的爱和纪念,但还是少了原文的明喻带给人的震撼和深刻印象。

宋钢眼见着林红心灰意冷,在他眼前跳下了冰冷的河水,他马上也跳下水救上来不会游泳的林红,但是对他绝望的林红抱着瑟瑟发抖的肩膀毅然离他而去。她离开时候的背影决绝而坚定,宋钢觉得自己的世界也随着林红的离去彻底地坍塌下来了。

……,细雨在路灯里像雪花一样纷纷扬扬,空荡荡的街道沉睡般的安静。(余华,2012:293)

The rain glittered under the streetlamps like snowflakes, and the street itself seemed asleep.(Chow and Rojas,2009:285)

宋钢感觉经历了刚才林红轰轰烈烈的表白、自己的拒绝、林红强烈的举动之后,整个世界都顿时安静了下来,因为他的世界也随着林红的离去而失去了声音和色彩。所以,在他看来,"细雨在路灯里像雪花一样纷纷扬扬,空荡荡的街道沉睡般的安静"。这里有两个明喻,将细雨比作雪花,将安静的街道比作沉睡了的街道。译文"The rain glittered under the streetlamps like snowflakes, and the street itself seemed asleep"完全保留了第一个明喻,把本体"细雨"翻译为"the rain",喻体"雪花"翻译为"snowflakes",说明了宋钢的内心世界也在不断下雨的心理体验。而第二个明喻却被省略了,直接进行了拟人化的翻译处理:"街道仿佛睡着了。"这样的翻译虽然简洁也很形象,但是原文中的本体——

"街道的安静"却丢失了。"街道的安静"也是宋钢内心安静的体现,说明他现在心如止水,除了林红,再也不会有人让他的心再起波澜。他也兑现了对母亲李兰和弟弟李光头的诺言,将林红让给弟弟,自己退出这场爱情之战。说白了,他做了这场爱情战争的逃兵,还没有开战,就宣布了投降。

林红和宋钢的恋情公开之后,刘镇未婚男子的女神梦都彻底破碎了。林红到底有多受众人瞩目,可以从下面这个明喻中了解一二。

> 林红和宋钢的恋情曝光以后,我们刘镇最大的爱情悬念终于揭晓了,**未婚的男青年像是多米诺骨牌倒下似的纷纷死了心**。(余华,2012:315)
> Once Lin Hong and Song Gang's affair was finally made public, the town's biggest romantic cliff-hanger was finally resolved, **thereby breaking the hearts of all the remaining bachelors.**(Chow and Rojas, 2009:305)

林红是刘镇的一枝花,所有未婚男性心中的女神,现在女神有主了,她的所有钦慕者和追求者只能慨叹自己的时运不济,无法和心爱的女神相守一生,"未婚的男青年像是多米诺骨牌倒下似的纷纷死了心"。这个明喻中的喻体"多米诺骨牌"(domino)一般是由二十八枚这样的骨牌组成一套来玩游戏,从这个喻体中可见林红的追求者之多。而她和宋钢确定了恋爱关系,让这些人都死了心,他们完全没有了机会,这也是林红自己主动寻找男友的初衷,要摆脱包括李光头在内的其他追求者的纠缠。译文"thereby breaking the hearts of all the remaining bachelors"(因此伤了其他单身汉的心)省略了原文的喻体,虽然意思表达也很到位,但是无法表现出林红在刘镇的受欢迎和瞩目的程度。

李光头在规划好了上海创业之行后,当务之急就是要筹集创业启动金。他将目标锁定在了刘镇创业者的领头羊童铁匠身上,并努力说服他入股他的服装加工厂。

> 他再三提醒童铁匠,他带着十四个瘸傻瞎聋都能一年挣几十万,要是带上一百四十个、一千四百个健全人,**里面要是像炒菜撒上味精那样,再撒些学士硕士博士和博士后进去**,那就不知道能挣多少钱了。(余华,2012:333)
> He repeatedly reminded Tong that with only fourteen handicapped

workers he had been able to earn tens of thousands of yuan a year. Therefore, were he able to have 140 or even 1,400 healthy workers, **as well as a handful of college grads, M.A.'s, and Ph.D.'s and even some postdoctorate fellows,** who could say how much money he'd be able to make? (Chow and Rojas, 2009: 325)

李光头的口才多少也受继父宋凡平的影响,他跟童铁匠强调,自己带着十四个残疾人都可以一年挣得几十万,如果带上健全人,再加上高学历的人,那一定"钱"途无量。李光头用了一个炒菜加味精的比喻来说明增加高学历人才之后,他的团队有多么厉害。他说:"里面要是像炒菜撒上味精那样,再撒些学士硕士博士和博士后进去,那就不知道能挣多少钱了。"这个比喻非常形象,说明他并不是完全依靠高学历人才来赚钱,他引进高学历人才只是为了锦上添花,让他的创业团队的实力更强大,为他们创造更多的利润。译文省略了原文中的这个有意思的明喻,而是采用"as well as"这个表示并列的结构,翻译为"as well as a handful of college grads, M.A.'s, and Ph.D.'s and even some postdoctorate fellows",虽然在表达意思上和原文相当,是完整的,但是在表现人物的性格和语气上还是有所影响的。因为在李光头看来,高学历人才与一般工人相比,并非必不可少。他觉得更应该依靠健全的工人,他的工厂更需要的是能够干体力活的人,这样他们就能完成更多的工作量,赚取更多的钱。而高学历的人才对于他来说就是门面招牌,让他的工厂听上去更高大上一点,但是对赚钱本身没有太大影响,所以说像炒菜撒味精一样,可有可无,没有加味精的菜也可以入口,如果遇到手艺好的师傅,也可以很美味。

李光头在垃圾生意还没有做起来之前,天天在县政府门口静坐示威,而且还过着有上顿没下顿的日子。宋钢实在看不得弟弟挨饿,就将自己中午吃的饭让给他吃,还把身上的钱都给了他,帮他度日。后来,李光头都是习惯性地去要走宋钢的钱和粮票。这个秘密一开始林红并不知道。

林红不知道李光头像强盗一样,每天都把宋钢口袋里的钱和粮票要走。(余华,2012:380)

Lin Hong didn't realize that Baldy Li made off every day with Song Gang's money and grain coupons. (Chow and Rojas, 2009: 371)

一开始是宋钢将粮票和钱都背着林红给了李光头,后来就成了李光头理所当然地从宋钢口袋里抢走了钱和粮票,那行为就"像强盗一样",说明李光头的横行霸道,也说明他从来就没有真正地和宋钢决裂。在他心里面,宋钢仍然是哥哥,弟弟拿着哥哥的钱花,天经地义。但是译文省略了这个像强盗一样的明喻,译成"made off every day with Song Gang's money and grain coupons",其中的核心动词词组"made off"[离开,(尤指做了错事后)匆忙离开,逃走],却给了人另一种形象,好像李光头觉得自己拿宋钢的钱是件不光彩的事情,是错了,所以马上逃离,但是事实上,他觉得宋钢的钱就是自己的钱,他拿来先用有什么错呢?因此省略掉的明喻说明李光头和宋钢并未完全分家,李光头还是在心中认定宋钢是哥哥,一定会在困难时候帮助他。而译文"made off"却将两人之间的关系分得很清楚,这并不符合李光头的为人。

宋钢在下岗了之后,找工作四处碰壁,他最终想到了去码头当搬运工做苦力,而且这份工作的一天收入颇丰,只是对他的身体是个极大的考验。他最终支持不住,摔倒在工作现场,还被沉重的沙袋砸伤了腰部,疼痛难忍。

> 几个工友搬开大包,把宋钢拉起来时,剧烈的疼痛让宋钢嗷嗷直叫,**他的身体弯得像是一只河虾**。(余华,2012:442)
> Several of Song Gang's workmates removed the bundle and helped pull him up. A searing pain made him cry out in agony, and **his body doubled up into a fetal position.** (Chow and Rojas, 2009:437)

当工友们试图拉他起来的时候,他极度疼痛,"他的身体弯得像是一只河虾"。这个明喻说明他一定伤得很重,甚至是砸断了腰部,否则不会疼到无法起身,弯曲得像只虾子。译文"his body doubled up into a fetal position"(他的身体弯曲成胎儿的姿势),省略了原文中的明喻,而虚拟性地翻译为"胎儿的姿势"。这个形象也可以让人联想到宋钢受伤之后的痛苦,但是虾子的弯曲和痛苦程度更加深,而胎儿的姿势让人觉得虽然身体弯曲,但是也许并非那么的痛苦,因为胎儿在子宫里面蜷曲着身子,其实并不难受。所以省略了明喻,让原文对宋钢受伤后的痛苦的描述效果有所削弱。

综合以上可知,译文中省略明喻的方法是一种虚拟性的翻译策略,即主要是通过一种阐释性的翻译,将明喻的内涵明晰化,这样就缩短了文本和读者之间的距离。然而,这样的省略不可避免会让原文中的人物、情节"失真",是译者在权衡了译文的忠实性和可接受性之后选择了后者的结果。

三、增译明喻

有时,译者在处理一些原文中并不存在比喻的地方时,将其翻译为明喻。

李兰和宋凡平的二婚在众人眼中也是一场闹剧,尤其是在童铁匠夫妻大闹他们的婚礼时,宋凡平忍无可忍和他们几个人大打了一架,被打得遍体鳞伤,这时候刘镇众人还在驻足看一场接着一场的好戏。

……他看到**屋外人山人海,人人脸上都是看戏的表情**,……(余华,2012:29)

Song Fanping saw **the people outside, all looking as if they were watching a show**,…(Chow and Rojas,2009:27)

李兰和宋凡平本想安安静静地过好这来之不易的幸福生活,但是他们的结合从一开始似乎就注定了会经历诸多波折,虽然他们深爱对方,也非常珍惜彼此。在婚礼当天童铁匠一家来挑事的时候,那么多的看客中竟然没有一人来劝架或者主持公道。宋凡平满眼望去,都是冷眼旁观,唯恐天下不乱,坐等好戏登场的表情,即"人人脸上都是看戏的表情"。译文增加了明喻"all looking as if they were watching a show",采用的是虚拟性的翻译方法,将原文对表情的描写改为了对众人群像的描写,将一群围在宋凡平家门口的刘镇看客比喻为等待着看戏的观众。这样的明喻让刘镇看客这个群体的形象更加鲜明突出,也让《兄弟》故事发生的社会背景更加的清晰。就是在这样的一个镇子里,才能发生一系列戏剧性的故事,让人物命运的起起伏伏都成了众人眼中的一幕幕喜剧,充满了节日狂欢的气氛。

李兰因为儿子李光头偷窥女厕被抓,觉得实在无脸见人,她实在想不到十几年后的今天,他的儿子会让她再次蒙羞,所以内心的焦灼加重了她的头痛。这是十几年前前夫那丢人的死给她留下的病根。这次痼疾重犯,使她身心都疼痛难忍。

她时常用手指敲击着自己的脑袋,而且敲击的声响越来越清脆,**差不多是庙里木鱼的敲击声了**。(余华,2012:29-30)

She often rapped her head with her knuckles, and her knocks grew ever crisper and louder, **like the steady drum of a temple clanger.** (Chow and Rojas, 2009: 29)

李兰没有吃药,而是用手指不断敲击自己的脑袋来减轻头疼。她这么做不但无法缓解头痛,还在加剧内心的焦灼,因为这是她的心病,但是没有心药来医治,因此她敲头的动作成了一种习惯,"差不多是庙里木鱼的敲击声了"。这个暗喻的喻体"木鱼的敲击声"说明李兰敲头已经成为一种生活中不可或缺的日常行为,也说明她内心的痛苦无法排解。而译文增加了喻词"like",翻译成了明喻"like the steady drum of a temple clanger",而且增加了形容词"steady: free or almost free from change, variation, or fluctuation; uniform"(不变的:完全或几乎没有改变、变化或波动的;一惯的),更清楚地表现出李兰长期以来因为丈夫的不堪之死所蒙受的耻辱。她外在的习惯性地敲击头部动作反映出的是她长久以来内心的煎熬,现在儿子李光头给她那本就千疮百孔的伤疤上又撒了一把盐。这样的虚拟性翻译,让李兰痛苦不堪的母亲形象通过一个简单的重复动作而跃然纸上。

孩子对甜食的偏爱是天性,更何况在那个食不果腹的年代,如果有糖果这样的小零食吃,那真是上了天堂的感觉。李兰白天上班的时候就把李光头锁在家中,因为怕他跑丢了。一日宋钢趁着和爷爷进城卖菜的机会,偷偷跑回来看李光头,还给他带来了好吃的大白兔奶糖,但是因为门关了,不能直接给李光头。宋钢没有等到李兰下班,但是跟爷爷回家的时间到了,他就将奶糖放在家门口的石板下。李光头只能目不转睛地盯着压着奶糖的石板,那种近在眼前却又远在天边的煎熬实在难受,生怕有人会抢了去。

接下去李光头的眼睛就贴在门缝上了,**守护着外面石板下面的奶糖**,……(余华,2012: 183)
Baldy Li kept his eyes glued to the crack in the wall, **guarding his milk candies like a hawk**. (Chow and Rojas, 2009: 177)

原文"守护着外面石板下面的奶糖"形象地刻画出孩子眼中的奶糖是如此的神圣,要去守护,生怕别人夺走他的宝贝。译文"guarding his milk candies like a hawk"增加了原文中所没有的喻体"like a hawk"(像一只老鹰)。增译的明喻让读者更加能够体会到孩子对奶糖的喜爱,像一只凶猛的老鹰守护着他的宝贝一般,谁要敢来动他的奶糖,就和他拼命。

"文革"是一场时代的洪流,无数人都身不由己地被卷入其中,而随着时间的推移,"文革"的洪流正在慢慢地退潮,并最终退出了历史的舞台,成了历史的一瞬间。这世间的人们也永远只是沧海一粟,所有的欢乐、痛苦都会随着潮水的退却而被冲刷干净。

> 这时候是"文革"后期了,**革命不再是滚滚洪流,革命是涓涓细流了**。(余华,2012:203)
> It was already the tail end of the "Cultural Revolution", and **the revolution was no longer a roaring tide but more like a trickling stream**. (Chow and Rojas,2009:197)

"文革"后期,"革命不再是滚滚洪流,革命是涓涓细流了",这个暗喻说明了革命虽是汹涌大潮,但是终有潮水退却的一天。译文"the revolution was no longer a roaring tide but more like a trickling stream"保留了第一个暗喻"革命不再是滚滚洪流"(the revolution was no longer a roaring tide),而将第二个暗喻"革命是涓涓细流了"改成了明喻"but more like a trickling stream"。这样增加的明喻是为了突出"文革"已经势弱,即将结束的现实,历史将要开启新时代,而我们的主人公将在新的历史舞台上上演新一代人的悲欢离合。

虽然李光头和宋钢性格迥异,但是却因同甘共苦、一起长大而惺惺相惜。李光头一直很欣赏和佩服宋钢的文学才华。宋钢参加工作之后,还经常看书进行文学创作,而李光头就是他习作的第一个读者,也是他的忠实粉丝。在李光头看来,宋钢完全有成为文学大家的潜质。

> 李光头认真地告诉宋钢,这是一篇好小说,虽然还没有好到**鲁迅巴金那里**,但也好到刘作家和赵作家前面去了。(余华,2012:230)
> He earnestly told Song Gang that this was a good story, and even though it was not at the level of stories by **literary giants like Lu Xun and Ba Jin**, it was better than anything Writer Liu or Poet Zhao have written. (Chow and Rojas,2009:222)

当宋钢给李光头看他刚写成的一篇小说时,就得到了李光头的赞美。李光头认为虽然宋钢的作品还不能堪称文学大家,"虽然还没有好到鲁迅巴金那里",但是也超过了刘镇的两位才子。译文"even though it was not at the level of stories by literary giants like Lu Xun and Ba Jin",增加了原文中没有的名词"literary giants",并在后面加上了"like Lu Xun and Ba Jin",说明了鲁迅和巴金的身份以及其在中国文学史上的大家地位。如此增加的明喻使得译文的意思表达更加清楚,也消除了英语读者的阅读障碍。可以看出,在李光头的心里,宋钢就是一位未来的文学大家,他的前途一片光明。

《兄弟》中充满了荒诞的黑色幽默,李光头带领着一帮残疾人发家致富的故事本来就极具夸张色彩。在陶青来工厂视察工作的时候,李光头要求所有员工都要热烈鼓掌,表示欢迎。但是,残疾人中有聋人、哑巴、盲人和智障人,想要教会他们行动一致地鼓掌谈何容易。但是,在李光头看来,没有什么事情是办不到的,只有想不到而已。

……,李光头还嫌掌声太轻,对他手下的十四个忠臣喊叫道:

"陶局长来看望我们大家啦!**把掌声给我鼓出鞭炮的响声来!**"(余华,2012:242)

Baldy Li felt that the applause was not loud enough and therefore shouted to his loyal minions, "Director Tao has come to see us! **Make your applause as loud as fireworks!**"(Chow and Rojas,2009:235)

李光头大声地喊叫,"把掌声给我鼓出鞭炮的响声来",意思是掌声还要更大,现在声音太小了,怎么能表现出我们对局长的热烈欢迎呢?陶青对他们家有恩,从"文革"时期帮他们将惨死的宋凡平送回家中,到改革开放时期,受病中的李兰之托,帮助李光头找到福利厂工作之恩情,他实在是兄弟俩的恩人。李光头懂得感恩,所以对陶青他总是礼让三分,恭敬有加。译文"make your applause as loud as fireworks"增加了"as... as..."同级比较级所引导的明喻,将掌声比喻为响亮的鞭炮声,从而让领导感受到厂里的热情高涨。所以增加的明喻让表达更加清晰,也突出了李光头这个人敢作敢当、知恩图报的性格特点。

在这场林红、宋钢和李光头三人的爱情闹剧中,林红父母的心也跟着七上八下,没有着落。尤其是那天晚上宋钢被迫来到林红家和她了断,然后李光头又想趁虚而入，闹得这个家更是鸡犬不宁，害得两位老人也不知如何是好。

> 这天晚上林红的父母**经历了大起大落**，先是沉默不语的宋钢走进了林红的房间，让林红伤心绝望；接着厚颜无耻的李光头又来了，让林红失声惊叫。（余华，2012：306）
>
> All night Lin Hong's parents **felt as if they were riding an emotional roller coaster**. First Song Gang walked into Lin Hong's room and broke her heart. The Baldy Li came and made her scream in horror. (Chow and Rojas，2009：297)

林红父母虽然不是当事人，但是身为林红最亲的人，他们的心和女儿是连在一起的，看着女儿为了心爱的人身心憔悴，又受到厌恶无比的人的不断骚扰，他们在那个晚上"经历了大起大落"，说明他们也和女儿林红一样为宋钢的再次出现而欣喜，为他的决绝而伤心难过，为李光头的再次登门头疼不已，这一切都让两位老人无所适从。译文"felt as if they were riding an emotional roller coaster"增加了原文中所没有的明喻，将老人一晚上所经历的一切对他们的感情的冲击比作是"riding an emotional roller coaster"（坐上了感情的过山车）。"过山车"这个新增的喻体确实让人震撼，读者也能感同身受他们的心理体验，那是从天堂到地狱的大起大落，那是从天上坠入地下的彻底绝望。

宋钢和李光头之间的兄弟之情因为林红的介入而决裂，但是宋钢还是希望唯一的弟弟能来参加他们的婚礼，得到弟弟的祝福，于是他硬着头皮去给李光头送请帖。因为他是骑着永久牌自行车去的，所以李光头在尝试着骑车的过程中与宋钢有了言语的交流，让宋钢觉得似乎他们兄弟又回到了过去的时光。但是，当宋钢递出请帖，表明了来意时，刚才的融洽气氛顿时消失得无踪影。

> 宋钢呆呆地看着李光头走去，刚刚恢复的兄弟情谊又**烟消云散**了。（余华，2012：323）
>
> Song Gang stared after him as Baldy Li walked away, and the fraternal affection that they had momentarily regained **dissipated like a wisp of smoke**. (Chow and Rojas，2009：313)

宋钢看着弟弟没有接过请帖,拒绝了参加婚礼,并转身离开,心里很难过,觉得"刚刚恢复的兄弟情谊又烟消云散了",即消失得一干二净,两人之间又恢复了因为林红而产生的无法逾越的鸿沟。"烟消云散"这个成语来自《朱子全书 治道二 祯异》:"使一日之间,云消雾散,尧天舜日,廓然清明。"意思是像烟云一样消散。比喻事情消失得干干净净。译文"they had momentarily regained dissipated like a wisp of smoke"(像一阵烟雾一样消失了),增加了原文中没有的明喻,让描写更加清晰,也充分表明了两人之间的隔阂之深,一旦触及林红,兄弟之情就瞬间荡然无存,再也无法恢复到以前的兄弟情深。增加的明喻也说明了李光头离去的决绝,以及宋钢目送弟弟离开的背影时内心的痛苦和失望。

李光头在上海首战失利后回到刘镇,向六个合伙人说出了实情之后,他们几个人都失望透顶,而且每个人都有表达自己愤怒的方式。老实人王冰棍的表达方式最悲壮。

王冰棍最为悲壮,他像是堵枪眼那样扑了上去,哀号着他的"五百元",抱住李光头的肩膀大口吃肉般地咬了起来,仿佛要从李光头身上咬下价值五百元人民币的皮肉来。(余华,2012:356)
Popsicle Wang was the last to join in and, **with the air of a martyr, launched himself toward Baldy Li as if he had been fired from the muzzle of a gun. Crying out "Five hundred yuan!" and swooping in like a kamikaze pilot making his last dive, he grabbed Baldy Li's shoulders and bit down hard, as if he were trying to bite off a five-hundred-yuan hunk of flesh.** (Chow and Rojas,2009:348)

这里叙述者重点描述了王冰棍在听说自己的投资血本无归之后的反应,他"最为悲壮,他像是堵枪眼那样扑了上去"。这个明喻非常的夸张,将他扑向李光头的行动比喻为英雄堵枪眼的动作。译文"with the air of a martyr, launched himself toward Baldy Li as if he had been fired from the muzzle of a gun"增加了原文中没有的明喻"with the air of a martyr"(像烈士一般),说明他已经疯狂绝望了,本能地扑向李光头去发泄自己的愤怒。第二个明喻虽然保留了下来,但是改变了喻体"he had been fired from the muzzle of a gun"(他就像枪管射出的子弹一般)而不是堵枪眼。接下来,他的举动更加疯狂,"哀号着他的'五百元',抱住李光头的肩膀大口吃肉般地咬了起来,仿佛要从李光头身上咬下价值五百元人民币的皮肉来"。这个明喻说明他当时已经丧失了理智,为了要回自己的血汗钱,甚至要咬掉李光头身上的皮肉来抵债。译文"'Five hundred yuan!' and swooping in like a kamikaze pilot making his last dive, he grabbed Baldy Li's shoulders and bit down hard, as if he were trying to bite off a five-hundred-yuan hunk of flesh."增加了原文中没有的明喻"swooping in like a kamikaze pilot making his last dive"(就像神风敢死队队员的最后一跳那样猛扑过去)。这个增加的明喻让王冰棍当时失去理智,一心只想要回自己的钱的心情充分体现了出来。现在谁也无法阻挡他跟李光头拼命,谁也无法阻止他从李光头身上扒下一层皮来抵债的心。这五个合伙人只要一见李光头就打他一顿,而且打了他很长时间还不解恨,着实要把他打成个残废。

> 五个债主从春暖花开一路揍到夏日炎炎,**把李光头揍成一个从战场上回来的伤兵**,……(余华,2012:360)
> The five creditors beat Baldy Li from early spring straight through midsummer, **until he looked like a wounded soldier returning from battle**. (Chow and Rojas, 2009:352)

李光头纵使铜墙铁壁也经不起五个青壮年男子长期的殴打,因此浑身上下伤痕累累,俨然"把李光头揍成一个从战场上回来的伤兵"。这个暗喻说明李光头已经是体无完肤,好像经历了战争一样,身心都已残。译文"until he looked like a wounded soldier returning from battle"(直到他看起来像从战场归来的伤兵一样)。译文将原文的暗喻变成了明喻,突出强调了众债主下手之狠,这也与后来李光头做垃圾生意发家之后,他们完全改变了嘴脸来奉承李光头的情节形成鲜明的对比。可见,人心所向,直指金钱,毫无人心、人性可言。

李光头和宋钢分家之后,一个人孤独落寞,连吃饭都成了很大的问题,而且还被债主追着打,真是境况凄惨。即便如此,他仍然威风不减,让人觉得这一切对他来说都是不值一提的小事情。

> 这时的李光头**穷困潦倒,吃了上顿没下顿,吊胳膊瘸腿的,仍然八面威风**。(余华,2012:368)

During that period Baldy Li was so poor that he never knew where his next meal would come from, and though he was often limping and his elbows were out of joint, **he still sauntered about as if he owned the town**. (Chow and Rojas, 2009: 360)

此时的李光头真是"穷困潦倒"。这个成语出自唐代杜甫的《登高》一诗:"艰难苦恨繁霜鬓,潦倒新停浊酒杯。"意思是生活贫困,失意颓丧。虽然李光头穷苦交加,还被债主追债,过着朝不保夕的日子,但是他仍然"八面威风"。这个成语出自元代尚仲贤的《单鞭夺槊》第四折:"圣天子百灵相助,大将军八面威风。"意思是形容人的神气足,声势盛。这说明他做人磊落而坦荡。虽然生活落魄,但是他觉得欠人钱财,被人追打是天经地义的事情,所以也不觉得有什么丢人的。而且从小过惯了吃了上顿没下顿的日子,饿肚子对他来说也是家常便饭,不足为奇,所以他仍然像平常一样度日。译文"he still sauntered about as if he owned the town"增加了译文中没有的明喻,将李光头"saunter about"(闲逛)的动作比作"好像拥有了整个镇子",更加生动形象地说明了他没有被现实的困难所打倒,仍然像一镇之主那样在街头漫步,让人觉得他所遭受的一切都不值一提。他李光头还是李光头,不会被困难所打倒,每天的太阳都是新的,生活还要坚强地继续。

李光头在穷困潦倒了三个月之后,想到了回到福利厂去看望他的旧部下,顺便填饱自己的肚子。他的十四个忠臣在知道了李光头三个月没吃上饱饭之后,马上倾囊而出。李光头带着他们一起雄赳赳地走向人民饭店,他要好好吃一顿。

有了上次兵临城下针织厂、簇拥着李光头兵荒马乱地去向林红求爱的经验后,这次全体上街**走得秩序井然,竟然走出了仪仗队的方阵**。(余华,2012:373)

Having learned from their experience when they marched on the knitting factory to help Baldy Li declare his love for Lin Hong, **this time they marched in an orderly fashion, functioning as an honor guard phalanx**. (Chow and Rojas, 2009: 365)

叙述者描写了这支浩浩荡荡护送李光头去人民饭店吃面的队伍,"走得秩序井然,竟然走出了仪仗队的方阵"。"井然有序"这个成语出自清代王夫之的《夕堂永日绪论外编》第二十六卷:"如尤公瑛《寡人之于国也》章文,以制产、重农、救荒分三事……井然有序。"这个成语的意思是整整齐齐,次序分明,条理清楚。这个明喻让人联想到了高大上的仪仗队,又想到了其中的成员是有着各种残疾的特殊人群,这种鲜明的反差和对比让人忍俊不禁,而且也只有李光头才可以训练这样的一群人走出仪仗队的方阵。译文"this time they marched in an orderly fashion, functioning as an honor guard phalanx"增加了原文中没有的明喻,翻译为"functioning as an honor guard phalanx"(就像是令人尊敬的保卫方阵一般),说明对于这十四个残疾人部下来说,他们的领袖李光头的地位之高,他们要像保护重要人物那样,把李光头簇拥在中间,走着整齐的步伐将他送去吃饭的地方。这样从侧面反映出李光头的人格魅力,因为这样的残疾人是不会伪装的,正因为李光头是真心实意为他们谋福利,他们才会如此发自内心地拥戴他。

李光头做成了垃圾买卖,可谓几家欢喜几家愁。入了股的余拔牙和王冰棍喜上眉梢,而暗自伤神的就是之前顾虑重重,没能入股的张裁缝和小关剪刀。他们悔不该当初听了童铁匠的劝,没有入股。

> 两个人**事后诸葛亮**,说他们当时肯定是变卖家产,换了现金全部入到李光头的破烂事业里去了。(余华,2012:429)
>
> **In hindsight** they both became **as prescient as the legendary Three Kingdoms strategist Zhuge Liang**, saying that they would have sold off their possessions and invested the resulting money in Baldy Li's scrap business…(Chow and Rojas,2009:423)

两个人得知李光头的垃圾生意越做越大,钱越赚越多,非常后悔。两个人"事后诸葛亮",这是一个歇后语,表明两人在讨论着如果早知李光头会如此成功,早就变卖家产来入股了。这只是他们的假设,毕竟木已成舟,事实是他们没有果断地投资李光头的垃圾生意,也就丧失了一夜暴富的机遇。译文"In hindsight they both became as prescient as the legendary Three Kingdoms strategist Zhuge Liang"(事后,他们都变成了像传说中的三国的战略家诸葛亮一般的有预见性)。译文增加了原文中所没有的明喻"as prescient as"的结构,表示和谁一样有预见性,并在宾语"Zhuge Liang"前增加对人物身份来源的解释"the legendary Three Kingdoms strategist"(传说中的三国战略家),让英语读者更加体会到两人的后悔莫及。现在纵使是真有诸葛亮也于事无补,只能眼睁睁看着李光头带着其他入股人发大财。

周游拖着他的一箱假货在刘镇走了一天,但是一无所获,这无疑让他倍受打击,加上又累又饿,他的脸上再也没有了骄傲的神情,步伐也无比沉重。

他提着两个大纸箱走过了街道,虽然他**西装革履,可他走出来的已经是难民的步伐**。(余华,2012:486)
Still carrying his two boxes, he crossed the street and, **though he was still sporting his suit and dress shoes, his gait was now more like that of a refugee**.(Chow and Rojas,2009:485)

叙述者描写现在的周游,虽然"西装革履,可他走出来的已经是难民的步伐",说明他实在是筋疲力尽了,再也装不出百万富翁的神情,来刘镇大捞一笔的豪情壮志也被现实消磨殆尽了。他现在只想找个地方落脚,填饱自己的肚子。译文"though he was still sporting his suit and dress shoes, his gait was now more like that of a refugee"(虽然穿着西装,但他的步伐现在更像是难民),增加了原文中所没有的明喻"像难民一样",充分体现出周游当时一无所获的窘迫。他现在所有的宏伟计划都化作最基本的生存需求,就像难民一样,寻找避难所,吃一顿饱饭。所以,增加的明喻更能够凸显出周游当时的困境,为宋钢当时的出现做了铺垫。对于周游来说,宋钢就像是救命稻草,他要做的就是尽快躺倒在宋钢的席子上,好好休息一下。

研究发现,译者对明喻的处理一般有三种翻译方法,也产生了相应的审美效果:首先,译文保留了原文的本体和喻体,从而保留了原文中本体和喻体之间的认知距离,达到了类似的审美效果,即一种反讽的意味。其次,译文中省略明喻的方法主要是通过一种阐释性的翻译,将明喻的内涵明晰化,这样就缩短了文本和读者之间的距离。最后,译文中增译明喻,会拉大文本和读者之间的距离,但可以强化喻体中携带的和主题相关的意象。总体上来说,译者翻译明喻的时候是采取虚拟性的翻译方法。

第二节 借 喻

在《兄弟》中,借喻还有一种语体色彩的含义,就是使行文更加口语化。

一、保留借喻

《兄弟》中有一类的借喻因为前面出现过类似的明喻来展现其本体,所以后面再次出现的时候就直接使用其喻体,这样就更加简洁明了,形象生动。李光头被赵诗人发现在厕所偷窥之后,赵诗人抓住他并打算将他游街示众,这时被偷窥了的胖屁股和瘦屁股两个人也要一起抓他游街,才觉得能够出了这口闷气。

> 剩下的三个人押着李光头走向了派出所。**眉飞色舞的赵诗人和一个新鲜肉般的胖屁股,还有一个咸肉般的瘦屁股**。(余华,2012:7)
> The remaining three — **an animated Poet Zhao, a pork-rump butt, and the other jerky-flat butt** — then grabbed Baldy Li and hauled him to the police station.(Chow and Rojas,2009:6)

因为有了前文对那个胖女人和瘦女人屁股的比喻性描写,我们就不难理解这里的借喻是指她们两个。译文将"一个新鲜肉般的胖屁股,还有一个咸肉般的瘦屁股"这两个借喻直接保留喻体翻译为"a pork-rump butt, and the other jerky-flat butt",但是也采取了虚拟性的翻译方法,将喻体作为定语来修饰名词"butt",这样译文显得简洁而且意思也清晰,两个因为被李光头偷窥了屁股而义愤填膺的女性形象跃然纸上,原文中滑稽搞笑的效果也传递了出来。

李兰是位非常坚强的女性,她的强大在于面对生活中的无数磨难,她都能勇敢地接受和面对,都能像狂风中的杂草一样,无数次被吹倒,无数次地爬起来。她在面对自己即将消失的生命时,也是分外的从容和镇定。她一件一件地妥善安排着自己的身后事。

> 李兰去民政局解决了李光头的孤儿救济金,又去棺材铺给自己订好了棺材,**她心里的两块石头落地了**,应该第二天就去住院治病。(余华,2012:199)

After going to the Civil Affairs Bureau to take care of Baldy Li's orphan aid and then purchasing a coffin at the coffin store, **Li Lan felt that the two biggest burdens she had been shouldering were now taken care of**. She should check into the hospital the following day,... (Chow and Rojas, 2009: 193)

李兰在住院之前就把两件大事情办好了,因为她预感到自己这次入院之后,很可能就出不了院门了。她去办了李光头的孤儿救济金,为儿子以后的生活找到了基本的经济来源;又为自己订了棺材,让自己死后有棺材可以下葬。这是她离世之前最重要的两件人生大事,完成了之后,她如释重负,就像"她心里的两块石头落地了"。这里的借喻"两块石头"就是指给李光头办理救济金和给自己买棺材这两件事情。这两件事情一直压在她的心头,让她觉得是沉重的负担,现在事情都办妥了,她也可以轻装入院,安然离世了。译文"Li Lan felt that the two biggest burdens she had been shouldering were now taken care of"(李兰感觉她肩负的两个重担现在都卸了下来)采用的是虚拟性译法,省略了原文的借喻,采取了解释性翻译,明确了这两件事情对于临死前的李兰的重要性,因此表意更明确,只是喻体石头所带来的那种形象感有一点丧失。

李光头在小树林求爱再次受挫之后,仍然不放弃,一心追求林红。为此,他彻底改变了自己的形象,变成了林红喜欢的知识分子模样。刘镇看客们看到李光头的改变,又有了他们自己的看法和评论。

*他们看着李光头手里翻动着书页,诵经似的念念有词地走在林红身边,群众掩嘴而笑,***悄悄说林红身旁少了一个花土匪,多了一个花和尚**。(余华,2012: 287)

They always saw Baldy Li leafing through his book and muttering to himself like a Confucian scholar whenever he was at Lin Hong's side. Everyone muffled their laughter with their hands and **whispered that Lin Hong had rid herself of a love-crazy hooligan but had gained a love-crazy monk**. (Chow and Rojas, 2009: 279)

刘镇看客是非常了解李光头的为人和性格的,看见他为了追求女神林红而让自己彻底改头换面的样子,不禁暗自窃笑,"悄悄说林红身旁少了一个花土匪,多了一个花和尚"。这里的"花土匪"和"花和尚"都是借喻李光头,虽然从"土匪"变成了"和尚",不变的是"花花肠子",说明在众人心目中,李光头是一个喜欢拈花惹草,用情不专的浪子。英译文保留了原文中的借喻,直接翻译为"whispered that Lin Hong had rid herself of a love-crazy hooligan but had gained a love-crazy monk",所不同的是译文的喻体中将"花"翻译为"love-crazy"(为爱痴狂的),这一定程度上削弱了原文"花"所表达的贬义色彩。而事实上,他对林红用情之深和专一,是不比宋钢少的。因为在林红和宋钢结婚之后,他去结扎了,并在林红和宋钢日子不好过的时候,宋钢离开林红外出赚钱的时候,不断帮助林红渡过生活难关,并最终赢得了林红的心。显然,李光头虽然在林红结婚、自己发达之后,也有过很多女人,但是他唯一为之痴狂的只有林红一人。所以译文"love-crazy"更加贴近李光头本身的性格和对林红的用情。

宋钢拒绝了林红之后,林红跳河,伤心欲绝。李光头想趁机插足,让林红在最脆弱的时候接受自己。于是,他要求同样伤心欲绝的宋钢和他一起去林红家,当着林红的面再次拒绝她,然后他好在林红对宋钢彻底死心时出现,并顺利攻占林红的心。宋钢左右为难,但还是听从了李光头的计策,不情愿地去了。

> 这是黄昏时刻,街道仍然在散发着潮湿的气息,李光头右手提着苹果走得神气活现,宋钢左手捏着手帕走得心灰意冷。李光头一路上喋喋不休说了很多鼓励宋钢的话,还向宋钢开出了一张张**空头支票**。(余华,2012:298)
> At this point it was dusk, and the street was bathed in a damp mist. Baldy Li walked happily in front with the apples in his hand, and Song Gang followed with the handkerchief and a heavy heart. The entire way, Baldy Li tirelessly gave Song Gang words of encouragement, offering him one **blank check** after another. (Chow and Rojas, 2009: 289)

从两人走路的步态和表情可以看出李光头感觉自己这次一定胜券在握,而宋钢却觉得如坠深渊。李光头总是在宋钢犹豫的时候,以兄弟之情软化宋钢,他知道宋钢最顾及的就是他们之间的兄弟之情,所以他一路上一直承诺宋钢,等他李光头以后发达了,会给宋钢他想要的一切,包括金钱、地位和女色等。而这些就是李光头开给宋钢的"一张张空头支票"。这个借喻说明李光头所有的允诺都是他在兴头上说的好话,都是没有影子的事情,至于能否兑现这些承诺,只有交给时间来考验。译文"one blank check after another"直接翻译和保留了原文的借喻。英文"blank check: a signed check with no amount to be paid filled in"(空白支票:一张已签名、未填取款数目的支票),也同样说明了李光头是个爱说大话的人。然而,时间证明了,他不是在空口说白话,因为他所承诺的一切,在他有能力了、发达了之后,都一一实现了,包括对兄弟的承诺,也包括对刘镇其他股东的承诺。从这个意义上来说,他是一个敢想也敢干、言行一致的人。

这一路,除了承诺宋钢,只要他帮助自己赢得林红的芳心,就会给他许多美好的未来之外,李光头还不忘最后使出了"撒手锏",即他俩可是兄弟。对于宋钢和李光头来说,他们虽然不是亲兄弟,却因两个家庭的重组成了手足,而且在一起经历了"文革"苦难,相依为命地顽强长大的过程中,他们之间的情意是胜似亲兄弟的。尤其是宋钢,他对李光头更是有一种哥哥的情结,他觉得自己理应照顾弟弟,把什么好的都留给李光头,不应跟他抢任何东西。林红有些不同,因为她是让他动心的女子,是他想厮守终生的女人,但是一听到李光头说他们可是兄弟,言下之意就是,兄弟之妻不可夺,他就失去了与之竞争的勇气,拱手将林红相让。译文"his trump card: a key resource to be used at the opportune moment; a trump"(王牌:适当时刻所运用的关键手段)是直接翻译了原文的借喻"撒手锏",说明对于宋钢来说,兄弟之情高于一切;也说明李光头是多么了解宋钢和善于利用宋钢的弱点来达到自己的目的。

李光头虽然被五个债主追着打,但是他只要有一息尚存,仍然有他做人做事的气势。刘作家本想着落井下石,趁着李光头被打残的工夫,也来插上一脚,好报以前李光头对他的侮辱之仇,却未想到自己反被李光头暴打了一顿。

群众看到刘作家总结道:

"真是瘦死的骆驼比马大。"(余华,2012:364)

Everyone looked at Writer Liu and concluded, "It is certainly true that a starving camel is still bigger than a well-fed horse." (Chow and Rojas,2009:356)

"瘦死的骆驼比马大"这个俗语的字面意思是即使是饿死的骆驼,其体积也比马的大。引申的意思是：在一方面有特长的人，即使在这方面突然到了穷困的地步，也比一些在这方面刚出茅庐的人强。刘镇看客将李光头借喻为"瘦死的骆驼"，将刘作家借喻为"马"，说明了在刘镇看客的眼中，虽然李光头成了落水狗，被五个合伙人追着打，但是他仍然很有气势。相对来说，刘作家就是一介书生，手无缚鸡之力，就算想趁李光头落难之际报仇也不可能，他这匹马永远都不是李光头这头骆驼的对手啊。译文忠实地保留了原文中的两个借喻，将"瘦死的骆驼"翻译为"a starving camel"，而在翻译马的时候增加了形容词"a well-fed horse"（营养充足的、肥胖的马），以便和李光头这头瘦死的骆驼形成鲜明的对比。这样的增译让喻体的形象更加鲜明，对比更加强烈。

在李光头的生意如日中天，成为刘镇的首席 GDP 的时候，他的两个宿敌之一的刘作家却开始大肆宣扬他的功绩。他觉得是他写的新闻报道让李光头红遍了刘镇，甚至整个中国。李光头却不以为然，打算找他当面说个明白。

> 李光头冷笑着问他：
> "你说什么？你说你**为我作嫁衣裳**？"（余华，2012：472）
> Baldy Li laughed coldly and asked, "What have you been saying? Is it true you said you **made my wedding gown**?"（Chow and Rojas，2009：469）

李光头当面质问刘作家："你说你为我作嫁衣裳？"这句话的言下之意是指难道我李光头的成功是因为你刘作家的一篇破文章吗？"为我作嫁衣裳"的借喻是指忙活了半天自己啥都没有，功劳都白送给了别人。然而，事实上，李光头事业上的成功是他自己打拼的结果，跟刘作家没有半毛钱的关系，他真是会往自己的脸上贴金。译文"you made my wedding gown"（你做了我的婚纱）是直接翻译原文中的借喻，表明了李光头对刘作家的讽刺，说明现在事业有成的李光头更加不把所谓的刘镇才子放在眼中。他李光头不靠任何人，他的成功是自己闯出来的。

李光头天生就喜欢活在别人的注视之下，所以他总是新闻不断，不甘寂寞。当刘镇拥挤的游客离去之后，他又想出了在刘镇举办处美人大赛的主意，以便吸引更多的人来刘镇，创造更多的 GDP。如他所愿，他和他的刘镇再次成为众人瞩目的焦点。

> ……，我们的李光头又成为了全中国的一根**首席骨头**，他的音容笑貌又在

报纸广播电视上频频出现。(余华,2012:479)

Baldy Li once again became the choice bone for the entire nation. His smiling face could once again be found in newspapers and on every television channel. (Chow and Rojas,2009:476)

李光头也因为记者再次铺天盖地报道处美人大赛的新闻而"又成为了全中国的一根首席骨头"。这个借喻将李光头比喻为"首席骨头",说明他引人注目的程度是有增无减。这符合他的期望,要一直成为新闻的话题和众人瞩目的焦点。译文"Baldy Li once again became the choice bone for the entire nation"保留了原文的借喻,将"首席骨头"翻译为"the choice bone"(上等的骨头),虽然在表意上面采用虚拟性译法,对关键喻体的形容词进行了改写,从"首席"(number one)变成了上等的、精选的(choice),但是都能说明李光头的受关注程度因为举行处美人大赛而又一次达到了新的高峰。

宋钢随着骗子周游远走他乡之后,林红独守空房,心中分外想念他,同时李光头也再次不断暗中发起他的爱情攻势,为她解决生活和工作中的困难,想要赢得美人心。他甚至请到名画家为自己新置的豪宅作画,并邀请林红去为画揭幕。在刘镇看客眼中,林红一下子再次成了众人的焦点,那一度被人遗忘的刘镇一枝花再次重现江湖。

林红醒悟过来了,她知道什么事情正在发生,她茫然地看着四周围观的群众,听着群众嗡嗡的声音,似乎听到有人说一眨眼**丑小鸭变成天鹅**了。(余华,2012:561)

Lin Hong finally realized why he was here. She looked blankly at the crowds surrounding her and heard their buzzing voices and thought she heard someone say that **an ugly duckling had turned into a beautiful swan**. (Chow and Rojas,2009:566)

当李光头来请她去豪宅为画揭幕的时候,围观的众人都说"丑小鸭变成天鹅了"。这个借喻中包含着众人对林红的评价。显然,林红虽然不再年轻,但是仍然貌美,"丑小鸭"更多的是指她和现在的李光头在社会地位上的悬殊。李光头可是刘镇首富,而且是整个刘镇 GDP 不断增长的保证,而林红只是一个纺织厂的普通女工。李光头邀请她做客豪宅,说明了她的社会地位的提升,在众人看来,她变成了"天鹅"和众人瞩目的对象。译文"an ugly duckling had turned into a beautiful swan"保留了原文的借喻,而且在翻译喻体的时候采取虚拟性译法,增加了形容词"beautiful"和前面的"ugly"形成了鲜明的对比,说明了李光头对林红的追求攻势已经进入了攻坚阶段。如果不出意外,林红很快就会成为他的囊中之物,因为他已经满足了林红作为女人的虚荣心,就是成为众人眼中的"美丽天鹅"。而这一切是远在他乡,挣扎在生活边缘的宋钢所无法给予她的,但是近在刘镇的首富李光头都可以实现,所以她最终还是成了李光头的爱情俘虏和宋钢的爱情叛徒。而这次的背叛注定了她和宋钢会渐行渐远,最终无法重回美好的过去。

宋钢因李光头和林红而死,他的离去带给了他俩无尽的悔恨和伤痛。李光头不复从前的李光头,变成了众人眼中的林黛玉。

> 我们刘镇的群众见了惊讶万分,他们说:
> "没想到李光头变成了**林黛玉**……"(余华,2012:607)
> The onlookers were astounded, saying, "Who knew that Baldy Li was **such a sentimental heroine under all that bluster?**"(Chow and Rojas, 2009:615)

李光头的形象是无论如何也无法和林黛玉联系在一起的,他的粗鲁和直率、他的放荡不羁都让这个人物有着极为鲜明的个性特色。而宋钢的死让他变成了"林黛玉"——这个中国古典名著中幽怨而多垂泪的女性形象,这一转变说明了宋钢之死对他的打击有多大,使得他完全变成了另外一个人。译文省略了借喻,而解释性地翻译为"such a sentimental heroine under all that bluster"(在所有打击之下成了多愁善感的女性),这样的虚拟性翻译虽然让译文清楚明了,但是林黛玉所代表的幽怨、多愁善感的女性形象却在译文中消失了。

译者在翻译《兄弟》中的借喻的时候会在以下两种情况下保留喻体:一是在文内语境足够补充读者文化认知语境不足的情况下,译者将借喻保留了下来,从而维持了读者和文本之间的认知审美距离,也不会对读者的理解造成太大的影响。二是喻体本身并不含有太多的文化内涵,可以通过上下文来联想并理解之。直译借喻因为完全保留了喻体,所以可以看作是一种事实性的翻译策略。

二、增译借喻

李兰带着一身的病痛和满心的疑惑在上海的医院门口等待宋凡平来接她回刘镇。她满眼看到的都是红旗、人群,听到的是阵阵口号声,让她感觉到了刘镇革命热情的炙烤。下面是对她在上海街道上的所见、所闻和所感的描写。

> 整整一个上午,李兰都是脸色通红情绪亢奋,她面前的街道也是**红旗飘飘口号声声**,游行的队伍来来往往川流不息,让炎热的夏天更加炎热。(余华,2012:141)
>
> The entire morning, Li Lan's face was red with emotion. Along the street in front of her there was **a sea of red flags and a din of slogans and chants**. The parading crowds seemed interminable, heating up the already scorching summer day. (Chow and Rojas, 2009:138)

李兰眼见着"红旗飘飘",耳听着"口号声声",感受到了革命的热浪扑面而来。译文是"a sea of red flags"(红旗的海洋)和"a din of slogans and chants"(口号的喧哗),增加了原文中没有的喻体"海洋"和"喧哗",让译文显得更加的直观和形象,为整个上海城市渲染上一层更加热烈的革命氛围。李兰再也没有想到的是,家乡刘镇的革命热潮比这里是有过之而无不及,而丈夫宋凡平会被这样炽热的革命浪潮所吞噬,夫妻已无相见之日。

增加的借喻是为了让表情达意更加准确到位。宋钢平常习惯自己搞些文学创作,但是苦于没有同道中人可以切磋技艺,他崇拜刘镇才子之一的刘作家,便想把自己的小说给刘作家看一看,请他指点一二。但是,刘作家却将他自己的创作拿给宋钢看,要他欣赏学习,而宋钢看来看去,却不知这故事好在哪里,愣是丈二和尚摸不着头脑。

> 宋钢也把刘作家的新作认真读了几遍,**也是越读越迷茫,不知道好在什么地方**。(余华,2012:231)
>
> Song Gang then read Writer Liu's new work and **found himself similarly unable to make heads or tails of it**. (Chow and Rojas, 2009:223)

宋钢试着努力欣赏刘作家的大作,但是令他迷惑不解的是他"越读越迷茫,不知道好在什么地方"。而译文"found himself similarly unable to make heads or tails of it"增加了原文中所没有的喻体"unable to make heads or tails of it"（弄不明白这个作品的头尾在哪里，说明他很迷惑，到底刘作家口中好的创作指的是什么样的作品），更加生动形象地表明宋钢的疑惑不解之情。这也说明了知识分子的自负，作品都是自己的好，别人的总有改进的空间。

李光头为了给哥哥宋钢出气，当着刘镇看客的面，狠狠地连续揍了刘作家五拳头。当刘作家被人问起是被谁打得鼻青脸肿时，他忙说："就是《水浒传》里的那个李逵。"

> 刘作家咳嗽着，嘴里吐着鲜血说："就是**《水浒传》**里的那个李逵。"（余华，2012：236）
> Writer Liu coughed up some blood as he answered, "The one who appears in *Water Margin*, **who is also known as the Black Whirlwind**." (Chow and Rojas, 2009：228)

《水浒传》是中国四大古典名著之一，其中一个好汉就是黑旋风李逵。他的性格甚至长相都和李光头十分相似，所以刘作家为了避免说出李光头的名字而让自己颜面尽失，就说他是被李逵所打。译文"The one who appears in *Water Margin*, who is also known as the Black Whirlwind"，增加了原文中没有的李逵的诨号"黑旋风"（the Black Whirlwind）这个借喻，形容李光头行事利落，就像一阵黑旋风，来无影去无踪，有仇必报，打了就走。

李光头率领着他的求爱队伍向着林红的工厂进发，但是因为他的队员都是残疾人，所以配合起来很难步调一致，好不容易李光头让他们整齐地走在了一个步点上。

> 这支求爱的队伍终于**没有故障了**，李光头擦着满头的汗水，面对街边阵阵哄笑的群众，像是领导视察般的向他们挥手致意。（余华，2012：259）
> The courtship brigade **finally found its footing**. Baldy Li wiped the sweat from his brow and faced the crowd laughing on the side of the street, like a leader waving a greeting. (Chow and Rojas, 2009：251)

李光头费尽心机所筹划的一切求爱行动，在刘镇众人看来都是一场闹剧，

"这支求爱的队伍终于没有故障了",说明了李光头终于让队员们互相配合地走到了一个节奏上了,看上去不再乱七八糟,比较有序了。译文"The courtship brigade finally found its footing"采用了"brigade finally found its footing"(部队最终找到了它的位置),其中的核心名词"brigade: a military unit consisting of a variable number of combat battalions"(大部队)。这样的借喻用来描写当时好不容易统一起来的求婚队伍,也回应了之前提到的中国古代兵法中的三十六计,说明这支由残障人士组成的军队正在执行指挥官李光头的战略决策——兵临城下,直逼林红工作的工厂,公开向她求婚。

三、省译借喻

有时候译文也会省略掉一些借喻。李光头为了重回福利厂带领他的十四个老部下发家致富,不惜找县政府领导一个个当面去说,但是他的举动换来的只是一次次的拒绝。

> 李光头换一副嘴脸,找到另外的十二个官员可怜巴巴地说了又说。这十二个小官员听他说完后,**给他泼了十二盆凉水**,说了十二个斩钉截铁的"不可能",……(余华,2012:378)
> Then Baldy Li adopted a different tack: He latched on to the thirteen other officials and pathetically went on and on. When they heard him, **they all immediately doused his hopes** with an abrupt "No way,"…(Chow and Rojas,2009:369)

李光头把口水都说干了,也不过是多听了几遍不可能的回答。这些官员"给他泼了十二盆凉水"。这个"泼凉水"的借喻说明他们十二个人无一例外地对李光头的要求回复的是多么果断和决绝。因为他们认为他重回福利厂的想法简直单纯得可笑,这是国家单位,厂长也是公务员,怎么能如他所想,想来就来,想走就走那么简单。译文"they all immediately doused his hopes"(他们马上熄灭了他的希望)中的核心动词"douse: to put out (a light or fire); extinguish"[灭:熄灭(灯或火);灭火],采用的是解释性翻译方法,去除了原文中的借喻,代之以明晰化的意思。这对表现原文意思没有什么影响,但是在保持原文的语言风格上是有所损失的。毕竟"泼凉水"这个动作非常形象,可以让人感受到李光头本来要回福利厂再干一番事业的满腔热血,却被官员们一次次的否定回答给浇灭了热情。但是,他仍然不气馁,继续想办法,在县政府门口静坐示威,想以此来达到自己的目的。李光头在县政府门口静坐的结果不是重回福利厂,而是开辟了自己的新天地,做起了垃圾生意。

> 李光头想回到福利厂做厂长,他没做成厂长,**倒是做成了一个破烂**,我们刘镇的群众开始叫他李破烂了。(余华,2012:379)
>
> Baldy Li had wanted to return to the Good Works Factory but didn't succeed and **instead went into the scrap business.** The townpeople started calling him Scrap Collector Li.(Chow and Rojas, 2009:370)

在县政府前的静坐成了李光头人生中一个极为重要的转折点,虽然没能如愿回到福利厂,却由此开辟了垃圾致富的新道路,"倒是做成了一个破烂"。这个"破烂"的借喻是指李光头未来将要从事的事业:垃圾贸易买卖,而且这些人们眼中的"破烂"却成了他发家致富的宝藏。这样的人生实在是很讽刺和幽默。译文"instead went into the scrap business"(而是做了垃圾生意),显然省略了原文中的借喻,解释性地翻译了李光头将要从事的生意。这样确实方便英语读者的理解,但是在表现李光头两种截然不同的人生的对比方面,却欠缺了一些。毕竟,这样的致富之路是谁也想不到的,包括李光头本人,他只一心想着重回福利厂,却无心插柳地做起了垃圾生意。对于李光头来说,人生就是一场游戏,他虽然不太懂游戏的规则,但愣是凭着一股子闯劲,闯出了一片属于自己的天下,一个垃圾大王的天下。

李光头和宋钢是患难与共、一起长大的手足,谁也见不得谁被别人欺负,李光头尤其如此。个性粗鲁直率的他在得知宋钢被刘作家骂了之后,心情极度沮丧,就赶去找刘作家算账,打得他找不着北,不停地跪地求饶。

> 李光头一共往刘作家的脸上揍了**二十八拳**,把刘作家揍成了一个车祸受害者。(余华,2012:235)
>
> In all, Baldy Li punched Writer Liu **twenty-eight times, leaving him looking as if he had barely survived a car wreck.**(Chow and Rojas, 2009:227)

李光头为了替宋钢出这口气,就连续打了刘作家28拳,打得刘作家直求饶,"把刘作家揍成了一个车祸受害者"。这里的"车祸受害者"是一个借喻,说明刘作家被打得很惨,浑身到处是伤,就像刚刚遭遇了车祸一样。译文"leaving him looking as if he had barely survived a car wreck"采用"as if"引导明喻"he had barely survived a car wreck"(他刚刚从车祸中幸存下来)。这样的借喻改为明喻,让读者更加清楚地了解到刘作家当时被打的惨样,也说明兄弟两人感情确实很好,是容不下别人欺负他们的。

译者在翻译借喻的时候,主要有三种方法:保留借喻、增加借喻和省译借喻。保留借喻采用的是一种事实性的翻译方法。译者在不影响读者阅读理解的前提下保留借喻,从而在译文中再现了原文和读者之间的审美距离,达到了传达原文的审美效果和主题的目的。增译的借喻让译文明晰,也一定程度上拉开了文本和读者之间的审美距离。省译借喻是因为喻体含有丰富的中国文化内涵。如果解释的话需要大量的篇幅,于是省译借喻,而代之以简洁明了的意义阐释。省译的方式是把借喻翻译为明喻,让本体和喻体同时出现,并增加了喻词。这虽然让读者和文本之间的距离有所增加,但是表述更为清晰。而增加借喻相对来说是拉大了读者和文本之间的距离,因此是一种虚拟性的翻译策略。因此,译者综合运用事实性和虚拟性的翻译策略,有助于读者的阅读理解和接受,强化了故事的主题。但是原文中表达比较隐晦含蓄的审美效果在译文中会一定程度上有所丧失。

第三节 暗 喻

暗喻也是《兄弟》中使用的重要修辞手法。

一、保留暗喻

后来李光头在厕所里偷看女人屁股被生擒活捉,用现在的时髦说法是闹出了绯闻,李光头在厕所里的绯闻曝光之后,他在我们刘镇臭名昭著以后,**才知道自己和父亲真是一根藤上结出来的两个臭瓜。**(余华,2012:4)
It was only later, after Baldy Li had been caught peeping and had

become stinkingly notorious throughout Liu Town — **only then did he learn that he really was another rotten melon off the same damn vine as his father**. (Chow and Rojas, 2009: 3-4)

李光头在厕所偷窥被人抓住之后,在刘镇出了名,他"才知道自己和父亲真是一根藤上结出来的两个臭瓜"。这句暗喻充满了贬抑和嘲讽,尤其是和宋钢父子对比之后,更显得李光头和父亲是如此的下流不堪。译文"only then did he learn that he really was another rotten melon off the same damn vine as his father"忠实地再现了原文中喻体"和父亲真是一根藤上结出来的两个臭瓜"。"rotten: being in a state of putrefaction or decay"(腐烂的:处于腐烂或腐败状态的;腐坏的)。这个暗喻是叙述者的评论,也是刘镇看客们对李光头的评价,认为这个孩子真是无可救药了,小小年纪做这样的下流事情,长大后只会和他父亲一样,是个没有用的东西。通过上下文语境,读者也许可以推知其中的一些言外之意。直接翻译并不会影响读者的阅读理解,而且译文也尽可能缩短了读者和文本之间的距离。此处可以说采取的是一种事实性的翻译方法。虽然刘镇看客把李光头看得一文不值,但是李光头自己却自我感觉良好,尤其是在偷窥到林红的屁股之后,所有想知道细节的刘镇男性都必须请他吃一碗三鲜面作为交换的条件,这让他更加满心欢喜。

李光头小小年纪就知道了自己的价值所在,他明白了自己虽然臭名昭著,**可自己是一块臭豆腐,闻起来臭,吃起来香**。他知道自己在厕所里偷看到的五个屁股,有四个是不值钱的跳楼甩卖价,可是林红的屁股不得了,**那是价值连城的超五星级的屁股**。(余华,2012: 13)

Even in this tender age, Baldy Li fully appreciated his own worth. He understood that though his reputation reeked, **it reeked like an expensive dish of stinky tofu — which is to say**, it might stink to high heaven, but damn, it sure tasted good. He knew that out of the five butts he saw in the public toilet, four of them were completely worthless while the fifth — Lin Hong's — **was a priceless, five-star view**. (Chow and Rojas, 2009: 12-13)

李光头从小就有着精明的商业头脑,他认为自己是"一块臭豆腐,闻起来臭，吃起来香"，而有关林红屁股的秘密可是他的王牌产品，"那是价值连城的超五星级的屁股"。这里有两个暗喻，一个是"臭豆腐"，另一个是"价值连城的超五星级的屁股"。译者将第一个翻译为"reeked like an expensive dish of stinky tofu"，保留了喻体"臭豆腐"，同时将喻词"是"改译为"reek like"，意思是"to give off or become permeated with a strong, unpleasant odor"（发出……气味；散发或充满强烈难闻的气味）。这样虚拟性的翻译方法，对于没有吃过甚至闻过臭豆腐气味的西方读者来说，可以让他们更直观地感受到臭豆腐臭气熏天的味道，也可见李光头在刘镇人们心目中的形象是多么的不堪。林红却是刘镇所有男性心目中的女神。她的屁股真是"价值连城的超五星级的屁股"，译文"a priceless, five-star view"保留了原文中的暗喻，但是为了避免重复"butt"，将"屁股"翻译为了"view: a scene or vista"（场景或远景）。这样的改写让李光头偷看到林红屁股的场景成了他和刘镇其他男性交换三鲜面的摇钱树，因而描写得更加准确。这里采用的也是一种虚拟性的翻译方法，将喻体更加明确地表现出来。

李光头虽然资质平平，但是他对自己却非常自信，自我感觉良好，他自认为是配得上林红的，所以敢于向林红大胆地示爱，但是当他听从宋钢的建议，直接到林红家去求爱的时候，却遭到了林红父母的一顿臭骂。从他们的评价中李光头似乎认清了自己在别人眼中的地位和形象。

> 这时林红父亲当着满街的群众，用扫帚指着李光头骂道：
> "你是癞蛤蟆想吃天鹅肉！"（余华，2012：267）
> At that point Li Hong's father turned to the crowd in the streets and gestured at Baldy Li with his broomstick, saying, **"You're the proverbial ugly toad who thinks he can have the swan."**（Chow and Rojas，2009：259）

林红的父亲看到李光头上门来求爱，气得拿着扫帚要赶走李光头，在他看来，李光头"你是癞蛤蟆想吃天鹅肉"。这句中国谚语中包含的暗喻就是将李光头比喻为丑陋无比的癞蛤蟆，而将林红比喻为美丽无比的天鹅。这种天壤之别，他们怎么能成为一对恋人，意思是说：你休想得到我女儿的芳心。译文"You're the proverbial ugly toad who thinks he can have the swan."保留了原文中暗喻的喻体"癞蛤蟆"和"天鹅"，并点明了这句话的出处是"proverbial"（俗话说得好),让这种天上和地下的对比反差极为明显,也突出强调了林红及其父母对李光头本人的厌恶,对其求爱行为的极度厌恶和排斥之感,也预示着李光头此次行动必将失败的结果。

李光头是个敢爱敢恨、敢作敢当的人,但是有时他的行为太过直接主动,反而会引起别人的反感。他上门求爱的事件就是一个物极必反的例子。李光头采纳宋钢的意见,使用兵临城下、擒贼先擒王的计策,率领着他的求爱队伍又向林红家进发。在林红家门口他还未表明来意,就遭到了林红母亲的一顿臭骂,警告他不要再来骚扰她的女儿,否则鸡毛掸子伺候。

"告诉你,"林红的母亲举起鸡毛掸子对他喊叫,"**我女儿这朵鲜花不会插在你这堆牛粪上**。"(余华,2012:267)

"I tell you" — Lin Hong's mother pointed at him with her feather duster as she shouted — **"my flower of a daughter will never be planted in a pile of cow dung like yourself."** (Chow and Rojas,2009:259)

在林红母亲的眼中,女儿貌美如花,而这位求爱者李光头真是丑陋无比,不仅如此,为了逼女儿和他交往,竟然敢上门求爱。母亲实在是气愤难当,她一边举起鸡毛掸子,一边喊叫道:"我女儿这朵鲜花不会插在你这堆牛粪上。"这里的暗喻是将她女儿林红比作鲜花,而将李光头比作牛粪。译文保留了原文的暗喻,分别译为"my flower of a daughter"和"a pile of cow dung",通过鲜明的对比说明了林红父母和她本人一样,无法接受这样一个求爱者,所以无论李光头采取什么策略,他的求爱目的终还是无法实现。

林红为了摆脱李光头的追求和纠缠,决定自己主动出击,仔细地调查了刘镇的未婚男性,了解他们的个人情况,积极地搜寻着自己的另一半人选,最终她的焦点落在了与李光头如影随形的宋钢身上。林红的那股子认真劲像足了福尔摩斯,因为她林红可不能随随便便把自己给嫁了,就算是找个挡箭牌,也一定要百里挑一,才能托付终身。

这时的林红是我们刘镇的**女福尔摩斯**,已经把那二十个面容英俊的年轻男子的底细摸清楚了,……(余华,2012:270)

By that point, Lin Hong had become the town's **resident Shelock Holmes** and had investigated the personal backgrounds of all twenty of the town's handsome young men. (Chow and Rojas, 2009: 262)

叙述者说"这时的林红是我们刘镇的女福尔摩斯",并没有言过其实。她就像侦探一样把入选的二十个年轻单身男子的底细摸了个清楚。这个暗喻说明林红是一个聪明的女性,不会因为李光头的穷追而委屈自己。她代表的是一个积极主动追求幸福的新时代女性形象。译文"Lin Hong had become the town's resident Shelock Holmes"保留了原文中的暗喻,但是采取了虚拟性翻译方法,将喻词"是"翻译为"had become",将喻体"女福尔摩斯"翻译为"resident Shelock Holmes"。其中"resident"的意思是"dwelling in a particular place; residing"(居住的,居留的;居住在某一特定地点的;定居的),说明林红为了自己后半生的幸福已经化身为刘镇的侦探,而"女"这个性别形容词可以省略,因为读者可以从原文了解到其性别。

林红在经过一番实地侦察之后,发现刘镇才子之一的赵诗人已经有了女友,却还想追求她。为了让他女友早日发现他想脚踏两条船的不轨企图,林红是这样揭穿赵诗人的:

林红将真相一五一十地告诉了这个迷茫忧愁的年轻女子后,警告她:
"你的男朋友是个**刘镇陈世美**。"(余华,2012: 270)
After Lin Hong told this confused and anxious young women the full truth, she warned her, "Your boyfriend fancies himself **Liu Town's resident Don Juan.**"(Chow and Rojas, 2009: 262)

林红告诉了赵诗人的女友他的真实面目,明明有女友还要暗地里追求林红,其实就是一个花心大萝卜。所以,林红警告她:"你的男朋友是个刘镇陈世美。"换言之,你的男友靠不住。陈世美在中国古代小说中就是喜新厌旧的浪子代表。译文"Your boyfriend fancies himself Liu Town's resident Don Juan."保留了原文中的暗喻,但是同样进行了一些改写,将"是"翻译为"fancy: to visualize; imagine"(设想;想象),更能说明他自我感觉良好,认为完全可以同时抱得两个美人归。"刘镇陈世美"改为了"Liu Town's resident Don Juan",显然将喻体换成了"Don Juan"(唐璜,西班牙传说中的人物,风流贵族,诱奸者,淫荡者)。显然译文和原文的喻体都是指那种用情不专一、到处留情的浪子。林红这样形容赵诗人,是希望引起他的女友的警觉:这样的男人是靠不住的。

林红在试图摆脱李光头的纠缠过程中,不断搜索自己心仪的对象,最终她将目标锁定宋钢。因为她觉得宋钢就是刘镇年轻男子中最出类拔萃的,就像杂草丛中拔地而起的参天大树。他虽然现在不很起眼,但是终有一天要挺立在众人之中。

> 只要是一棵树,**就有参天的可能,而杂草永远只能铺在地上**。(余华,2012:275)
>
> As long as he was a tree, **there was the possibility that he could one day scrape the sky, while the weeds would never do more than spread along the ground**. (Chow and Rojas,2009:267)

因为有前文将刘镇众多林红钦慕者和追求者比作丛生的杂草的明喻,所以在林红发现宋钢的时候,就将其暗喻为一棵树。而且她坚信宋钢会出人头地,因为"只要是一棵树,就有参天的可能,而杂草永远只能铺在地上"。译文"As long as he was a tree, there was the possibility that he could one day scrape the sky, while the weeds would never do more than spread along the ground."保留了原文将宋钢比作一棵树的暗喻,说明林红对宋钢的钦慕,也说明林红对宋钢和自己的未来充满了信心。她相信,他一定会成长为一棵参天大树,一棵林红可以依靠一辈子的大树。然而具有讽刺意味的是,林红一直看好的宋钢不但没有在改革的大潮中成长为参天大树,反而变成了铺在地上的杂草;而一直被她看扁的李光头却在改革大潮中乘风破浪,成长为了参天大树。这让兄弟两人的故事具有强烈的讽刺和黑色幽默意味。

李光头在为自己的服装加工厂筹措启动金的时候,首先想到了刘镇创业领头羊童铁匠。他在说服童铁匠入股他的企业时,为他描绘了美好的创业蓝图。

> 李光头摇摇头,瞪圆了眼睛,浪漫地说,"**我满眼望去已经不是钞票了,是茫茫大海**。"(余华,2012:333)
>
> He opened his eyes wide and said dreamily, "**What I see before me is not dollar bills but, rather, an open expanse of ocean.**"(Chow and Rojas,2009:325)

这句话是李光头在陈述了一番他的创业计划之后总结的。他觉得如此这番他们会赚到很多的钱:"我满眼望去已经不是钞票了,是茫茫大海。"这里的暗喻将钱多的样子比喻为茫茫大海一般。这当然是非常夸张的说法,但是也说明李光头是非常敢想和敢干的人,是一个现实的浪漫主义者,因为他的浪漫是建立在现实的金钱基础之上的。译文"What I see before me is not dollar bills but, rather, an open expanse of ocean."保留了原文的暗喻,将本体"钞票"翻译为"dollar bills"(美元大钞),喻体"茫茫大海"翻译为"an open expanse of ocean"(一片广阔的海洋),说明了李光头是个心中有梦想,并且付诸行动的理想主义实干家。他有远大的目标,也在朝着这个目标一步步地踏实迈进,虽然路途上困难重重,却还是一往直前。

李光头的第二次创业是从事垃圾贸易,而且生意越做越大,甚至做到了日本。在日本,他带回了很多旧的西装,刘镇的男性看客因此个个西装笔挺,跟换了个人似的。

> 刘镇的男群众穿上笔挺的垃圾西装后,**得意之情溢于言表,都说自己像个外国元首**。李光头听了这话嘿嘿笑个不停,说自己真是功德无量,让刘镇一下子冒出来几千个外国元首。再看看我们刘镇的女群众,还是穿着一身身土里土气的衣服,男群众嘲笑她们是**土特产品**,……(余华,2012:417)
> After the men put on their handsome suits, they **beamed with pride and bragged that they looked just like foreign heads of state**. When Baldy Li heard this, he burst into peals of laughter, declaring that he was doing the town a great service by populating it with thousands upon thousands of foreign heads of state. The women, meanwhile, all continued to wear the same old hickish clothing they'd always had, leading the men to mock them as **"local specialties."**(Chow and Rojas,2009:411)

刘镇的男性在穿上西装之后,"得意之情溢于言表,都说自己像个外国元首",这个明喻说明在他们看来,西装就是一个人身份地位的象征。穿西装不仅仅是换了一身衣服,更是一个人社会地位提升的表现。译文"beamed with pride and bragged that they looked just like foreign heads of state"保留了原文的明喻,充分体现出他们发自内心的喜悦之情,也说明了李光头的创业给刘镇看客的日常生活带来了翻天覆地的变化。而此时的刘镇男性就看不上没有西装穿的女性了,"男群众嘲笑她们是土特产品"。这个暗喻非常接地气,男性将女性比喻成"土特产品",说明他们在发觉自己因为穿上外国人的西装而地位提高的同时,不知不觉中贬低了刘镇的女性。译文"leading the men to mock them as 'local specialties'."通过加上双引号,保留了原文中的暗喻,强调了喻体"local specialties"(土特产品),表现出刘镇男性对女性的轻视,也说明当时在刘镇,西装的出现对人们的时尚观念的冲击之大。正如文中所说,李光头的生意几乎包办了刘镇人生活的日常,从生到死,提供一条龙的服务,可见,李光头现在在刘镇的地位之高、影响力之大。

所以,如果文内语境或者上下文可以帮助读者理解暗喻的基本意思的时候,那么保留了暗喻就维持了文本和读者之间的审美距离,并将富有文化特色的表达方法通过翻译输入了译入语文化。这是一种事实性的翻译方法。虽然在这过程中免不了文化信息的丢失。

二、增译暗喻

有时候译文也会增译暗喻。宋钢和李光头两个人的相貌和性格迥异,给人的感觉是天壤之别,当他们走在刘镇一枝花林红的身边时,刘镇看客又有了他们自己的评价。

> 宋钢走在林红身边时幸福得不知所措,几个月下来后他还是改不了一副受宠若惊的模样。城里的老人们说他实在不像一个恋人,说他还不如那个气势汹汹的李光头,**李光头起码还像个保镖,这个宋钢充其量也就是个随从跟班**。(余华,2012:313)
> When Song Gang walked at her side, he was so happy he didn't know what to do. Even after several months, he maintained his look of awed contentment. The elders opined that he didn't at all look like a lover and that even the truculent Baldy Li fit the role better — **Baldy Li at the very least was an overzealous bodyguard, whereas Song Gang looked more like a lackey**. (Chow and Rojas, 2009:303)

刘镇的老人看到宋钢虽然成了林红的恋人,却还一副受宠若惊的样子,反倒有点怀念以前整天如影随形地跟在林红左右的李光头。和现在唯唯诺诺的宋钢相比，李光头更有气势，"李光头起码还像个保镖，这个宋钢充其量也就是个随从跟班"。这个评价中包含着一个明喻和一个暗喻。译文做了虚拟化的处理，将第一个明喻翻译为了暗喻，即直接将李光头等同于"an overzealous bodyguard"（过分热心的保镖），增加了评价性形容词"overzealous"。这种评价更多的是对李光头的表扬。而反观宋钢，他不过是老人们眼中的林红的小跟班。原文是暗喻，直接将宋钢等同于林红的跟班，而非恋人，译文"Song Gang looked more like a lackey"则改为了明喻，将宋钢比喻为"a lackey"（男仆、侍从），说明他给人的感觉不是像林红的恋人一样和她平起平坐，而是仿佛低她一等的仆人。译文将原文对李光头的描写改为了暗喻，突出了他的霸气形象，虽然强做护花使者，却也有模有样。宋钢的形象从原文的暗喻改为明喻，将对宋钢的讽刺和挖苦降低了很多，两人之间的对比仍然鲜明，但是评论者的讽刺语气削弱了一些，毕竟在众人眼中，宋钢的正面形象还是占主导地位的。

三、省译暗喻

译文中也有省译暗喻的情况。例如：

刘作家想甩掉他的女朋友，他女朋友**不是一盏省油的灯**，她坚决不干，她要紧紧咬住功成名就的刘作家。（余华，2012：14）

Writer Liu tried to dump his girlfriend, but she absolutely **refused to be let go of**. (Chow and Rojas, 2009：13)

刘作家也是刘镇里林红的钦慕者之一，但是他已经名草有主了，而且他女友"不是一盏省油的灯"。这个暗喻将刘作家女友的形象一笔勾勒了出来。这是一个厉害角色，她会紧紧抓住小有名气的刘作家不放，所以刘作家想要甩掉她去追求林红并不容易。这也为后来刘作家想要背着女友去约林红看电影，被林红调包成她的女友，之后上演了一场真人版"少林寺"做好了人物形象描写的铺垫。正是因为有这样一个厉害的女友，刘作家的林红男友之梦才会被她打醒。译文省略了这个暗喻，直接将后面对女友的描述"她坚决不干"翻译为"she absolutely refused to be let go of"，这里采用的是虚拟性翻译方法。省略了暗喻确实减少了读者阅读的难度，但是原文的喻体"不是省油的灯"所传递出的人物形象却在译文中丢失了，也削弱了故事的戏剧色彩。省略的暗喻是文化内涵丰富的内容，虽然将其具体的含义直接翻译出来，能方便读者的阅读和理解，但是原文中暗含的语气和讽刺意味在翻译中失去了。

李光头的服装厂创业计划首先想到的股东就是童铁匠，因为他是趁着改革开放大潮，在刘镇首先创业成功走上富裕道路的典型人物。李光头是有眼光的，他选择童铁匠不仅是因为他个人的创业能力，也是希望借由他的榜样力量，让更多的人效仿童铁匠来投资自己的工厂。

> **童铁匠是我们刘镇个体户里的领头羊**，榜样的力量是无穷的，听说童铁匠出了四十份，再说李光头在福利厂的骄人业绩路人皆知，其他的个体户都在李光头徐徐展开的世界地图前报出了他们的份额。（余华，2012：335）
> Blacksmith Tong **was one of the leaders within Liu's independent business community**, and the strength of his example was incalculable. When word spread that Blacksmith Tong had invested four thousand yuan, combined with Baldy Li's impressive achievements at the Good Works Factory, many other business owners were soon lining up in front of Baldy Li's world map to purchase shares. (Chow and Rojas，2009：326-327)

这里将童铁匠暗喻为"我们刘镇个体户里的领头羊"，并解释了李光头选择他作为第一个大股东的初衷，是因为他能够带动其他人一起来加入李光头的创业团队。译文"Blacksmith Tong was one of the leaders within Liu's independent business community"去掉了原文中"领头羊"的喻体，而是直接解释性地翻译为"one of the leaders"（领袖之一）。这样的省译对于意思的传达没有影响，但是在表现李光头精明的商业头脑方面，有一点削弱。毕竟，在李光头看来，能够说服童铁匠这个刘镇个体户里的领头羊，就像为他的创业基金打开了一条源源不断的经济渠道，所以童铁匠的引领作用不可小视，所有刘镇的个体户都看着他会怎么做。只要把他拿下，其他刘镇创业者投资服装厂也就指日可待了。

李光头想进一步做大事业，想到了出国闯一闯。他也再次询问各位老股东是否愿意入股他的国际垃圾贸易。他首先问的还是刘镇自主创业的领头羊童铁匠,但是童铁匠经过了李光头初次上海谈生意的失利,是有着担忧的,而且在他看来,垃圾买卖并非正当的生意。

> 童铁匠皱眉说:
> "这李光头只要一出刘镇,我心里就发慌,再说**破烂生意也不是一条正道**。"(余华,2012:411)
> Blacksmith Tong frowned. "All Baldy Li has to do is leave Liu Town and I go into a frenzy. Furthermore, **scrap is not exactly an up-to-up kind of business**."(Chow and Rojas,2009:403)

童铁匠的担忧其实不无道理,他自己后来在改革开放之后,开了连锁超市发家致富,所以他打心眼里面看不起李光头的垃圾买卖,觉得"破烂生意也不是一条正道"。这个暗喻将破烂生意看做不是一种正经买卖,言下之意,就是做不长久。也就是说,童铁匠并不看好李光头这一趟海外创业,认为投资的钱又会有去无回。因此他决定这次不再入股。译文"scrap is not exactly an up-to-up kind of business"(垃圾不是真正的买卖),采用了虚拟性译法,省略了原文的暗喻,直接解释了"不是正道"的含义,就是无法长久做下去,没有生命力和后劲的产业,所以也不值得继续投资和合作。这对西方读者理解童铁匠此时对李光头的看法是有帮助的,但是"正道"这个暗喻是非常好且具有中国特色的,可以考虑直接翻译为"scrap is not exactly a right business"。

李光头做垃圾产业发家致富之后,成了刘镇最有影响力的GDP。他的事业越做越大,已经覆盖了刘镇人日常的方方面面。

> 李光头为我们刘镇群众从吃到穿、从住到用、从生到死,**提供了托拉斯一条龙服务**。(余华,2012:435)
> He provided those of us in Liu Town with **everything**, from what we ate to what we wore, from where we lived to what we used, and from birth to death. (Chow and Rojas,2009:430)

叙述者描述李光头的产业之大,说他为刘镇群众"提供了托拉斯一条龙服务"。"托拉斯一条龙"是一个暗喻,说明了李光头的产业之大,覆盖面之广,刘镇人的日常生活已经完全离不开李光头的生意了,他们的所有生活必需品都和李光头的事业密切相关。译文"everything"（所有东西）省略了原文中的暗喻，采用解释性翻译，也能够说明李光头对刘镇不可忽视的影响，但是没有原文中的暗喻那么生动和形象。尤其"托拉斯"是非常大的连锁产业，而且涉及的领域非常广泛，这不是简单的"everything"就可以概括的。

宋钢在码头上扛沙袋时为了多赚一点钱，别人休息的时候他都在干，其他工友笑着议论说他是"拼命三郎"。

> ……，坐在不远处石阶上的工友们就要"嘿嘿"地笑，说宋钢是**拼命三郎**。（余华，2012：438-439）
>
> ..., his workmates sitting on the stone steps would laugh at him, calling him **a crazy fool**. (Chow and Rojas，2009：435)

这个暗喻的喻体"拼命三郎"是指一个拼尽了全力做事情的人，甚至连牺牲自己的性命都在所不惜，可见宋钢对林红的爱可以用生命去换。译文"calling him a crazy fool"省略了原文的暗喻，直接解释性翻译为"称他是疯狂的笨蛋"，让读者感受到的是工友对他的嘲讽和不理解，为什么宋钢要如此拼命地搬运赚钱，难道他连自己的命都不要了吗？相比而言，原文中的"拼命三郎"的暗喻语气更为中立，让人体会到其他工友对宋钢的不理解，同时为宋钢之后的出走他乡做了铺垫，正因为他要给林红更好的生活，所以他不惜背井离乡，但是他的全身心投入，换来的不是林红一心一意的坚守和等待，而是她的出轨和移情别恋。因此，最终身心俱残的宋钢选择了离开这悲惨的人世间。

综上所述，两位译者对暗喻的翻译处理也主要有三种方法：保留暗喻、增译暗喻和省译暗喻。保留暗喻，可以传达原文中暗喻的微言大义，而且文内语境或者上下文可以一定程度上帮助读者理解暗喻的内涵。所以，保留暗喻就是维持了文本和读者之间的审美距离。这种事实性的翻译策略将富有文化特色的内容通过翻译传达给译入语读者，但是文化意味还是在译文中有所丧失。增加的暗喻同时暗含了重要的文化意象，表述更为简洁和精炼，但是文化的意味还是无法完全传达过来。省略的暗喻是文化内涵丰富的内容，将其具体的含义直接翻译出来，方便了读者的理解。但是主体意义都在后两种情况下所采取的虚拟性翻译策略中有所丧失。

第四节 《兄弟》中比喻翻译的小结

总之，在处理《兄弟》中的比喻时，译者多数情况下也是以事实性翻译策略为主的，从而保持了译文和读者之间的审美距离，有助于审美意蕴的再现和故事主题的传达。但是有时译者也采取了虚拟性的翻译策略，对喻体中所包含的意象进行了一定的调整，如增删改动的情况都有出现。这样做的初衷是为了更好地表现故事主题和方便读者的理解和接受，但是也可能出现事与愿违的情况。因为中英文之间的差别实在太大了。不过审美距离的远近都多少会给故事主题的传达带来影响，最好的状态就是那种能和原文维持同等的审美距离。

有时译者省略了比喻的喻体，仅仅保留本体，而过滤了余华天马行空的想象，这是考虑到译文的流畅度和可接受性而进行的翻译调整。比如小小年纪的李光头在和童铁匠讨价还价的时候形象地将其妻子和林红的屁股做了不同的标价：

"**肉有肉价，菜有菜价**，一碗阳春面是你老婆屁股的价，林红的屁股是一碗三鲜面。"（余华，2012：19）

"**Every butt has its price**. A bowl of plain noodles will buy you your own wife's butt, but Lin Hong's calls for a bowl of house-special noodles."（Chow and Rojas，2009：18）

李光头将林红的屁股秘密定价为"肉价"，而童铁匠妻子的屁股则为"菜价"，这样的比喻和对比鲜明有趣，反映出李光头虽是孩童，但却掌握了精明的讨价还价方式。两位译者采取了归化译法，直接翻译为"Every butt has its price."，虽然并不影响意思的传达，但是原文中富有童趣和人物个性的喻体丢失掉了。

第三章
《兄弟》中"文化万象"的翻译

《兄弟》的语言特色还体现在其使用的丰富的谚语、俗语、成语甚至是口头禅上,展现出故事丰富的时代背景和文化内涵,比如李光头在追林红的时候,采用了三十六计中的各种计策,希望能够抱得美人归,使得故事带有了中国古典小说的遗风。这些在译文中都得到了比较充分的还原和体现。因为《兄弟》是一个典型的中国故事,因此其中必然涉及大量的中国文化信息,即勒弗维尔(Lefevere,1992:86)所说的"文化万象",包括某种文化中的语言、文学传统以及物质和概念上的特点和标准等需要通过"翻译"向缺乏相关背景知识的英文读者进行解释。《兄弟》中的"文化万象"可具体分为三类:谚语、俗语和成语。译者主要采用了"解释性翻译",同时也通过音译或直译来保留文本的中国特色,体现作者的民族身份。

第一节 谚语的翻译

谚语总结了人们的生产生活经验,内涵丰富,短小精悍,富于韵律,因此可以从中管窥一个民族和国家的历史文化、社会体制等各方面的特点。中国谚语显然和中国文化语境密切相关。

一、谚语的直译

谚语在《兄弟》中也时有出现,让故事的叙述更接地气,更能够反映出时代的风貌和人物的思想。比如李光头是这样评价他生父的,觉得他在厕所偷窥丢了性命,坏了名声是一件非常得不偿失的事情。

李光头觉得他父亲是世上最倒霉的人,看一眼女人的屁股丢了自己的性命,这是货真价实的赔本买卖,就是**丢了西瓜捡芝麻的买卖**也比他父亲的

上算……(余华,2012:25-26)

Baldy Li felt that his father must have had the most boneheaded bad luck imaginable to have kicked the bucket for a glimpse of ass. Even if someone were to, **as the proverb has it**, *pick up a sesame seed only to lose a watermelon*, he would still get a better deal than Baldy Li's father had. (Chow and Rojas,2009:24)

在李光头看来,生父是世界上最倒霉的人,连"丢了西瓜捡芝麻的买卖也比他父亲的上算"。这里包含了一个中国民间谚语"捡了芝麻,丢了西瓜"。意思是抓住了小的,却把大的给丢了;重视了次要的,却把主要的给忽视了。比喻做事因小失大,得不偿失。译文"as the proverb has it, pick up a sesame seed only to lose a watermelon"(就像谚语所说的,捡了芝麻却丢了西瓜),采用的是直译,并在前面增加了"as the proverb has it"(正如谚语所说的),表明其出处为中国民间谚语,是中国普通劳动人民生活经验的积累和表达,可见充分保留了原文的中国风味。

陶青说明了来意,却不想被李光头一口回绝。他给出自己的理由,因为觉得再回福利厂只会让自己因小失大,放着蒸蒸日上的垃圾大生意不做,去做福利厂的小厂长,这不是一笔上算的买卖啊。

"不用考虑,"李光头坚定地说,"我放着这么大的事业不做,去做什么福利厂的厂长,这不是让我**丢了西瓜捡芝麻嘛**……"(余华,2012:405)

"I don't need to reconsider," Baldy Li replied firmly. "Why would I want to give up all this business in order to be a director of some charity factory? That's like telling me to **trade in my watermelon for a sesame seed**…"(Chow and Rojas,2009:397)

陶青没想到李光头连考虑都不考虑就直接回绝了他。因为李光头觉得这是让他"丢了西瓜捡芝麻"。这个谚语是指抓住了小的,却把大的给弄丢了;重视了次要的,却把主要的给忽视了。比喻做事情因小失大,得不偿失。译文"trade in my watermelon for a sesame seed"(用我的西瓜换芝麻)采用直译的方法。读者可以从译文中体会李光头的心有多大。在他眼中,福利厂的公职已经不值一提,而他现在做的垃圾生意才是真正的大事业。他不可能为了这样的小职位而放弃越做越大的生意。可见,李光头是有志向和抱负的人,他不满足于现状,而是跟随时代发展的脚步,不断地前进,所以他可以过上更好的生活。

李光头在宋钢的支持和怂恿下,决心带着他的十四个残疾人部下,组成求爱队伍,向林红发起爱的攻势。他的第一步就是在林红的单位向她表白。但是,这支求爱的队伍很难步调一致地行进,这给本来就很荒诞的求爱之战更增添了一抹黑色幽默。

> 至于三个傻子,李光头吸取了上次陶青来视察时的教训,知道**冰冻三尺非一日之寒**,……(余华,2012:260)
> As for the three idiots, Baldy Li had learned well the bitter lesson from the last time Tao Qing came to observe them — that **three feet of ice cannot be produced by a single day's frost**. (Chow and Rojas, 2009:252)

李光头也知道要让十四个残疾人整齐地行进到林红单位是一件难事,但是他还是迎难而上,尽可能地让他们走得像那么回事,但是轮到三个傻子,他觉得自己无计可施,毕竟"冰冻三尺非一日之寒",他知道要训练好这三个人不是一朝一夕的事情。"冰冻三尺非一日之寒"本是一个俗语"河冰结合,非一日之寒;积土成山,非斯须之作",后演变为现在的谚语"冰冻三尺,非一日之寒;为山九仞,岂一日之功"。这个谚语出自高阳的《胭脂井》:"冰冻三尺,非一日之寒,大局坏到如此,也不是一个人,两个人的错。"意思是一种情况的形成,是经过长时间的积累和酝酿的。译文"three feet of ice cannot be produced by a single day's frost"(三英尺的冰不是一天的冰冻就能生成的)采用的是直译,说明李光头很清楚和三个傻子沟通的难处,不是马上就可以做到的,因此他也就不再在他们身上花费更多的力气,只要整个队伍看上去不是走得歪七八扭的,他也就不想为难这帮兄弟了。可见,李光头是个知道分清问题主次的人。

李光头带着他的求爱队伍从林红的工厂转战到林红家中,本以为会受到未来岳父母的热情礼遇,却不想被泼了一身冷水,还被数落得一无是处。

> 这时林红父亲当着满街的群众,用扫帚指着李光头骂道:
> "你是癞蛤蟆想吃天鹅肉!"(余华,2012:267)
> At that point Lin Hong's father turned to the crowd in the streets and gestured at Baldy Li with his broomstick, saying, "**You're the proverbial**

ugly toad who thinks he can have the swan."(Chow and Rojas, 2009: 259)

林红的父亲不仅拿着扫帚打他出门,还骂他是"癞蛤蟆想吃天鹅肉"。这个谚语出自施耐庵的《水浒传》第101回:"我直恁这般呆!癞蛤蟆怎想吃天鹅肉!"和清代曹雪芹的《红楼梦》第十一回:"平儿说道:'癞蛤蟆想吃天鹅肉',没人伦的混账东西,起这样念头,叫他不得好死!"比喻人没有自知之明,一心想谋取不可能到手的东西。近义词为"痴心妄想"和"自不量力"。译文"You're the proverbial ugly toad who thinks he can have the swan"(你就是谚语中所说的丑陋却认为自己能吃到天鹅的蛤蟆),采用的是直译法,而且虚拟性地增加了形容词"ugly"(丑陋的)。读者可以从林红父亲对李光头的骂声中感受到他在其父母心目中丑陋无比、厚颜无耻的形象。这样的负面评价让李光头的求爱之路更加迷茫无望。

李光头在追求林红的过程中遭遇了不少的情敌,他直面他们,并对他们大打出手,目的就是要向众人宣誓,林红是他的女人,谁也别想打她的主意。李光头还为自己的行为找到了合理的解释和借口。

李光头说完扬长而去。很多群众听到他走去时洋洋自得地说:"毛主席说得好,**枪杆子里面出政权**。"(余华,2012: 274-275)
Baldy Li then turned and left. Many in the crowd heard him smugly saying to himself, "Chairman Mao put it well when he said that **power comes from the muzzle of a gun**."(Chow and Rojas, 2009: 266)

李光头引用了毛主席的话"枪杆子里面出政权"来为他打人的行为辩护。这句话是毛主席在"八七会议"上根据当时中国的国情提出的。他清楚地意识到,只有中国自己可以救中国。不顾国情,照搬西方模式,是行不通的。毛主席因此确定了武装反对国民党反动派的方针,兴起了土地革命战争。这句话的字面意思就是说:政权的建立需要依靠枪杆子。译文"power comes from the muzzle of a gun"(权力来自枪杆)是以直译为主,强调李光头打人的理由,是为了确立自己对林红的爱的权威,其他任何人想打林红的主意,李光头都不同意,只有他李光头一个人有资格获得林红的爱。所以,他不惜动用武力来维护他的特权,不许任何人和他来竞争林红的爱。

宋钢在死后重生，想通了之后，去林红家向林红表白，不想被林红父母挡在门外，还要将他赶走。

> 毛主席说得好：**扫帚不到，灰尘就不会自动跑掉**。（余华，2012：308）
> The father concluded by citing Chairman Mao's aphorism that *if one doesn't make use of a broom，dirt won't disappear on its own*，...（Chow and Rojas，2009：299）

林红的父亲边驱赶宋钢，边说道："扫帚不到，灰尘就不会自动跑掉。"这句话出自毛主席的《抗日战争胜利后的时局和我们的方针》（1945 年 8 月 13 日），（毛泽东，1966：1077）。原话是"凡是反动的东西，你不打，他就不倒。这也和扫地一样，扫帚不到，灰尘照例不会自己跑掉"。也就是说只有行动才能改变现状。译文"if one doesn't make use of a broom，dirt won't disappear on its own"（如果人们不使用扫把，灰尘不会自己消失）采用直接翻译的方法，前面也表明了该谚语的出处是毛主席的格言警句（Chairman Mao's aphorism）。这样直接保留毛主席的格言虽然给英语读者的理解造成了一些障碍，但是只要通过上下文的推断，读者可以体会林红父母想要赶走宋钢，不想让他再打扰和继续伤害病中女儿的心情，就像用扫帚清扫灰尘一样。一个普通老人都会适时地引用毛主席的话来为自己的行为进行总结，可见时代在每个人心中打下了深深烙印。在那个时代，人人都是毛主席忠实的追随者，主席说的话百分百正确，主席的话可以证明其行动的正确性。

二、谚语的意译

有时候译者也会采取意译的方法来翻译文中的谚语，使译文读来更加自然和地道。宋钢给李光头送他和林红的结婚请帖，希望结婚当天能够得到弟弟的祝福。但是换来的却是弟弟的冷言冷语。

> 李光头抬头看看天上的太阳，阴阳怪气地说："**太阳没从西边出来啊？**"（余华，2012：321）
> Baldy Li looked up at the sky and feigned puzzlement，remarking sarcastically，"**But pigs aren't flying yet.**"（Chow and Rojas，2009：312）

满怀希望的宋钢得到的却是李光头的冷言冷语,他完全回绝了宋钢的邀请,说"太阳还没从西边出来啊?"这个谚语是想说明有些事情根本不可能发生,因为太阳不可能从西边出来;也可以表示对某件他自己认为不可能发生的事感到很惊讶。译文"But pigs aren't flying yet"(但是猪是不会飞的)采用的是意译的方法。读者可以从这个熟悉的西方谚语中了解李光头对于宋钢和林红的婚姻是不可能有祝福的,他有的只有懊恼和伤心。

刘镇的几个股东在李光头去上海联系第一笔业务之后,每天都会聚集在童铁匠的铁铺里商量事情,等待他的消息。但是半年过去了,李光头音讯全无,这让几个股东焦急万分,不禁担心他们的辛苦钱会被李光头挥霍干净,最后却啥生意也谈不成。童铁匠是他们几个的领头人,他最后总结大家的担忧,认为李光头这个人心太大,做事太急于求成,有些靠不住。

"这个王八蛋与众不同,他做什么事都想**一口吃成个大胖子**……"(余华,2012:346)

"This little asshole is not like other people, and everything he does he wants to **do to excess** — "(Chow and Rojas,2009:338)

童铁匠认为李光头与别人不同的地方在于,他做事都是想"一口吃成个大胖子"。这个谚语的意思是因心急而不能实现,比喻人的胃口太大,办不到、不可能的事情。近义词是"急于求成"。在童铁匠等人看来,虽然李光头的创业计划很诱人却不无隐忧,担心他"嘴上无毛,办事不牢"。现在李光头一去多日没有任何消息,更是加重了众人的担心和疑虑。译文"do to excess"(做得过分了)采用的是意译的方法。读者可以从中体会其他股东对李光头当时的评价,以及他们都想要靠着李光头发家致富,却又不是很放心将自己的钱交给李光头去打理的矛盾心理。一旦李光头多日没有消息,他们的担心就进一步确证了。

第二节 俗语的翻译

一、俗语的直译

《兄弟》中的俗语总是在适当的时候能够推动故事情节的发展,有助于塑造人物形象和深化故事的主题。

李光头迫于权威对警察说出了林红屁股的秘密,但是就在他正要讲到关键的地方时,却戛然而止,因为此时赵诗人已经钻进厕所将他抓了个现行。这些警察听得如痴如醉,正要到高潮部分,却没有了内容,顿时失望至极,生气之至。

他们脸上的表情稀奇古怪,好像是五个饿鬼眼睁睁地**看着煮熟的鸭子飞走了**。(余华,2012:11)

They all had peculiar expressions, looking like five starving dogs who had just **seen a freshly roasted duck fly out of their reach**. (Chow and Rojas,2009:10)

此时五个盘问李光头的警察脸上的表情千变万化,就像"看着煮熟的鸭子飞走了"。这个歇后语出自《儿女英雄传》第二十五回:"今日之下,把只煮熟的鸭子飞了,张金凤怎生对他玉郎?"这比喻本已经到手的东西又丢失了;也指本来十拿九稳的事情,最后没有办成。这个俗语本来就极富讽刺意味。五个警察认为,他们对付李光头这个小屁孩是绰绰有余的,只要吓唬吓唬他,保准什么都说了,包括林红屁股的秘密,却万万没有想到,李光头也只是看到了很有限的小部分屁股。译文"seen a freshly roasted duck fly out of their reach"(看着刚烤熟的鸭子飞走了),采用直译,保留了原文俗语中鸭子的意象,说明到嘴的食物竟然又飞走了,这让五个饥饿难忍的警察失望至极,让他们贪婪而失望的神情跃然纸上。

刘镇的男性,不管已婚与否,年龄大小,都向李光头打听林红屁股的秘密。这也包括已有妻子的童铁匠。他还为自己的朝三暮四找到了理由和借口。

"男人嘛,"童铁匠低声说,"都是**吃着碗里,看着锅里**。"(余华,2012:18)

"You know how men are," Tong confided. "They're always **peering into the pot even when they're eating out of the bowl.**"(Chow and Rojas,2009:17)

童铁匠引用了一句俗语,认为男人都是"吃着碗里,看着锅里",来为自己打听林红的秘密寻找正当理由。这个俗语出自《金瓶梅词话》第七十二回:"你还哄我哩,你那吃着碗里看着锅里的心儿,你说我不知道?"还有《红楼梦》第十六回:"那薛老大也是'吃着碗里瞧着锅里'的。"该俗语的现代释义也就是《金瓶梅词话》里的原意,一般指已婚的(特别指男性)有自己的老婆还对身边其他的女性心怀鬼胎,或者拈花惹草,即指人们对事物的贪婪性,本来自己已经拥有,但是还想拥有更多的贪念。比喻贪心不知足,有贪得无厌的意思。译文"peering into the pot even when they're eating out of the bowl"(吃着碗里瞧着锅里)采用直译,将男人喜新厌旧、贪得无厌的本性展现得淋漓尽致。其中的核心动词"peer: to look intently, searchingly, or with difficulty"(凝视或眯眼看:专心地、探求地或较为费劲地看),充分说明了男性在拥有了妻子之后,仍然欲壑难填,想要寻找新目标的本性。

"文革"大潮在刘镇逐渐退去之后,刘镇众人又恢复了往日的平静生活,余拔牙也顺势收起了自己的革命行头,偃旗息鼓,打算安然度日了。

> 余拔牙与时俱进地又将好牙们藏起来了,和他的钞票们藏在一起,余拔牙心想**三十年河东三十年河西**,……(余华,2012:203)
> Tacking to the political winds, Yanker Yu had hidden away his healthy-teeth display behind his cash. He figured that **after flowing west for a while the river might begin flowing east again**, ... (Chow and Rojas, 2009:197)

他心想着"三十年河东三十年河西"。这个俗语出自清代吴敬梓的《儒林外史》第四十六回:"大先生,'三十年河东,三十年河西'!就像三十年前,你二位府上何等优势,我是亲眼看见的。"这里的河是指黄河。而在古代,由于黄河河床较高,泥沙淤积严重,河道不固定,经常泛滥成灾,所以黄河经常改道,改道后,原来在河东的地方很可能就变到河西面去了。因此该俗语比喻世事变化,盛衰无常。译文"after flowing west for a while the river might begin flowing east again"(河水向西流一段时间后可能又开始向东流),采用直译法,描写了河流频繁改道的情况,寓意世事无常。虽然直译原文可能让英语读者感觉有些突兀,但是他们可以从上下文了解到当时中国的现实,就好比时有改道的河流一般,总是起伏动荡、风云变幻的。这也正是《兄弟》之所以被西方人称为"大河小说"的原因之一。故事中的人物身处时代大潮之中,总感觉变化太快,几十年间经历了西方人上百年走过的路。

李光头是一个讲义气的人,他为了朋友可以两肋插刀,但是在追求林红的时候,如果有人敢和他竞争,就是傻子他也不放过,一样照打不误。所以,刘镇看客在看着李光头因为傻子盯着林红看直流口水还要林红抱抱他而暴打他时,不禁发出了这样的感慨和评论。

……真是俗话说得好,**为朋友两肋插刀,为女人插朋友两刀**……(余华,2012:264)

As the old saying goes,**For a friend one will take two daggers in the chest, but for a woman one will stab a friend twice**.(Chow and Rojas,2009:256)

刘镇看客见李光头竟然为了林红和一个傻子大打出手,而且傻子还是他厂里面的好兄弟,就评论道:"为朋友两肋插刀,为女人插朋友两刀。"这个俗语的前半句出自《隋唐演义》,讲的是秦叔宝(即秦琼)为朋友不惜牺牲自己的故事。故事的大意是秦叔宝得知是好友尤俊达和程咬金劫皇杠才假冒程咬金去自首而差点儿丢了性命。后来这个故事演绎为"两肋岔道,义气千秋"。随着时间的推移,慢慢地又演变成"秦叔宝为朋友两肋庄走岔道"。随着这句话在民间流传日益广泛,又被演绎成"秦叔宝为朋友两肋插刀"。再后来,"为朋友两肋插刀"就成了讲义气的最贴切说法。原文调侃似的增加了"为女人插朋友两刀",说明了讲义气如李光头这样的人也会为了林红这个心仪的女人而不顾兄弟情分,对兄弟拳头相向。译文"For a friend one will take two daggers in the chest, but for a woman one will stab a friend twice"(为朋友胸部被插两刀,为女人刺朋友两刀)采用的是直译的方法,将原文的诙谐幽默而又荒诞的女友之争生动地展现在读者的眼前。

李光头采纳了宋钢"擒贼先擒王"的计策,在工厂求爱失利之后又直接来到林红家中,想要争取其父母对他的首肯和支持,但是反遭一顿臭骂。林红的母亲更是将他骂得一文不值。

"告诉你,"林红的母亲举起鸡毛掸子对他喊叫,"**我女儿这朵鲜花不会插在你这堆牛粪上**。"(余华,2012:267)

"I tell you" — Lin Hong's mother pointed at him with her feather duster as she shouted — "**my flower of a daughter will never be planted in a pile of** cow dung like yourself."(Chow and Rojas,2009:259)

林红的母亲认为女儿是一朵鲜花,而李光头就是一堆牛粪,"我女儿这朵鲜花不会插在你这堆牛粪上"。林母骂话中含有的一个俗语"一朵鲜花插在牛粪上"出自晋人石崇的《王明君辞》,通常是用来比喻貌美女子嫁给了与她相貌不配的男子。这个俗语被借用来说明林红母亲对李光头的评价之差,无论如何也不会同意让女儿和这样的男子交往。译文"my flower of a daughter will never be planted in a pile of cow dung like yourself"(我这花一样的女儿是永远不会插在你这堆牛粪上的)采用的是直译法。读者可以感同身受林母的愤怒,她怎么也想不通这样丑陋的男子怎么就会死皮赖脸地缠上了她貌美如花的女儿。

宋钢和林红在一起之后,就搬出了他和李光头相依为命的家,李光头本想着找宋钢再挽回局势,回家后却扑了个空,发现他已经走了。但是李光头还是觉得这里是宋钢的家,他总是会回来的。

上床前李光头环顾屋子,心想**跑得了和尚跑不了庙**,……(余华,2012:316)
Before retiring, he looked around and thought to himself that what they said was true: *You can take the monk out of the temple, but you can't take the temple out of the monk...*(Chow and Rojas,2009:306)

李光头固执地认为宋钢不会丢下他一个人在这里不管的,心想"跑得了和尚跑不了庙"。这个俗语出自光绪三十一年(1905年)版的线装双层宣纸的《绣像济公全传》。故事的大意是说:济公戏弄了豪强,豪强们告状的一句话:"……好歹跑得了和尚跑不了庙,……我等去灵隐寺里讨一个公道!"意思是纵然一时躲掉,但由于其他无法摆脱的牵累,最后还是无法脱身。李光头这么说是觉得他吃定了宋钢。无论他现在是否在家,他终究是会回来的。译文"You can take the monk out of the temple, but you can't take the temple out of the monk"(你能够从庙里赶走和尚,但是你无法从和尚那里取走寺庙)采取的是直接翻译的方法。读者能够体会到李光头内心的淡定,他觉得只要这个家在,宋钢就不会弃他而去,不管不顾,而只要他回这个家,他就有把握说服宋钢离开林红。

宋钢给李光头送喜帖,但是李光头根本不可能来参加他们的婚礼,而且发出了很绝望的感慨。

李光头刚才还是喜气洋洋的脸色,立刻阴沉了下来,他没有接请柬,慢慢地转过身去,独自一人走去了,一边走一边伤心地说:

"**生米都煮成熟饭了**,还喝什么喜酒。"(余华,2012:322)

Baldy Li's exultant expression immediately turned dark. Refusing the invitation, he slowly turned and walked away. As he left he said sadly, "**The rice is already cooked.** What is there to celebrate?" (Chow and Rojas,2009:313)

李光头用一句"生米都煮成熟饭了"表达了他彻底绝望的心情,他现在真的是人到黄河心已死了。"生米都煮成熟饭"这个俗语出自明代沈受先的《三元记·遣妾》:"小姐,如今生米做成熟饭了,又何必如此推阻。"比喻事情已经做成了,不能再改变了。译文"The rice is already cooked"(米饭已经做好了)采取的是直译法,让读者能够深切体会到李光头因为宋钢和林红的婚礼而伤心和绝望的心情。直到收到他两人的结婚喜帖,他才真正承认自己在争夺林红的这场爱情之战中的惨败。

李光头在垃圾场上赚到了自己的第一桶金之后,就开始筹划着还债的事情,因为赚到的钱有限,而且债主颇多,他只能计划着分期还债。这让收到钱的王冰棍激动不已。李光头却认为这理所当然,欠债还钱是天经地义的事情。

李光头摇晃着脑袋说:

"我李光头**不拿群众一针一线**。"(余华,2012:400)

Baldy Li, however, shook his head and said, "**I won't take a single needle or thread from the masses.**"(Chow and Rojas,2009:391)

李光头引用了一句俗语"不拿群众一针一线"。其出处是中国人民解放军的优良传统和行动准则"三大纪律八项注意"。1947年10月10日,毛主席起草了《中国人民解放军总部关于重行颁布三大纪律八项注意的训令》。从此,内容统一的"三大纪律八项注意"就以命令的形式固定下来,成为全军的统一纪律。译文"I won't take a single needle or thread from the masses"(我不拿群众的一针一线)显然采取的是直译法。虽然读者读来会有些突兀,但是联系上下文,可以理解其内涵,也就是李光头不想欠别人的钱,虽然当时是还不起,但是现在有能力了,他就尽可能分期还款。这是一个人的诚信问题,也是诚信商人的必备品质。

　　李光头在回顾了他这几年的从商创业之路,并向众人总结他做生意的经验体会时,很有一番自己的见地,觉得今天的成功和运气好不无关系。

　　他总结了自己的经验教训,告诉刘镇的群众:
　　"生意上的事情,是**有心栽花花不开,无心插柳柳成荫**。"(余华,2012:401)
　　He then summarized what he had learned, telling the people of Liu, "In business, **if you deliberately plant a flower, it might not bloom, but sometimes when you accidentally seed a willow, it ends up providing you with shade.**"(Chow and Rojas,2009:393)

　　李光头总结自己的生意经,认为"有心栽花花不开,无心插柳柳成荫"。这句俗语的原句是"有意栽花花不发,无心插柳柳成荫"。这个名句出自《平妖传》,后被编进《增广贤文》。字面意思是刻意种一朵花却没有发芽生长,无意中插下的一棵柳却已经长成一片。引申意为,刻意去做的事,有时因为太过执着反而达不到心目中的理想目标,而有时一个无心之举却有可能带来意想不到的结果。借指凡事不要过于强求,一切顺其自然。译文"if you deliberately plant a flower, it might not bloom, but sometimes when you accidentally seed a willow, it ends up providing you with shade."(如果你特意种一朵花,可能不开花;但是有时你偶尔插上一株柳,却可能带给你一片树荫。)采取的是非常贴合原文的直译方法。读者可以从译文中了解李光头的生意经和作风。他做生意的方式和做人的方式有着极其相似的地方,凡事都不强求,一切随缘,但是不随波逐流,而是不断努力向下一个目标冲刺,哪怕摔得遍体鳞伤也在所不惜。

　　小关剪刀没有得到李光头有限公司的任何职位觉得心里气不过,他要外出闯荡,自己去找财路。于是,他不顾老父亲的阻拦,毅然踏上了远去的路。这一走就是好多年。

　　小关剪刀坐上的长途汽车驶出了刘镇的车站,老关剪刀才蹒跚走到,他双手拄着拐杖,看着汽车驶去时卷起的滚滚尘埃,老泪纵横地说:
　　"儿子啊,**命里只有八斗米,走遍天下不满升**……"(余华,2012:433)
　　Little Guan boarded the bus and was about to depart when Old Guan

finally caught up. Grasping his walking stick with both hands, he watched as the bus drove away in a cloud of dust. With tears running down his cheeks he cried out, "Son, **if you are fated to have only fifteen ounces of rice in this life, then even if you go away to seek your fortune, you still won't end up with a full pound.**"(Chow and Rojas, 2009: 427)

老关剪刀看着儿子远走他乡的背影,心中非常难过,他不确定自己还能不能看到儿子回来。他伤心地说:"命里只有八斗米,走遍天下不满升。"这个俗语出自《茅山后裔》。意思是人的命,天注定。命中注定,不可强求,一切顺应天意。译文"if you are fated to have only fifteen ounces of rice in this life, then even if you go away to seek your fortune, you still won't end up with a full pound"(如果你命中注定只有15盎司的米,那么就算你远走他乡去求财,最终也赚不到一磅的米)采用的是直译的方法,同时使用了虚拟性翻译方法,将中国古代度量衡中的"斗和升"改为了英语度量衡中的"盎司和磅"。但是读者仍然可以从中了解到中国古代的智慧和老人看着儿子远走他乡的背影时,内心的痛苦和悲伤之情。

宋钢和周游一起远走他乡寻找财路,他发现周游的骗术很有一套。为了兜售男性药物,他们想到了去浴室,但是为此他们必须买票才能入内。周游有自己的解释,觉得这样做值得,是做成生意必须下的本钱。

"该花的钱就要花,"周游坚定地说,"**舍不得孩子套不住狼。**"(余华,2012: 535)

"We will spend what we need to spend," Wandering Zhou said firmly. "As they say, *if you can't bear to sacrifice the child, you won't be able to lure the wolf into the trap.*"(Chow and Rojas, 2009: 539)

周游劝说宋钢买票进入浴室做生意。因为他觉得"舍不得孩子套不住狼"。这个俗语比喻付出相应的代价才能达到预期的目的,其中"孩子"指的是为引人上钩而准备的诱饵。译文"if you can't bear to sacrifice the child, you won't be able to lure the wolf into the trap"(如果你无法接受牺牲孩子,就没办法吸引狼进入圈套)显然采用的是直译的方法。英语读者可以从这个俗语的意思中了解到周游行骗的经验丰富、方法很多,因此宋钢虽然不知前途如何,但还是会跟周游一起去闯荡江湖。

二、俗语的意译

《兄弟》中的俗语有时也采用意译的方法，从而更加直观和准确地表达出其寓意。赵诗人是当场抓住李光头偷窥女厕的人，他也想知道李光头到底都看到了些什么。而且，他始终觉得，如果没有自己抓住李光头，并到处将他游街，刘镇其他男性也不会知道李光头偷窥林红屁股的事情，那么李光头也不会因为知道这个秘密而找到生财之道，可以经常吃到美味的三鲜面，因此李光头应该是"饮水不忘掘井人"。

……他觉得李光头应该是**饮水不忘掘井人**。（余华，2012：22）

. . . , so Zhao felt that Baldy Li should **express his gratitude**. (Chow and Rojas，2009：20)

这个俗语的意思是说喝水的时候，不要忘记当初挖井的人。比喻做事不忘本，要记得前人的恩惠，常怀感恩之心。译文"express his gratitude"（表达他的感恩之情）采用的是意译法，表明赵诗人以李光头的恩人自居，希望以此来无偿地换取林红屁股的秘密，然而李光头可不吃他这一套，无论你是谁，想要知道秘密，就要给他买一碗三鲜面。但是，这并不代表李光头是个不知感恩的人，因为他发家之后，仍然始终对陶青毕恭毕敬，就是因为心中感念他曾帮助年幼的兄弟俩将父亲宋凡平的尸体拖回家中。

但是任凭赵诗人如何的软磨硬泡都无法让李光头说出关于林红屁股的一个字来，在三鲜面换林红屁股秘密这件事情上，李光头寸步不让。最后，赵诗人只能让步，答应请李光头吃一碗三鲜面来换取林红屁股的秘密。

"**秀才遇到兵啊，有理说不清。**"赵诗人仰天长叹，然后心疼不已地说："好吧！"（余华，2012：23）

"**How hard it is to reason with a barbarian**!" Poet Zhao looked up into the sky and heaved a great sigh. With panged reluctance he gave in. "It's a deal."(Chow and Rojas，2009：22)

赵诗人实在无法说服李光头无偿地对他说出林红屁股的秘密，只能叹息地说:"秀才遇到兵啊,有理说不清。"这句俗语是用来比喻斯文的、讲理讲法的人遇到粗鲁的、不讲道理的人,无法沟通,无法讲清楚道理。在古代,秀才就是文人,或者文人的代表;兵就是当时的士兵,一般都比较的粗鲁。译文"How hard it is to reason with a barbarian!"(和野蛮人讲道理太难啦!)显然采用的是意译法,没有直接翻译原文中的"秀才"和"兵",而是直接翻译其内涵和寓意。这个译文中的核心名词"barbarian: an insensitive, uncultured person; a boor"(粗鲁不文;迟钝的、没有文化的人;粗野的人),说明了赵诗人打心眼里看不起李光头,觉得他是个没有文化的野蛮人。他只认三鲜面这个死理,跟他讲不通道理,只能按照他说的做,给他买一碗三鲜面,才能打听到林红屁股的秘密。

李兰和宋凡平的二婚并没有得到刘镇众人的祝福。他们更多的是来看笑话,甚至还来惹事,这让宋凡平非常气愤,和他们打了起来。刘镇看客见事态发展到不可收拾的地步,赶忙来劝架。

"算啦,算啦,**冤家宜解不宜结**,……"(余华,2012:49)

"Forget it, forget it. **It's easier to make friends than enemies**."(Chow and Rojas,2009:47)

中国人劝架时常说的话就是这句俗语"冤家宜解不宜结"。这个俗语出自明朝唐寅的《警世》:"冤家宜解不宜结,各自回头看后头。"意思是有仇恨的双方应该解除旧仇,不要弓弦不放,继续结仇。就是说,仇恨和矛盾很容易就会有,但是要消除掉就不那么容易了。常用作规劝之辞。译文"It's easier to make friends than enemies"(交友容易,结仇难),采用解释性翻译,说明了中国人中庸的思想传统,总是想息事宁人,大事化小,小事化了。

李光头为了帮母亲完成死前的心愿,想尽办法到刘镇各家去借工具,要为母亲借一辆板车,好清明节拖着她去给宋凡平上坟。他首先去了童铁匠那里,极尽奉承之意,弄得童铁匠一头雾水,不知他到底想干啥。

童铁匠不知道李光头葫芦里卖的是什么药,……(余华,2012:202)

Blacksmith Tong had no idea where Baldy Li was going with this.(Chow and Rojas,2009:195)

叙述者描写童铁匠的心理活动,"不知道李光头葫芦里卖的是什么药"。这是一个俗语,有一种细腰葫芦,成熟后将它中间挖空晒干,可用来装酒、装药丸。正是因为葫芦有这种用处,用葫芦装药、卖药,就成为古代的一种现象。加上对医生的不了解,就有了"不知他葫芦里卖的是什么药"的说法。后世引申为"不知道对方要干什么或准备干什么"的意思。译文"had no idea where Baldy Li was going with this"(不知道李光头这样是要干啥)是采用解释性意译的方法,去掉了俗语中的"葫芦"喻体,虽然少了一些中国古代的文化特色,但是却让读者更加清楚地了解了李光头的性格特点,即为了达到帮母亲借一辆板车的目的,他可以奉承童铁匠,把童铁匠夸得天花乱坠,不知东南西北,最终达成自己的目的。可见,李光头虽然年纪小,却很有心机,也继承了继父的口才,能够说服别人按照自己的意愿来行事。这是他日后做生意发家所必备的素质和能力。

在林红确定并公开了和宋钢的恋爱关系之后,刘镇其他九个一直倾心于她的未婚男子都倍感失落,同时又觉得宋钢实在是运气很好,他们只能感叹"心急喝不了热粥,赶早的不如赶巧的"。

> 这九个也同样唉声叹气叫苦不迭,心想真是**心急喝不了热粥,赶早的不如赶巧的**。(余华,2012:269)
> ..., and these nine would also sigh incessantly, **regretting their own impatience to get a free taste of cow's milk and lamenting that drinking early was not nearly as important as drinking well**. (Chow and Rojas,2009:261)

刘镇其他九个喜欢林红的男子的感叹是由两个俗语组成的。其中"心急喝不了热粥"是指刚出锅的粥如果你急于去吃会烫伤嘴巴,等温度适中了才能去吃,意思是不论做什么事情都不要过于心急,要沉得住气,着急反而无法成功。刘镇的其他九个喜欢林红的男子觉得自己太早确定了女朋友,以至于在追求林红的这场竞赛中过早地被取消了竞赛资格。译文"regretting their own impatience to get a free taste of cow's milk"(后悔他们等不及要免费尝一口牛奶)采用的是意译法,向读者展现出林红和宋钢的恋爱对其他刘镇男子心理上的打击。他们懊悔不已,心想如果当初晚点谈恋爱,或许现在林红就成了自己的恋人。另一个俗语"赶早的不如赶巧的"也作"来得早不如来得巧";意思是来的时机刚刚好,不早也不晚。对于来早的,也不是最佳时间;来得最巧的,是那个最好的。这个俗语表现的是刘镇男子对宋钢的羡慕之情。虽然他们也对林红钦慕和追求已久,甚至比宋钢还要久,但是宋钢是在对的时间出现了,因此抱得美人归。译文"drinking early was not nearly as important as drinking well"(喝的早几乎没有喝的好重要)采用的也是意译的方法,让英语读者可以感同身受刘镇其他男子的羡慕心理,同时也表明宋钢在众人眼中是上帝的宠儿,能够得到刘镇一枝花林红的爱情,是所有人眼中的幸运儿。

赵诗人在被女友当众揭穿想要脚踩两条船的心思,还被暴打一顿之后,顿时悔恨之极,而他的笔友刘作家也适时地站出来安慰他一番。

> 刘作家拍拍赵诗人的肩膀,既像是夸奖自己,又像是安慰赵诗人,他说:
> "人贵有自知之明。"(余华,2012:271)
> Writer Liu patted Poet Zhao's shoulder, then — though it was unclear whether he was congratulating himself or consoling Poet Zhao — he concluded, "**It is a wise man who knows his own limitations**."(Chow and Rojas,2009:263)

刘作家的安慰用了中国的一句俗语"人贵有自知之明"。这个俗语是从成语"自知之明"演变而来的。该成语出自《老子》第三十三章:"知人者智也,自知者明。"意思是了解自己的情况,对自己有正确的估计。所以"人贵有自知之明"这句俗语的意思就是一个人难能可贵的地方在于自己能够了解和认识自己。译文"It is a wise man who knows his own limitations"(聪明人知道自己的缺点和不足)采用的是意译的方法。读者可以从译文中体会到作为笔友和同为文人的刘作家看到赵诗人企图脚踏两条船的计划没有得逞时,他内心既高兴又有些惋惜的复杂心情。他暗想还好自己没有动林红的心思,否则怕也是逃脱不了赵诗人现在的狼狈下场,因此心中暗自庆幸。

宋钢看了刘作家的作品后,觉得有必要也像刘作家那样,精心修改一番。不想却被刘作家痛骂了一顿。宋钢为此情绪低落。李光头知道此事后,勃然大怒,觉得刘作家胆敢这样骂宋钢,真是不想活了,他要替宋钢解解气,就去打了刘作家一顿。

"……你怎么敢在**太岁头上动土**……"(余华,2012：232)

How dare you **break earth over the mighty**?(Chow and Rojas,2009：224)

李光头认为刘作家乱骂了宋钢一顿,这真是"太岁头上动土"。这个成语出自汉代王充的《论衡·难岁篇》："移徙法曰：'徙抵太岁凶,伏太岁亦凶'。"意思就是用鸡蛋碰石头,比喻冒犯了那些超出自己能力之外的人,"太岁头上动土会有灾祸"。译文"break earth over the mighty"(在强有力的人头上动土)采用意译法,将"太岁"这个极富中国特色的词语换成了"mighty"(强有力的人)。这样解释性的翻译说明了李光头当时的气愤。他觉得刘作家竟然敢骂哥哥宋钢,这就是在欺负他李光头,这个刘作家是不想活了,他要给他点颜色看看,让他知道欺负宋钢的人是不会有好果子吃的。苏妈用她家卖的包子说服了其他股东也入了股,成了李光头服装加工厂的股东。

……**俗话说拿人家的手短吃人家的嘴软**,童张关余王五个人吃掉了苏妈的二十只肉包子,五个脑袋都点头认可了。(余华,2012：342)

As the saying goes, the best way to win people's hearts is through their stomachs, and Tong, Zhang, Guan, Yu and Wang all nodded complacently to her story as they sat there eating her steamed buns. (Chow and Rojas,2009：334)

苏妈之所以能成功说服那几个股东让她入股,是因为"拿人家的手短吃人家的嘴软"。这个俗语的意思是说一旦接受了别人的好处,占了别人的便宜,就很难拒绝对方的请求了。正因为此,吃了苏妈包子的几个股东都一致首肯让苏妈也入一份股。译文"As the saying goes, the best way to win people's hearts is through their stomachs"(最好的赢得人心的方法是通过他的胃)采用的是意译的方法,让读者也能够清楚地了解苏妈能够占有一股的原因,是因为她用自己家卖的包子收买了其他股东,赢得了他们的支持。

李光头带着股东的资金去了上海买服装开拓市场,但是一去几个月都没有任何音讯,这让几个股东心生疑惑,倍感焦急不安。

小关剪刀忍不住埋怨起来:

"这个李光头去了上海,怎么像是肉包子打狗,有去无回啊!"(余华,2012:344)

Little Guan couldn't help but complain. "**Shanghai seems to have swallowed Baldy Li up like a dog swallowing a meat bun**, eh?"(Chow and Rojas,2009:336)

小关剪刀埋怨李光头一去半年音讯全无,担心自己的血汗钱被李光头给打了水漂,最后落得一场空。他说李光头去了上海,就像"肉包子打狗,有去无回"。这个俗语是典出济公的故事。话说济公拿着他人施舍的肉包子做武器打狗,想要驱赶之,不想狗叼着肉包子跑走了。本意是指狗咬走了肉包子,转指人一去不再回来,或指东西拿出去再也收不回来了;常比喻有投入没有回报和没有良心的人。译文"a dog swallowing a meat bun"(狗儿吞下了肉包子)采用的是意译的方法,翻译出了这个俗语的本来意思,就是指李光头消失在上海,就像被狗儿吞下去的肉包子一样,让所有的人都不能安心。

在得知了李光头空手而归,而且花光了众股东的钱之后,股东们对李光头大打出手。李光头心想着逃命要紧,不能再在这里待下去了,否则连命都没有了。

李光头**好汉不吃眼前亏**,拔腿就跑,跑得比狗比兔子还要快。(余华,2012:357)

Recognizing that this was probably a good time to retreat, Baldy Li turned and sprinted away.(Chow and Rojas,2009:348)

李光头没有待在那里给他的股东打,而是想着马上逃走,这样他还能保一条命,为他后面的创业保存体力和能量。"好汉不吃眼前亏"就是他安慰自己说的话。这个俗语出自清代李宝嘉的《官场现形记》第十七回:"好汉不吃眼前亏,且让他一步,再作道理。"这个俗语的意思是聪明人能识时务,暂时躲开不利的处境,免得吃亏受辱。译文"recognizing that this was probably a good time to retreat"(认识到这可能是一个撤退的好机会)采用的是意译的方法,读者从中可以了解到李光头的机智和果敢。他决不能让自己死在股东们的手下,他要保存体力,准备随时投入新的战斗。

宋钢一直非常担心李光头的未来，现在李光头创业失败，还丢了福利厂厂长的公职，宋钢就问李光头以后打算怎么办。可是李光头却非常淡定，他觉得总会有办法生活下去。

"放心。"李光头不以为然地说，"**车到山前必有路，船到桥头自然直。**"（余华，2012：390）

"Don't worry,"Baldy Li replied. "**Things will naturally work themselves out.**"（Chow and Rojas，2009：381）

李光头反倒安慰宋钢，不用为他担心，一切都会好的，所以他不以为然地说出了俗语"车到山前必有路，船到桥头自然直"。这两个俗语的意思差不多。其中"车到山前必有路"出自周立波的《暴风骤雨》："真是常言说得好：车到山前必有路，老天爷饿不死没眼的家雀。"比喻虽然有困难，但是到一定的时候总会有解决的办法。"船到桥头自然直"这个俗语出自茅盾的《赛会》："算了罢！船到桥头自然直！王八才去赶他妈妈的夜市！"比喻事先不必多虑，问题自会得到解决。译文"Things will naturally work themselves out."（事情会自然解决的）采用的是意译法。译文中的评价性副词"naturally"（自然地）特别能够体现出李光头为人的乐观和积极向上。虽然生活中有很多的困难，工作丢了，心爱的女人嫁给了哥哥，还被几个债主追着打，但是他仍然坚信明天一切都会好起来的，工作自然会有的，无须多虑，生活也会好起来的。他这是在安慰宋钢，更是在鼓励自己。

宋钢和李光头在垃圾堆前分吃一份午饭的事情最终没有瞒得过林红。因为刘镇看客早就将他们的所见告诉了林红。在这个小镇上真是没有秘密，到处都有想看热闹的群众。

世上没有不透风的墙，一个多月以后，林红知道了事情真相。（余华，2012：390）

In a small town there are no secrets, and about a month later Lin Hong finally learned what was going on.（Chow and Rojas，2009：382）

叙述者说"世上没有不透风的墙"，所以林红很快就知道了兄弟两人分吃午饭的事情。"世上没有不透风的墙"是一句俗语，引申意思是说事情做了，就瞒不住,总有一天会被人知道的。译文"In a small town there are no secrets"(小镇无秘密)采取的是意译法。读者可以从译文中体会人言可畏的现实。而传播人言的这些刘镇看客对于兄弟两人之间故事的发展,起到了推波助澜的作用。他们不仅看戏,也演戏。他们的存在让两人之间的故事更有戏剧性。

小关剪刀因为没有再次入股李光头的产业,所以没有像王冰棍和余拔牙那样得到副总的职业,他心中觉得不平衡,于是余拔牙不以为然地说,他作为副总至少可以给小关剪刀安排保安的职位。小关剪刀却觉得这太委屈了自己,凭什么别人是副总,他只能做看门的,心中气不过还骂了余拔牙。

> 王冰棍惊讶地看看余拔牙,余拔牙不以为然地摆摆手说:
> "狗咬吕洞宾,不识好人心。"(余华,2012:432)
> Popsicle Wang looked at Yanker Yu in astonishment, and Yu sniffed disapprovingly, "That was a classic case of **the dog biting the hand that feeds it**."(Chow and Rojas,2009:427)

余拔牙回敬小关剪刀的话引用了俗语"狗咬吕洞宾,不识好人心"。这个俗语出自清代曹雪芹的《红楼梦》第二十五回:"没良心的,狗咬吕洞宾,不识好人心。"这句俗语的意思是狗见了吕洞宾这样做善事的好人也要咬,用来骂人不识好歹。译文"the dog biting the hand that feeds it"(狗咬了喂他吃东西的人)采用的是意译法,没有翻译出中国神话传说中的八仙之一吕洞宾。但是读者可以从译文中了解这句话的意思,就是余拔牙觉得自己好心好意要给小关剪刀谋个职位,但是他非但不领情还骂了余拔牙,因此余拔牙觉得心里不舒服,于是说这句话来自我解围。

周游在刘镇狠赚了一笔就准备离开了,但是他看中了宋钢的老实忠厚,想要带他一起走。宋钢也想和周游一起出去闯荡,兴许可以赚到大钱,但是他首先要说服林红。

> 宋钢吞吞吐吐地说了很多话,先是说自己的身体经过治疗,现在感觉好多了,又叹息起治病花掉的钱,然后又说了一堆"**树移死,人挪活**"和"**水往低处流,人往高处走**"的道理,林红听了一头雾水,不知道宋钢在说些什么。(余华,2012:526-527)
> Song Gang stammered out a long explanation about how he felt much

better after his treatment, sighing over how much money that treatment must have cost, and finally rambling on about how *if there's a will, there's a way, and great rewards come at great risk*, and so on. His ramblings left her completely in a fog as to what he was trying to get at. (Chow and Rojas, 2009: 530)

宋钢要说服的人不光是林红,还有他自己。其实他也并不确定这条路走得对不对,他生性也比较懦弱,缺少李光头那股子闯劲,要不是被生活所迫,他也不会想到远走他乡。所以,他在说服林红的同时更是在说服自己,要坚定决心出去闯一闯。他引用了两个俗语"树移死,人挪活"和"水往低处流,人往高处走"。第一个俗语的意思是树换了环境会因为水土不服而枯萎,但是人换了环境则会因为不同的人文环境和交际而迎来新的机遇。第二个俗语的意思是水在重力作用下会自然往下流,但是人的本性是向上的,是要优于同类人并不断提升自己的,表示人要有志向和追求。这是一句励志的话。译文将第一个俗语意译为与之意思相当的英语谚语"there(where)'s a will, there's a way"(有志者事竟成),而第二个俗语也是采用意译的方法,即"great rewards come at great risk"(高风险会带来巨大的回报)。英语读者可以从宋钢的话中感受到他自己的不确定和摇摆。因为他本性如此,所以外出赚钱也是没有办法的办法。他对自己的前途也是一片迷惘,不知路在何方,只能安慰林红的同时自我安慰。相信只要他走出去,总会闯出一条路的。正是这样的不确定造成了他后来漂泊多年无法回乡的痛苦历程。

第三节 成语的翻译

《兄弟》中的成语随处可见,有时用来描写人物所处的时代背景,有时用以修饰人物的语言行为,让故事极具可读性和时代特色。

一、成语的意译

刘作家看到赵诗人抓着李光头游街的时候,心想这种出风头的事情不能让他一个人独占,所以也想去凑热闹。

……刘作家心想不能让赵诗人**独领风骚**,这种出风头的事自己也得有一份。(余华,2012:7)

... and Liu immediately decided that he couldn't let Poet Zhao **have all the glory to himself**. (Chow and Rojas,2009:6)

刘作家心想不能让赵诗人"独领风骚",这个成语的原意是形容超群出众,没有谁可与之相比。在中国文学史上,"风骚"分别代表《诗经》中的《国风》所形成的"风"诗(现实主义)传统和《楚辞》中的《离骚》所形成的"骚"诗(浪漫主义的)传统。如果译者加注释来向英语读者解释"风骚"所指代的中国传统文学,势必冗长而令人厌烦。因此,译者采取解释性的意译"have all the glory to himself"(将所有荣誉都归他自己所有),简洁明了地剖析出刘作家的心态,他不想让赵诗人一个人在李光头偷窥事件中出尽风头,他要见者有份,也要借此事件成为刘镇看客瞩目的焦点人物。赵诗人和刘作家被称为刘镇两大才子。他们也常给对方的文学创作点赞,以示友好。

……赵诗人**投桃报李**,用了更多的好词赞美了刘作家的两页小说。(余华,2012:7)

Poet Zhao of course had **responded in kind** and found even more flowery praise for Writer Liu's two pages of text. (Chow and Rojas,2009:6)

赵诗人的诗歌在得到刘作家的赞美之后,也"投桃报李"来赞扬刘作家创作的小说。"投桃报李"语出《诗经·大雅·抑》,原文是"投我以桃,报之以李",指的是他送给我桃子,我拿李子回送他。寓意是要知恩图报,友好往来。译文"responded in kind"(友好地回应)通过意译,解释了该成语的比喻意,说明文人以文会友,友好往来的情形。但是,这只是表面现象,事实上两人也是暗地里较劲,有着文人之间难以避免的文人相轻心理。他俩谁都觉得自己的创作才是真正的文学,对方的作品根本不入流,"文人相轻,自古而然"。这种内外不一的性格特点是作者想要讽刺和挖苦的文人的弱点之一。

李光头被刘镇两大才子押到警察局之后,又接受了警察的审问,但是他们问题的焦点也是林红的屁股,而且利用职务之便,威逼利诱李光头说出他看到的一切。李光头毕竟年幼,就算天不怕地不怕,还是被警察的权威所震慑。

> 李光头**胆战心惊地**交代起了自己如何让身体更往下去一点,如何想去看一看林红的阴毛和长阴毛的地方是什么模样。(余华,2012:10)
>
> **With his heart in his throat**, Baldy Li recounted how he had lowered himself a bit farther, trying to glimpse Lin Hong's public area.(Chow and Rojas,2009:9)

李光头就"胆战心惊"地、原原本本地交代了他所看到的林红屁股的模样,以满足警察偷窥的欲望,好让自己从这恐怖的气氛中解脱出来。"胆战心惊"这个成语形容非常害怕。出自元代郑光祖的《伧梅香》第三折:"见他时胆战心惊,把似你无人处休眠想梦想。"其近义词为"不寒而栗""面无人色""惊慌失措"等。而且这个成语与中医思想也有着密切的关联。中医认为,胆气通于心,在受到外界惊吓等刺激后,胆弱者不仅心惊战栗,还会全身发抖,出现慌张害怕之状态。译文"with his heart in his throat"(心脏都跳到了嗓子里)采用意译法,也充分说明了孩童李光头在面对警察的威慑之时,内心的极度恐惧,连心脏都要从嗓子里面跳出来了。

李光头从小就有商业头脑,他从众人争相打听林红屁股的秘密中发现了商机,感觉到可以凭着这个秘密赚上一笔。而对于日子过得清苦的李兰母子来说,吃上一碗三鲜面就像是上了天堂一般,是天大的好事。于是,李光头将林红屁股的秘密当做宝贝一样珍藏起来,没有三鲜面就绝口不提任何细节。

> 他知道自己在厕所里偷看到的五个屁股,有四个是不值钱的跳楼甩卖价,可是林红的屁股不得了,那是**价值连城**的超五星级的屁股。(余华,2012:13)
>
> He knew that out of the five butts he saw in the public toilet, four of them were completely worthless while the fifth — Lin Hong's — **was a priceless**, five-star view.(Chow and Rojas,2009:13)

在李光头眼中,林红的屁股比起其他四个屁股值钱多了,那是"价值连城"的超五星级的屁股。这里的成语"价值连城"是形容物品价值特别高,极其珍贵。语出《史记·廉颇蔺相如列传》:"赵惠文王时,得楚和氏璧。秦昭王闻之,使人遗赵王书,愿以十五城请易璧。"意思是战国时赵惠文王得到楚国的和氏璧,秦昭王要用十五座城池来换取。价值连城的近义词为"无价之宝"和"价值千金"。译文"priceless; of inestimable worth; invaluable"(珍贵的:拥有无法估价的价值的;极为珍贵的)采用意译法,同样说明了李光头对林红屁股秘密的珍视。因为在他看来,这是他的生财之道,是源源不断的三鲜面的源头,可要好好地保护,不能随便告诉任何人。

刘镇才子之一的刘作家也是林红的爱慕者之一,但是他已经有了谈婚论嫁的女友,所以他对林红的暗中钦慕是一种朝三暮四、身在曹营心在汉的表现,因此林红会提醒其女友说,刘作家是个刘镇的陈世美,要她小心提防着。

> 刘作家虽然筹办婚事了,可是他**身在曹营心在汉**……(余华,2012:15)
> Even though Writer Liu was in the thick of his wedding preparations, he was still **dreaming of greener pastures.** (Chow and Rojas, 2009:14)

刘作家和赵诗人一样都是林红的仰慕者,他虽然有了多年的女友,但还想着怎么将林红追到手,因此叙述者认为他"身在曹营心在汉"。"身在曹营心在汉"为成语典故,出自中国古典四大名著之一的《三国演义》:关羽和刘备走散后,被曹操留在营中,"封侯赐爵,三日一小宴,五日一大宴,上马一提金,下马一提银",恩礼非常;但关羽却系念刘备,后来得知刘备在袁绍处,遂挂印封金,"过五关斩六将",终于回到刘备身边。典故中"曹营"指三国时的曹操阵营;"汉"是指刘备政权。意思是关羽虽然身在曹操营中,却日夜思念刘备,渴望早日回归的急切心情。此处是为了凸显关羽的忠义,而现代却多用于贬义。译文"dreaming of greener pastures"(梦想吃到更绿的牧草)采用的是意译的方法,完全略去了原文中和中国古典名著中有关的历史典故,直接将叙述者对刘作家朝三暮四的本质的讽刺呈现给读者,塑造了其不忠诚于爱情的性格特点。

李光头是天生的商人,有着敏锐的商业触觉,能够适时抓住商机,为自己赢得足够的三鲜面。他从和刘作家的对话中,体会到他打听林红屁股秘密的用心,而且并不想要用三鲜面作为交换的条件,于是也对刘作家用起了伎俩,好说歹说不肯透露一个字。他很会使用自己的脸部表情来表达自己内心的情感和需求。

> 李光头小小年纪就会**皮笑肉不笑**了,……(余华,2012:16)
> Even at this tender age Baldy Li **had already mastered his poker face**. (Chow and Rojas, 2009:15)

别看李光头年纪小,但是见识却不浅,他知道如何抓住顾客的心理,脸上显出一种高深莫测、"皮笑肉不笑"的样子,让人不知他心里到底在想什么,到底答不答应透露林红屁股的秘密。"皮笑肉不笑"这个成语出自中国现代文学大师巴金先生的代表作"激流三部曲"之一的《秋》,意思是勉强装出笑脸,很不自然的样子,让人感到不舒服。这种神情不应该出现在一个十几岁孩子的脸上,这种少年老成让李光头变得更加难以捉摸,也让想知道林红屁股秘密的刘镇众多男性对他刮目相看,认为他比大人还要精明。译文"had already mastered his poker face"(已经掌握了一脸面无表情的神情),采用的是意译,译文比原文更显出李光头的少年老成。这副模样是悲惨童年和青年经历的馈赠,也是上天赋予他的一种天赋——可以掌控他人和自我情绪以及命运的能力。

而且,李光头知道如何利用手里的林红屁股的秘密一步步达到自己吃三鲜面的目的。因此叙述者说他是"得寸进尺"地吞咽着口水。

李光头吞着口水,**得寸进尺**地说:"……"(余华,2012:16)
Swallowing hard, Baldy Li **went in for the kill**. (Chow and Rojas, 2009:16)

"得寸进尺"的成语出自老子的《道德经》:"不敢进寸而退尺"和《战国策·秦策三》:"王不如远交而近攻,得寸则王之寸,得尺亦王之尺也。"该成语的意思是得了一寸,还想再进一尺。比喻贪心不足,有了小的,还要大的。其近义词为"贪心不足""贪得无厌"等。该成语如果直译,可译为"reach out for a yard after taking an inch",译文显然采取的是意译的方法,没有纠结于英文的度量衡:寸和尺的翻译,而是译为英语习惯用语:"went in for the kill:take action"(采取行动)。虽然原文和译文在意思上有一些不同,但是都可以表明李光头的欲望没有得到满足,他还会采取下一步行动来为自己争取更多的利益。这是一种商人的天性,没有最多,只有更多;为了赢得更多的利益,他会想更多的办法,采取进一步的行动。这个译文较原文少了些贬义,而多了些褒义。

兄弟两人在父母上班的时候,在父母卧室的枕头下面发现了一袋大白兔奶糖。这对孩子来说真是上天赐予的礼物。他们本来只打算吃两个,但还是没能抵挡住美食诱惑,把剩下的全部吃了个干净。

两个孩子**风卷残云般地**将剩下的三十七颗奶糖吃得只有四颗了,……(余

华,2012:60)

The children **swept through the bag like a tornado.** Out of the original thirty-seven candies, there were now only four left. (Chow and Rojas, 2009:57)

叙述者在形容他们吃剩下的奶糖时,用了成语"风卷残云"来描述他们吃的速度之快。该成语出自唐代戎昱的《霁雪》:"风卷寒云暮雪晴,江烟洗尽柳条轻。"意思是说大风把寒云卷走。比喻一下子把残存的东西一扫而光。近义词为"狼吞虎咽"和"横扫千军"。这里用"风卷残云"说明了奶糖对孩子有着极大的吸引力,即使冒着被父母发现,可能受到惩罚的危险也在所不惜。译文"swept through the bag like a tornado"(像旋风一样横扫袋子),采用意译的方法,没有翻译原文的"残云",但是达到了类似的描写效果。两个孩子贪婪地抢食奶糖的形象跃然纸上。可见,对当时的孩子来说,奶糖真的就是人间美食,一颗难求。以前,父母都是一颗一颗拿出来给他们吃,他们从没见过这么多奶糖,根本就无法控制地吃了起来。

在兄弟俩吃完奶糖之后,发现就剩下四颗,想到父母回来定会遭到责骂,宋钢哭了,但是李光头却笑着说,至少他们现在还不知道。叙事者认为李光头是一个今朝有酒今朝醉的人。

李光头小小年纪就已经是那种**今日有酒今日醉的人**了,……(余华,2012:60)

Even at this tender age Baldy Li was already **a live-life-while-you-can kind of guy**. (Chow and Rojas,2009:58)

李光头不像宋钢那样,担心被父母发现偷吃奶糖,担心父母责骂,他却觉得至少现在父母还没下班回来,还不知道这事情,等知道了再说,船到桥头自然直。所以他是"今日有酒今日醉"的人。这个成语出自茅盾的《狂欢的解剖》:"他们这种'自信',这种'有前途'的自觉,就使得他们的要求快乐跟罗马帝国衰落时代的有钱人的纵乐完全不同,那时罗马的有钱人感到大难将到而又无可挽救,于是'今日有酒今日醉'了"。该词比喻过一天算一天。也形容人只顾眼前,没有长远打算。译文"a live-life-while-you-can kind of guy"(只要能活就生活的那种人),是用新造的复合名词"live-life-while-you-can"来解释"今日有酒今日醉"中那种"得过且过"的内涵。也说明李光头是一个活在当下的人,他不为还没有到来的未来担忧,也不为已经逝去的过去而悔恨,因此他才能轻装前行,尤其是在创业初期和追求林红的开始遭受了如此多的挫折和打击之后,他仍然能够重新来过,努力奋斗,直至达成目标心愿。这和他"今日有酒今日醉"的天生乐观的个性不无关系。

李光头和宋钢虽非亲兄弟,但是情同手足,尤其是在一起经历了奶糖事件之后,更是"形影不离"。

> 李光头和宋钢从此**形影不离**,……(余华,2012:61)
> From this point on Baldy Li and Song Gang **were inseparable**. (Chow and Rojas,2009:58)

在李兰和宋凡平重组家庭之后,兄弟两人无论走到哪里,做任何事情都是成双成对,一起行动,"形影不离"的。这个成语出自清代纪昀的《阅微草堂笔记》卷二:"青县农家少妇,性轻佻,随其夫操作,形影不离。"意思是像形体和它的影子那样分不开。形容彼此关系密切,经常在一起。近义词为"难舍难分""寸步不离"。译文"were inseparable"中的核心形容词"inseparable:impossible to separate or part"(分不开的或不可分离的:不能分开或分享),采用意译的方法,解释了两人之间亲密无比的关系,而原文所含有的那种身体和影子之间亲密关系的比喻在译文中丧失了,但对理解兄弟两人之间深厚的情感没有太大影响。

宋凡平在婚后一直想要治愈李兰的头疼病,就说服了李兰的领导,并在和医生的一番畅聊之后,了解了李兰的病情和治愈的可能。他还和医生聊得很投机,有"酒逢知己棋逢对手"之感。

> ……,那位年轻的医生还意犹未尽地把他们送到了大门口,临别时握着宋凡平的手,**说今天算是酒逢知己棋逢对手了**,他说一定要找一个时间,打上一斤黄酒,炒上两个小菜,坐下来聊个通宵,聊个死去活来。(余华,2012:66)
> …, the young doctor followed them all the way to the front door, gripping Song Fanping's hand and **saying he had finally met his equal**. He said they had to find time to get a jug of wine and some snacks and shoot the breeze all night long. (Chow and Rojas,2009:64)

医生对宋凡平有"酒逢知己棋逢对手"之感。这里有两个成语,其中"酒逢知己"是说喝酒时遇到了好友或者兴趣相投的人,所以很开心。"棋逢对手"出自《晋书·谢安传》:"安常棋劣于玄,是日玄惧,便为敌手而又不胜。"意思是下棋时遇到对手。比喻争斗的双方本领不相上下。译文"he had finally met his equal"(他算是遇见了对手),省略了"酒逢知己",而意译了"棋逢对手",说明宋凡平知识渊博、口才一流,而且擅长交际,所以可以和陌生的医生很快成为知己,也说明宋凡平是一个有人格魅力的人。

"文化大革命"到底给刘镇和刘镇人带来了什么样的变化?从刘镇看客代表关剪刀父子身上可见一斑。他们高喊要做"锋芒毕露"的革命者的口号,还要让地主阶级"抱头鼠窜"。

> 我们刘镇磨剪刀的父子两个关剪刀,手举两把剪刀喊叫要做两个**锋芒毕露**的革命剪刀……(余华,2012:71)
> Liu Town's two scissors Guan, father and son, both raised their scissors, shouting that they were going to be **sharp** revolutionary scissors...(Chow and Rojas,2009:69)

关剪刀发誓要做"锋芒毕露"的革命剪刀。"锋芒毕露"这个成语出自华而实的《汉衣冠》,意思是锐气和才华全部都显露出来,多指人好表现自己。译文"sharp"采用意译,直接解释为:锋利的革命剪刀,主要突出的是关剪刀干革命的热情、决心和坚定意志。而"锋芒毕露"中想要展现自我能力和才华的意思却没有表达出来。从下面高喊的革命口号就可以看出包括关剪刀在内的刘镇群众,他们的革命更有着表演的成分,想要向每个人显示自己支持革命的决心。

> 两个关剪刀的革命觉悟比张裁缝还要高,贫农顾客不收钱,中农顾客多收钱,地主顾客就要**抱头鼠窜**了。(余华,2012:96)
> The two Scissors Guan were even more revolutionarily enlightened than Tailor Zhang. They didn't take any money from their peasant customers, they took extra from the middle-peasant ones, while the landlord customers had no choice but to **scamper away.**(Chow and Rojas,2009:92)

关剪刀的革命对象是地主阶级,要让他们"抱头鼠窜"。该成语出自《汉书·蒯通传》,意思是说抱着头,像老鼠一样惊慌逃跑。形容被打击之后狼狈逃走。近义词为"狼狈而逃""溜之大吉"等。译文"scamper away"采用的是意译的方法,其中的核心动词"scamper: to run or go quickly and lightly"(蹦跳:轻快地跑或走)形象地表现出地主阶级被批斗后仓皇逃走的样子。而他们批斗的对象之一就是后来的宋凡平。他从刘镇"文革"的领袖人物一下子变成了被批斗的地主阶级,其变化不可谓不大,而人物身心上经受的痛苦和考验更是常人难以想象的。

因为李光头的一句话,宋凡平就一下子被打成了地主,而且还被抓起来批斗,宋钢因此很生李光头的气,李光头也为此离家出走。可是在他走了一圈,发现无处可去、无食可吃的时候,他还是拖着饥饿疲惫的身体回到他和宋钢的家。

李光头觉得宋钢是**瞎猫逮着死耗子**,碰巧煮得这么好。(余华,2012:103)
Baldy Li thought this was a case of **blind luck on Song Gang's part**, sheer accident that he had produced such a perfect pot of rice.(Chow and Rojas,2009:99)

李光头饥饿难耐地拖着疲惫的身体回到家,发现宋钢煮好了饭,吃着宋钢煮的饭他觉得实在美味,以至于后来他吃过的所有饭都无法和记忆中宋钢烧的这次饭相比。但是,他还是觉得宋钢是"瞎猫逮着死耗子"。这个成语出自中国现代文学大师老舍先生的《四世同堂》:"七七这么一想,他决定去见东阳,他觉得瞎猫碰死耗子是最妥当的办法。"比喻本没有能力办成某事,却碰巧办成了。译文采用解释性的翻译,译为"blind luck on Song Gang's part"(宋钢盲目的好运),来说明李光头虽然嘴里吃着宋钢烧的饭,但是心里还是不服气,认为小小的宋钢根本没有办法做出这么好吃的饭,纯粹是运气好的缘故。

幸运的是,兄弟两人最后还是找到了食物,而且是有高蛋白营养的虾子。他们掌握了抓虾子的技巧,经常去抓虾子回来改善伙食,但是虾子没有什么味道,于是宋钢想到了调味的好办法。

这时候宋钢**才华横溢**了,他马上有了好主意,他把酱油倒在碗里,再把虾往酱油里蘸一下再吃,……(余华,2012:115)
Song Gang then **had a flash of culinary inspiration** and proceeded to pour

some soy sauce into a bowl, then dipped the shrimp into the soy sauce before eating them. (Chow and Rojas, 2009: 111)

兄弟俩想着怎么做虾子会更加美味,还是宋钢有办法,他想到了用酱油蘸着吃。此时他真是"才华横溢"。这个成语出自春秋《胖人传》,即江南有一才子,才高八斗,学富五车,但人身矮体胖,人问其何故,其曰:"此乃才华横溢"也。意思是才华充分显露出来。译文是采用解释性的翻译,结合上下文的意思来进行阐释的:"had a flash of culinary inspiration"(有了一种烹调的灵感)。这说明了宋钢很会想办法过日子,他不仅要让弟弟填饱肚子,还要让他吃得美味和健康。读者可以体会宋钢作为哥哥的责任和担当,总想把好的给弟弟;也说明宋钢确实是一个能干的人,做家务活是一把好手。

李兰在哭过一夜之后,带着两个孩子去街上为宋凡平准备后事。她带着孩子走在"文革"时期熙熙攘攘的集镇,却旁若无人,一心只想赶紧让丈夫入土为安。

> 她拉着两个孩子走在"文化大革命"的街道上,在满街的红旗和满街的口号里**旁若无人**地走去,……(余华,2012:156)
> She led the two children through the streets awash in "Cultural Revolution" flags and slogans, walking **as though they were alone** on the street. (Chow and Rojas, 2009: 152)

她带着孩子"旁若无人"地走过喧闹的街道。"旁若无人"这个成语出自西汉司马迁的《史记·刺客列传》和晋代葛洪的《抱朴子·行品》:"适情率意,旁若无人。"形容傲慢自高,也形容镇定自若的样子。译文"as though they were alone"(好像街上只有他们),采用意译的方法,让读者可以体会李兰的孤独。她现在唯一要做的事情就是安排丈夫尽早下葬,入土为安。为此,她什么都不管不顾,直接奔着此目的去做眼前所有的事情,眼中当然看不到"文革"中的刘镇和刘镇人。而且她在办丈夫的后事时,都是镇定自若,没有情绪失控,而是有条不紊地一件一件完成。

> 她**从容不迫**地付了钱,**从容不迫**地卷起黑纱和白布,**从容不迫**地将黑纱和白布捧在胸前走出了布店。(余华,2012:156)

With equanimity she paid with her last bit of cash, rolled up the sash and cloth, and walked out of the store hugging the fabric close to her chest. (Chow and Rojas, 2009:152)

李兰买黑纱和白布做孝衣的时候就是这样"从容不迫"。该成语出自《旧唐书·刘世龙传》,意思是不慌不忙,沉着镇定。译文"with equanimity"采用意译的方法,其中的核心名词是"equanimity: the quality of being calm and even-tempered; composure"(镇静:能保持平静温和脾气的特性;镇静)。读者可以感受到李兰内心的坚强,在面对痛失丈夫的噩耗时,她仍能够强打精神,保持镇定,独自带着两个孩子操办丈夫的丧事,可见她是一位非常坚强和有担当的女性。

李兰好不容易将李光头带到十几岁,可是少年李光头不争气,又重蹈覆辙,再次上演了厕所偷窥的剧目,让李兰多年后又一次掉进了耻辱的深渊,得不到解脱。

她不愿意出门了,就是在家里时她也把自己关在里面的屋子里,坐在床边**呆若木鸡**。(余华,2012:190)
She no longer wanted to go outside; even when she was home, she locked herself in, sitting on her bed **like a bump on a log**. (Chow and Rojas, 2009:185)

李兰因为李光头厕所偷窥被抓,羞愧难当,整日把自己关在家中不愿出门。她就这么"呆若木鸡"地坐在那里很长时间都不动。这个成语出自庄周《庄子·达生》:"鸡虽有鸣者,已无变矣,望之似木鸡矣,其德全矣,异鸡无敢应者,反走矣。"形容人因恐惧或惊吓而愣住了的样子,就像木头做的鸡,一动不动。译文"like a bump on a log"(就像圆木上的一段突起),采用意译的方法,更换了不同的喻体,让读者感同身受李兰的痛苦和镇静。她万万想不到,十几年后,儿子会和父亲做出一样丢人现眼的事情,她实在没脸再见人了。

宋钢和李光头十年后团聚,兄弟俩的感情更胜从前。他们一起在"文革"末期的革命细流中成长,送走了李兰,顽强地相互扶持着用力向上生长,并在改革开放的春风沐浴下长大成人。成人后的宋钢和李光头的外貌性格迥异,但是不变的是对对方的关爱。为了给宋钢配一副眼镜,李光头不惜对他大打出手。

两个人不再像刚才那样并肩而行,而是一前一后走向我们刘镇的眼镜店,两个人的神态像是刚刚打过一架,**李光头像是胜利者得意洋洋地走在前面**,宋钢像是被打败了,十分窝囊地跟在后面。(余华,2012:227)

They were no longer striding side by side, as they had been a moment earlier, but instead walked in single file. The two looked as though they had just been in a fight, **with Baldy Li parading ahead as the victor** and Song Gang trailing dispiritedly behind. (Chow and Rojas,2009:219)

走在去眼镜店的路上,兄弟两人的神态各异,却是其性格的真实外化。李光头像个胜利者"得意洋洋"地走在前面,而宋钢则是窝囊地跟在后面。"得意洋洋"这个成语出自《史记·管晏列传》:"意气扬扬,甚自得也。"意思是得意的样子,形容称心如意、沾沾自喜的样子。译文没有直接翻译成语"得意洋洋",而是采用意译法,翻译为"parading ahead"(炫耀一般地走在前面),其中的核心动词"parade:to behave so as to attract attention; show off"(炫耀,展示:为了吸引别人的注意力而做;夸耀)。这也是李光头一贯的行事作风,喜欢在人前出风头;而相比较而言,宋钢比较唯唯诺诺,不敢在人前过多炫耀自己。尤其和李光头一比,他更是缺乏应有的自信。这和两人的本性和天性有着必然联系。他们的命运和不同际遇也印证了那句古话"性格决定命运"。

李光头在被任命为福利厂厂长之后,就成了国家公务员,顿时感觉社会地位提升了很多。他接触的人也不再是普通的刘镇众人,而是国家领导干部。这对于自小生活在社会最底层,习惯了被人嘲笑欺负的小子来说,自然是上了天堂,不自觉飘飘然起来。

李光头从此进入了我们刘镇的上流社会,于是造就了一副**不可一世**的嘴脸,他喜欢昂着头和别人说话。(余华,2012:248)

From that point on, Baldy Li became a bona fide member of Liu Town's high society, whereupon he **assumed a haughty demeanor**, always holding his head high when speaking. (Chow and Rojas,2009:241)

李光头成了福利厂厂长,也加入了刘镇的上流社会。这一切让原本就无所畏惧的他更加有恃无恐,觉得自己"不可一世"了。"不可一世"这个成语出自宋代罗大经的《鹤林玉露补遗》第十五卷,形容人过于狂妄和目空一切的样子。译文"assumed a haughty demeanor"(表现出一副傲慢的样子)采用的是意译法，其中的核心形容词"haughty: scornfully and condescendingly proud"(骄傲的，傲慢的；蔑视别人)，将李光头得到提升成为公务员之后的傲慢神气形象地展现在众人面前。他就是一个容易自我满足的人，给点阳光就灿烂。这样的工作待遇让他受到了前所未有的礼遇，一下子从社会底层跃至社会上层的他，认为自己无所不能。

李光头在宋钢的支持和指导之下果断地开始对林红再次发起进攻，而且他坚信自己这次一定可以打赢这场爱情战争。

> 李光头**大刀阔斧地**追求林红，他让宋钢做他的狗头军师，宋钢读过几本破烂的古书，宋钢说古人打仗前都要派信使前去下战书……(余华，2012：250)
> Baldy Li pursued Lin Hong **with a vengeance** and anointed Song Gang as his military advisor. Song Gang had read his share of tattered old books on the art of war and said that in olden times, before engaging in battle, it was customary to send a messenger with a declaration of war. (Chow and Rojas，2009：243)

李光头先向宋钢求教，然后就按照宋钢的建议马上投入战斗之中，开始了"大刀阔斧"的求爱行动。"大刀阔斧"这个成语出自明代施耐庵的《水浒传》，原意是使用大的刀斧去砍杀敌人，现在多指人办事果断干脆。近义词有"雷厉风行"和"胸有成竹"。译文"with a vengeance: with great violence or force"(猛烈的；激烈的；带有极大的暴力或力量的)采取的是意译，充分体现出李光头的个性和做事的风格。读者可以从他对林红锲而不舍地追求中看出他做事情的韧性。李光头是一个认准目标就会拼尽全力去实现的人。哪怕目标不切实际，他也能够在一次次的失败后毫不气馁，跌倒了马上爬起来，继续前进，直至到达胜利的彼岸。这也是他不仅后来情场得意，俘获了林红的心，而且生意越做越大，成为刘镇的 GDP 的主要内因。

李光头在对林红发起爱情攻势之前，询问宋钢的意见，而宋钢根本没有恋爱的经验，所以他也只能纸上谈兵，搬来了《孙子兵法》，认为这是百战百胜的法宝，因此宋钢给予的答复无一例外都是采用了《孙子兵法》中的策略。

宋钢把五根手指头一根一根弯下来说："**旁敲侧击，单刀直入，兵临城下，深入敌后，死缠烂打。**"（余华，2012：258）

Song Gang counted out on his fingers: "*Beating around the bush. Coming straight to the point. Laying siege at the outskirts of the city. Penetrating behind enemy lines. Beating to a pulp.*"（Chow and Rojas, 2009：250）

宋钢把几个策略一一细数给李光头，并且认为只要照着这五个步骤一步一步来，一定能够抱得美人归。这几个策略都是成语，虽然简洁，但是不失为好计策，且步步深入，环环相扣。宋钢认为，只要做到这些，就没有攻不下的堡垒，打不赢的战争。其中"旁敲侧击"出自清代吴趼人的《二十年目睹之怪现状》，比喻写文章或者说话的时候不直接表明意图，而是间接地进行暗示或者讽刺。译文"beating around the bush"（在矮树丛边敲击）是意译，向读者展示宋钢策略的第一步不是正面攻击，而是要迂回进行，先从旁侧开始再进入要害，接着便"单刀直入"。这个成语出自宋代释道原的《景德传灯录》第十二卷："若是作家战将，便须单刀直入，更莫如何若何。"意思是使用短刀直接刺。原来比喻锁定目标，奋勇向前，现在多用来指说话不绕弯，直截了当。译文"coming straight to the point"（直接击中要害）采用的是意译，翻译出了其比喻意义，向读者展示策略的第二步就是马上集中力量攻击林红的要害和弱点，争取战争的主动权。再下一步就要"兵临城下"。该成语出自《战国策·齐策二》，意思是敌军已来到自己的城墙下面。比喻情势十分危急。近义词为"十万火急"。译文"laying siege at the outskirts of the city"（在城外围城），采用的是意译法，展现了宋钢策略的第三步就是要想办法逼林红就范，即从她父母下手，如果她父母接受了李光头，那么林红也就不得不接受他了。所以下一步要"深入敌后"，就是到林红的家中，博得林红家人的好感。"深入敌后"就是指潜入敌人阵地的后方。译文"penetrating behind enemy lines"（渗透到敌后方）采用的是直译法，因为字面的意思非常清楚，所以译者采用了直接翻译的方法。其中的核心动词"penetrate：to enter into and permeate"（渗入；进入或渗透），说明李光头的下一步举动就是要亲自登门，让林红父母接受他这个林红的爱慕者和追求者，并能够在言行上助他一臂之力。最后一步就是"死缠烂打"。这个成语是说不顾别人的意愿而纠缠人家，直到达到自己的目的为止，多为贬义。译文"beating to a pulp"（打成果酱）采用的是意译法，虽然没有过多的解释，但是读者可以从上下文推断出李光头最后会怎么做。就像他之前追求林红所采取的最直接的方法，不理我也要跟着你，直到你答应为止。可见，译者在处理原文中引用的《孙子兵法》中的战争策略时，是以意译为主，向读者解释清楚策略的内涵深意的同时尽可能保留原文的中国古风；而在原文字面意思清晰明了的情况下，译者多采取的是直译法，尤其是在出现单个策略的时候。

李光头在和宋钢商量好之后，马上就采取行动，带着他的十四个手下向着林红工作的工厂进发，他要采用"兵临城下"之计，先到她的单位向她宣示他的爱情。这个场景也令刘镇众人爆笑不止。

> 李光头**雷厉风行**，第二天下午就兵临城下了。李光头带着十四个瘸傻瞎聋的忠臣在我们刘镇的大街上**招摇过市**，我们刘镇的很多群众（亲眼）目睹了当时热闹的情景，群众笑疼了肚子，笑哑了嗓子。（余华，2012：258）
> Baldy Li **immediately sprung into action**, and the very next afternoon he started laying siege at the outskirts of the city. He took his fourteen crippled, idiot, blind, and deaf loyal minions and **swaggered through the streets** of Liu. Many of the townspeople saw this scene and laughed so hard (that) their bellies ached and their throats became raw. (Chow and Rojas, 2009：250)

李光头一向"雷厉风行"，说干就干，他认为对的事情就会立即去做，毫不犹豫。在追求林红这件事情上，更是毫不含糊。"雷厉风行"这个成语出自唐代韩愈的《潮州刺史谢上表》，比喻执法迅速而严厉，也形容办事效率很高。译文"immediately sprung into action"（马上采取行动）是采用意译的方法，可以清楚地展现出李光头做事的果断干脆，也说明了他对待爱情的执着和锲而不舍。毕竟有了之前多次被拒的失败经验，他还能够很快地爬起来继续战斗，可见他是一个意志非常坚定的人。在刘镇看客的眼中，李光头率领的这支求爱队伍真是"招摇过市"，让众人看得快乐无比，心想着这李光头又要上演一出闹剧了。"招摇过市"这个成语出自《史记·孔子世家》，形容故意在别人面前虚张声势，夸耀自己，以引起别人的注意，就是指人比较爱出风头。译文"swaggered through the streets"（昂首阔步地走过街道）采用的是意译法，译文中的核心动词"swagger: to walk or conduct oneself with an insolent or arrogant air; strut"(昂首阔步:以傲慢无礼或自大的态度行走或行事;大摇大摆地走),展现在读者眼前的以李光头为首的那支求爱队伍,虽然成员都是残疾人,却在气势上压倒一切,让人感受到了他们的气场和李光头志在必得的勇气和决心。

李光头带着他的求爱队伍到达林红工作的工厂前,没想到林红不但没有对他刮目相看,反而更加地厌恶他,要他马上带着他的人离开,不要再找她的麻烦了。李光头对林红百般应承,说他马上就走,只要林红不要生气就好。

"……我马上撤兵,**班师回朝**。"(余华,2012:261)

"... I will immediately withdraw my troops and **return home.**"(Chow and Rojas,2009:253)

林红一声令下,李光头马上照办。他立马"班师回朝"。这个成语出自元代乔吉的《两世姻缘》第三折,意思是调动出征的军队返回首都,指出征的军队胜利返回朝廷。译文"return home"(返回家中)采用的是意译的方法,虽然保留了返回的意思,但是其中所暗含的李光头的那种自信无法体现出来。虽然林红对他百般厌恶,他却自信满满地认为初战告捷,成功在望。

李光头的求爱首战不仅在林红的单位以失败而告终,在林红家中也遭遇惨败,被林红父母骂得狗血淋头,用扫帚赶出了家门。但是,李光头却还没有弄明白自己这样一个出色的人才,为什么向林红求爱会处处碰壁。

李光头看了看街上**幸灾乐祸**的群众,看了看**气急败坏**的林红父母,再看看站在那里**忐忑不安**的宋钢,……(余华,2012:267)

Baldy Li looked at the people who had come to **enjoy the spectacle**; looked at Lin Hong's parents, who were **beside themselves with fury**; and then looked at Song Gang, **standing there uneasily**.(Chow and Rojas,2009:259)

遭到林红父母谩骂和驱赶的李光头茫然无措,他"看了看街上幸灾乐祸的群众,看了看气急败坏的林红父母,再看看站在那里忐忑不安的宋钢"。他眼中的刘镇看客是"幸灾乐祸"的,林红父母是"气急败坏"的,而此时的军师加兄弟宋钢则是"忐忑不安"的。其中涉及三个成语,分别描述了李光头求爱首战涉及的三类人群：群众、林红父母和哥哥宋钢。"幸灾乐祸"这个成语出自《左传·僖公十四年》，比喻人或某物缺乏善意，在别人遇到灾祸的时候感到高兴，缺乏同情心，甚至持冷酷自私的态度。译文没有直接翻译为"laugh at one's troubles"，而是意译为"had come to enjoy the spectacle"（来欣赏此奇观），让读者感受到了刘镇看客的冷漠和旁观态度，他们只是看戏的人，不会帮助任何一方，只要娱乐自己就好，其他都不重要。这体现出刘镇看客在故事发展中的背景作用。他们是刘镇一出出时代闹剧的忠实观众。而"气急败坏"这个成语出自明代施耐庵的《水浒传》："只见数个小喽啰，气急败坏，走到山寨里叫道：'苦也！苦也！'。"意思是上气不接下气、狼狈不堪、慌张失措的样子。形容羞怒、狼狈的样子。译文"beside themselves with fury"（极度气愤）采用的是意译法，其中的核心名词是"fury：violent anger；rage"（狂怒；暴怒；愤怒）。读者可以从该成语中体会出林红父母对李光头上门求爱行为的极度反感。而此时的宋钢什么也做不了，他只能"忐忑不安"。"忐忑不安"这个成语出自清代吴趼人的《糊涂世界》第九卷："两道听了这话，心里忐忑不定。"意思是说人的心神极为不安。译文"uneasily"采用的是意译，除了表示不安之外，还有不自在的意思，这里形容宋钢的心理比较贴切。读者能够体会到作为哥哥和军师的宋钢此时看到弟弟求爱之战再次失利，他的内心有多么不安和难受。因为他的计策没有帮到弟弟却还让他受了众人的耻笑和侮辱，所以宋钢感到很不自在。

宋钢当面拒绝了林红的爱，伤透了她的心之后，林红病倒在家中，李光头却想趁机而入，而且他还想利用宋钢再次让林红绝望，然后自己就能瞬间赢得美人心。所以他迫使宋钢和他一起去看林红，当面再次明确告诉她他们之间是不可能的。宋钢虽然非常不情愿，但是看在兄弟情分上，还是去了，但是他一路上心情非常不好。

> 这是黄昏时刻，街道仍然在散发着潮湿的气息，李光头右手提着苹果走得**神气活现**，宋钢左手捏着手帕走得**心灰意冷**。（余华，2012：298）
> At this point it was dusk, and the street was bathed in a damp mist. Baldy Li walked **happily** in front with the apples in his hand, and Song Gang followed with the handkerchief and **a heavy heart**. (Chow and Rojas，2009：289)

李光头和宋钢在去林红家探病的路上神情各异，各怀心思。李光头想着如何在林红最伤心绝望的时候去安慰她，好让她心甘情愿接受自己；而宋钢却想着此时已经无脸再见林红，但是为了完成李光头的计划，他还是强打精神去林红家。所以，李光头是"神气活现"而宋钢则是"心灰意冷"。"神气活现"这个成语出自沙汀的《一个秋天晚上》："最怪的是那批神气活现的流氓，就像狗样"。意思是自以为了不起而显示出来的得意和傲慢样子。译文"happily"（开心地）采用的是意译的方法，翻译为副词，言简意赅地向读者展示出李光头那副志在必得的样子。而一同前往的宋钢却是"心灰意冷"的样子。"心灰意冷"这个成语出自清代吴樾的《与妻书》中的"吾知其将死之际，未有不心灰意冷"；梁启超的《湖南时务学堂学约》中的"非有坚定之力，则一经挫折，心灰意冷"；陈残云《山谷风烟》第十二章中的"陈大头给他老婆骂了几回，骂得他心灰意冷，不去串连了"。形容人失望至极，失去了进取之心。译文"with a heavy heart"（心情沉重）采用的是意译的方法，向读者展现出宋钢当时内心的痛苦。其实他根本不想再去伤害林红，但是又碍于兄弟之请，只能陪李光头演完这出戏。但是，他心里是非常不情愿去的，因此脸上是极度不开心的表情。

宋钢想要挽回林红的心，就约着林红在小树林见面，但是他并不确定林红会不会如约而至，因此在小树林等待的时候心中充满了不安，甚至行为偷摸得好像做贼一般。

> 然后在傍晚的时候情绪激昂地来到了电影院后面的小树林，这时候刚刚夕阳西下，宋钢像个逃犯似的在树林外的小路上走来走去，**样子鬼鬼祟祟**。（余华，2012：311）
>
> Then, as dusk approached, he excitedly proceeded to the grove behind the movie theater, pacing furtively back and forth **like a fugitive** along the path out front.（Chow and Rojas, 2009：301）

叙述者描述宋钢在小树林等林红来赴约时候的样子，是"鬼鬼祟祟"的。"鬼鬼祟祟"这个成语出自清代曹雪芹《红楼梦》第二十一回："别叫我替你们害臊了！你们鬼鬼祟祟干的那些事，也瞒不过我去。"意思是行动偷偷摸摸，不正大光明。译文"like a fugitive"（像个逃犯一般）采用的是意译的方法，增加了原文所没有的喻体"fugitive"（逃跑者），向读者展现出宋钢在小树林等待时候的慌张神情。男女约会本是再正常不过的事情，但是宋钢心中忐忑，不确定林红现在能否原谅他，会不会出现，心中的各种不安表现在他的言行上，就是异乎寻常的胆怯和心不在焉，好像做错了事，躲避警察追捕的逃犯一般。

宋钢在经历了重生之后，最终赢得了林红的爱，光明正大地和林红走在了一起，但是当他们走在路上时，却看来并不般配。在刘镇看客看来，宋钢就像是林红的跟班，走在她身边是一副受宠若惊的模样。

> 宋钢走在林红身边时幸福得不知所措，几个月下来后他还是改不了**一副受宠若惊的模样**。（余华，2012：313）
> When Song Gang walked at her side, he was so happy he didn't know what to do. Even after several months, **he maintained his look of awed contentment**.（Chow and Rojas，2009：303）

宋钢和林红是一对情侣了，但是在路人看来，却像是主仆一般的关系。而宋钢更是一副"受宠若惊"的样子。"受宠若惊"这个成语出自老子的《道德经》第十三章："宠辱若惊……得之若惊，失之若惊，是谓宠辱若惊。"宋代苏轼的《谢中书舍人启》："省躬无有，被宠若惊。"意思是说因为得到宠爱或者赏识而又高兴，又不安。译文"awed contentment"（充满敬畏的满足）采用的是意译的方法，其中的核心形容词"awed"（充满敬畏的）向读者传递出宋钢得到林红的爱的初期，因为幸福来得太突然，反而不敢轻易接受之的复杂心理体验。这从根本上体现了宋钢懦弱的本性。本该属于他的幸福他却觉得不真实，不敢轻易地接受和承认。

李光头在家中等宋钢回来并没有等回他，这才意识到宋钢真的离开了，不可能再回到这个他们两人相依为命一起长大的家了。

> 李光头心想自己小看宋钢了，宋钢读过半部破烂的《孙子兵法》，自己煽情计还没有使出来，宋钢抢先使出了三十六计里的**走为上计**。（余华，2012：316）
> He felt that he had underestimated his brother. Song Gang had studied that tattered half copy of Sunzi's *Art of War*, and before Baldy Li had a chance to try out his scheme, Song Gang had already employed what Sunzi himself had called the last and best of the thirty-six stratagems:

leaving. (Chow and Rojas, 2009: 307)

李光头认为宋钢最高明的地方就是使用了《孙子兵法》的最后一计"走为上计"。这个成语出自《南齐书·王敬则传》："檀公三十六策,走是上计。"《水浒传》第十八回:"晁盖道:'却才宋押司也教我们走为上计,却是走那里去好?'"意思是说遇到强敌或陷于困境时,以离开回避为最好的策略;多用于做事时,如果形势不利,没有成功的希望,就选择退却、逃避的态度。译文"leaving"(走)是采用意译的方法,让读者了解了宋钢的这个行动,但是无法体会出李光头对宋钢这个行动的评价。在李光头看来宋钢的这一步走得非常高明,但是其实对宋钢来说,这是非常无奈的举动,他觉得对李光头心中有愧,实在无法再面对兄弟,他觉得这是夺兄弟之爱,这种痛苦甚至超过了自己的爱人被他人夺走的痛苦。可见,宋钢是非常珍视这份兄弟手足之情的。

宋钢和林红结婚当晚,李光头虽然到了现场,但他是来宣示对林红的忠贞的,后来他的邻居听见他整晚痛哭,极度悲伤。他们在他的哭泣中听到了一个人的七情六欲,说明他是个非常重视感情的人。

> 邻居们都听到了李光头失恋的哭声,他们说李光头的哭声里有**七情六欲**,……。(余华,2012:323-324)
> The neighbors heard him crying over his lost love and remarked that Baldy Li's crying **ran the gamut of emotions**: ... (Chow and Rojas, 2009: 314)

李光头的哭声中有很多不满,说明他有很多的情绪需要发泄出来,其中体现了他的"七情六欲"。"七情六欲"这个成语出自《礼记·礼运》:"七情:喜怒哀惧爱恶欲。六欲:生死耳目口鼻。"泛指人的喜、怒、哀、乐和嗜欲等。译文"the gamut of emotions"(全部的情感)采用的是意译,让读者感同身受李光头内心的痛苦,但是中国古代文化中所包含的七情和六欲却在译文中丢失了,但并不影响读者对李光头失恋心情的感知。

李光头在爱情里面栽了跟头,但是却在事业上顺风顺水。他在福利厂带领着十四个残疾人,创造了事业上的新高峰,让他逐渐成了刘镇的 GDP。

塞翁失马,焉知非福? 李光头在林红这里跌了爱情的跟头,转身就在福利

厂连续创造了利润奇迹。(余华,2012:328)

How could he have known that his early romantic setback was a blessing in disguise? After he had his heart broken by Lin Hong, he went back to the factory and proceeded to produce one profit miracle after another. (Chow and Rojas,2009:319)

李光头的发家致富是从当福利厂的厂长开始的。虽然这个福利厂只有十四个残疾人员工,但是却创造了很多产业上的奇迹。这让李光头名声大噪,而且成了国家公职人员。所以在林红那里吃了大亏、跌了大跟头的李光头,在福利厂找到了自己的精神寄托,真可谓是"塞翁失马,焉知非福"。"塞翁失马,焉知非福"这个成语出自《淮南子·人间训》,其中的"塞翁失马"是一则寓言故事,后衍生为成语"塞翁失马,焉知非福";特指祸福在一定条件下可以相互转化,任何事物都有两面性;或用来说明世事变化无常,或比喻因祸可以得福,坏事可以变成好事。一切事物都在不断地发展变化之中,好事与坏事,这矛盾的对立双方,无不在一定条件下,向各自的相反方向转化。译文"How could he have known that his early romantic setback was a blessing in disguise?"(他怎么知道他早先在爱情中遭受的挫折里隐藏着好运气?)采用的是意译。读者不需要了解关于"塞翁失马"的中国历史典故,就可以体会出李光头有多么的幸运。虽然对林红的求爱之门关上了,但是他的事业成功之门却悄然打开了。

李光头想要去上海买回衣物进行二次加工然后来转手赚钱,但是他缺少生意的启动金,就空口套白狼,向刘镇几位生意人宣传他的创业计划。后来童铁匠等人都被他说动,出了资。而曾经帮助过他们多次的苏妈,也被李光头的创业计划所打动,想要入股。

苏妈仍然觉得**耳听为虚眼见为实**,李光头吃着包子夸夸其谈的时候,苏妈比王冰棍还要焦急,她迫不及待地也要加入进去。(余华,2012:340)

She initially felt that she would **believe it when she saw it**, but after hearing Baldy Li bragging extravagantly while eating his meat bun, she became even more excited than Popsicle Wang and couldn't wait to join in as well. (Chow and Rojas,2009:332)

连不贪心的苏妈也被李光头的创业大计说得动了心,但是她有着女性特有的谨慎,觉得"耳听为虚眼见为实",她并不满足于听别人怎么说,而是要亲耳听听李光头自己怎么说的。"耳听为虚眼见为实"这个成语出自汉代刘向的《说苑·政理》:"夫耳闻之,不如目见之;目见之,不如足践之。"形容不要轻信传闻,亲眼看到的才是事实。译文"believe it when she saw it"(见到了才相信)采用的是意译,省略了"耳听为虚"这部分内容。但是读者也可以感受到苏妈是一个谨慎行事的人,她不会像别的人那样轻信李光头的一面之词。但是就是这样一个谨慎的人却也被李光头的创业计划给说动了,动了投资服装厂的念头。可见,李光头的游说能力非同一般。

李光头从上海一回到刘镇就召集众股东在铁匠铺集中,但是他没有带来生意做成的好消息,反倒是失败的坏消息。他本人觉得用钱买教训也不一定是坏事,有了这次的经验教训下次他一定可以做成大生意。

> 李光头的脑袋抬起来后,出乎他们意料,李光头宽宏大量地说:
> "**留得青山在,不怕没柴烧**。"(余华,2012:353)
> When he did finally look up, however, he surprised them all by saying graciously, "**While there is life, there is hope**."(Chow and Rojas, 2009: 344)

李光头对第一做生意失利这件事还是很看得开的,他觉得经历了这次的失败,下次绝对可以成功。所以,他说:"留得青山在,不怕没柴烧。"这个成语出自明代凌濛初的《初刻拍案惊奇》第二十二卷:"留得青山在,不怕没柴烧。虽是遭此大祸,儿子官职还在,只要到得任所,便好了。"比喻只要还有生命,就有将来和希望。译文"While there is life, there is hope"(有生命就有希望)采用的是意译的方法,反映出的是成语的本质意义,而抛开了其本体青山和柴火。但是并不会给读者的理解带来任何障碍。读者仍然可以从这个励志的成语在英语中对应的说法"While there is a will, there is a way."中体会出李光头乐观向上、越挫越勇的性格特质。这也是他后来致富成名的性格基础。

刘镇的几个股东以为李光头做成了大生意回来,却没想接下来李光头所说的话却让他们都大出所料,极度地失望。因为他并没有如他们所期望的那样,在上海做成第一笔生意,还将他们的血汗钱花了个精光。

李光头的话仿佛是一个**晴天霹雳**,打得六个合伙人**晕头转向**、**哑口无言**地

互相看来看去。(余华,2012:355)

As if struck by lightning, the six partners **reeled from the impact of Baldy Li's answer**. They stood staring at one another **in stunned silence**. (Chow and Rojas,2009:347)

  对几个满怀信心和希望的股东来说,李光头的话真是"晴天霹雳",使他们"晕头转向、哑口无言"。这三个成语充分表现了李光头的话对他们造成的沉重打击。"晴天霹雳"出自宋代陆游的《四日夜鸡未鸣起作》诗:"放翁病过秋,忽起作醉墨。正如久蛰龙,青天飞霹雳。"比喻突然发生意外的、令人震惊的事件。译文"as if struck by lightning"(就像被闪电击中)采用的是意译法,让读者感受到几个合伙人内心的震惊和意外。因为李光头之前说话的时候自信满满,所以他们都认为他做成了生意,却没想他不仅生意没做成,还把他们的血汗钱都挥霍一空了。"晕头转向"出自周而复的《上海的早晨》:"巧珠奶奶听得晕头转向。完全出乎她的意料之外,儿子居然变了,而且变得这么快!"该成语形容糊里糊涂或者惊慌失措。译文"reeled from the impact of"(受到……的影响而感到头晕)采用的是意译,也让读者感受到其他股东被他打击得不轻,已经失去了方向感,不知该如何是好。最后一个成语"哑口无言"出自明代冯梦龙的《醒世恒言》第八卷:"'他也有儿子,少不也要娶媳妇。看三朝可肯放回家去?闻得亲母是个知礼之人,亏他怎样说了出来?'一番言语,说得张六嫂哑口无言,……"意思是像哑巴一样说不出话来,形容理屈词穷的样子。译文"in stunned silence"(像遭受沉重打击一样安静下来)采用的是意译的方法,让读者感同身受他们几个听到李光头带来的坏消息时候的震惊和不知所措。

  李光头回来之后,整日被股东债主们追着跑,他们都是见他一次打他一次,还觉得不解气。张裁缝的报复方式就是他的一指禅神功。

  张裁缝见到李光头就会**恨铁不成钢地**喊叫起来"你你你",揍出去的是拳头,挨到李光头脸上时变成了一根手指,像缝纫机的针头一样密密麻麻地戳一阵李光头的脸就结束了,张裁缝是一指禅的风格。(余华,2012:359)

Meanwhile, whenever Tailor Zhang encountered Baldy Li, he would scream at him **in a disappointed tone**, "You, you, you!" — but by the time his fist reached Baldy Li's face, **it** had become merely a finger poking at it like a sewing machine needle. Thus Tailor Zhang could be said to have finger-poking style. (Chow and Rojas, 2009: 351)

张裁缝对李光头是"恨铁不成钢"。"恨铁不成钢"这个成语出自清代曹雪芹的《红楼梦》第九十六回:"只为宝玉不上进,所以时常恨他,也不过是恨铁不成钢的意思。"该成语是形容对所期望的人不争气不上进感到不满,急切地希望他能够变好。译文"in a disappointed tone"(一种失望的语气)采用的是意译的方法,去掉了原成语中的"铁"和"刚"的比喻,换成了英语读者易于理解的表达方式,对读者体会债主们的焦急心情有帮助。每个债主都像张裁缝一样,之前多么希望李光头能够做成这第一笔生意,带着他们发家致富,但是等来的却是惨败的结局。他们因此对李光头更增添了一份恨意,恨他不能像自己之前所说的那样谈成生意,还花光了他们的血汗钱。

李光头在第一次创业失利之后,想要回到福利厂继续做厂长,但是却被各级领导婉言谢绝了,他不服气,就坐在县政府门前静坐请愿。他静坐的样子在很多刘镇看客看来更像是示威而非请愿。

李光头盘腿坐在县政府大门的中央,脸上挂着**一夫当关万夫莫开**的表情,……(余华,2012:378)
While Baldy Li was sitting cross-legged in the middle of the entranceway, he had the expression of **a solitary guard heroically trying to prevent thousands of enemies from getting through.** (Chow and Rojas, 2009: 369)

李光头在众人眼中还是那个天不怕地不怕的人,为了达到回去做厂长的目的,他就坚持在县政府门口静坐,脸上是一副"一夫当关万夫莫开"的表情。"一夫当关万夫莫开"这个成语出自《淮南子·兵略训》:"一人守隘,而千人弗敢过也。"晋代左思的《蜀都赋》:"一人守隘,万夫莫向。"意思是山势又高又险,一个人把着关口,一万个人也打不进来,形容地势十分险要。译文"a solitary guard heroically trying to prevent thousands of enemies from getting through"(一个孤独的卫士英勇地试图阻止成千上万的敌人进入)采用的是意译的方法。这在读者眼前展现出的是一个为了正义而战的勇士形象。读者可以借此了解到李光头想要做成一件事情的决心和意志,也可以看出他是个自由战士。只要是他想要做的事情,就会想尽一切办法完成,即使违反规定也在所不惜。

虽然兄弟俩在宋钢和林红结婚之后分了家,但是宋钢还是暗中接济李光头,甚至将自己口袋里的零花钱都给了他,将自己的中饭也分他一半。他真是在用行动践行着在母亲临终前对她许下的诺言——什么都要和弟弟分享,把好的留给弟弟。

"你先吃完,"李光头把饭盒推了回去,"你能不能吃得快一点,宋钢,你吃饭都是**婆婆妈妈**的。"(余华,2012:388)

"You go ahead and finish," said Baldy Li, pushing the box back. "But could you hurry it up? You even eat **like an old woman**."(Chow and Rojas,2009:380)

李光头和宋钢的性格截然不同,这从两人分吃一份中饭的动作中可见一斑。李光头三两口就吃完了,可是宋钢却还是慢慢吞吞的。所以,李光头觉得宋钢连吃饭都"婆婆妈妈"。这个成语出自清代曹雪芹的《红楼梦》第十一回:"宝玉,你忒婆婆妈妈的了。"意思是形容人的动作缓慢,言语啰唆或感情脆弱。译文"like an old woman"(像个老太婆)采用的是意译的方法,增加了原文中所没有的明喻。读者可以从中直观地体会到宋钢的性格特点,尤其是和李光头这种敢想敢干,想到就要马上去做的利索性格相比,宋钢显得比较迟缓和谨慎。这样两种截然不同的性格造就了两人完全相反的命运:一个迎着改革大潮不断成长壮大,而另一个则在大潮中被淹没。

林红得知宋钢在和李光头分家之后,还在背地里暗中接济李光头,甚至将自己的中饭分给他吃,就和宋钢大吵了一架,要他在自己和李光头之间做出选择。而最终宋钢选择了林红,他被迫去和李光头说清楚,以后两人之间再无瓜葛了。

"所以,"宋钢也打断李光头的话,"我任何事都不会来找你,你任何事也别来找我,我们从此以后**井水不犯河水**……"

"你是说,"李光头再次打断宋钢的话,"我们从此**一刀两断**?"(余华,2012:395)

"Therefore,"Song Gang interrupted Baldy Li in turn, "I won't come asking you for anything, and I ask that you not come asking me for anything. From then on, we will **go our separate ways** — "

"What you are saying," Baldy Li interrupted again, "is that we should **completely sever our relationship?**"(Chow and Rojas，2009：386)

宋钢和李光头说明了他们之间以后就"井水不犯河水"。这个成语出自清代曹雪芹的《红楼梦》第六十九回："我和他'井水不犯河水'，怎么就冲了他？"比喻各管各的，互不相犯。译文"go our separate ways"（走各自的路）显然采用的是意译的方法。读者可以从译文中了解到宋钢的无奈，为了维护和林红的小家，他不得不在爱情和亲情之间做出艰难的选择。他选择了和林红走到老，那么就不能再管李光头的事，只能让他走自己的路。李光头为了确认宋钢的心意，又问了一句是不是意味着他们从此"一刀两断"了。"一刀两断"这个成语出自宋代释普济的《五灯会元》第十二卷："一刀两断，未称宗师。"《朱子语类》第四十四卷："观此可见克己者是从根源上一刀两断，便斩绝了，更不复萌。"意思是一刀斩为两段，比喻坚决断绝关系。译文"completely sever our relationship"（完全切断关系）采用的是意译的方法，翻译的是该词的比喻义。其中的核心动词"sever：to become cut or broken apart"（切开：切开或打开）特别能够突出这次两人之间的兄弟情分是要有个了断了。因为宋钢没办法兼顾林红和李光头，而李光头也不想自己的出现毁了他们的婚姻幸福。所以这对相依为命长大的兄弟在成年之后要各走各路，各过各的生活了。

宋钢在和李光头说清楚了以后两人不再往来之后，怀着极度郁闷的心情回到和林红的家中。林红理解宋钢此时的伤心，因为毕竟兄弟两人相依为命多年，让善良的宋钢说出绝情的话是非常痛苦的事情。但是，为了林红宋钢还是说了，可见宋钢对她的爱之深。

林红看到宋钢脸上凝重的表情，知道他心里的难受，毕竟他和李光头的兄弟往事太多了，**藕断丝连在所难免**，林红没有去责怪他，心想过些日子就会好了。（余华，2012：396）

Lin Hong saw his somber expression and knew that he was feeling anguished. Given the amount of history he and Baldy Li shared, it was inevitable that **they would remain in each other's thoughts.** She therefore didn't scold him, thinking to herself that he would be better in a few days. (Chow and Rojas,2009:387)

因此,林红完全可以理解宋钢,毕竟"藕断丝连"在所难免。"藕断丝连"这个成语出自唐代孟郊的《去妇》诗:"妾心藕中丝,虽断犹牵连。"多指男女难断情思,比喻没有完全断绝联系。译文 "they would remain in each other's thoughts"(他们会想着彼此)采用的是意译。英语读者可以从译文中了解到虽然表面上宋钢决绝地断绝和李光头之间的关系,但是事实上兄弟两人都把对方放在心上,总是想着对方。这就是手足之情,不会因为外界强力的介入而完全地割断,到了一定的时候,势必复合,因为血缘的关系是割不断的,就像莲藕的丝一样的有韧性。

李光头为了达成自己的目标想尽一切办法,他甚至将垃圾交易市场摆到了县政府大门口,使县长甚感为难,于是县长请李光头的恩人陶青前去劝说,无果。县长看陶青不能说服李光头,就想到派别人去请李光头来他办公室面谈,谁想李光头更是不搭理他,还声称自己太忙了,没空前往。

李光头一点都不领情,他头都没抬地说:"你没看见我正在**日理万机**?"(余华,2012:406)
Baldy Li was not at all impressed, and without even bothering to look up he retorted, "Haven't you noticed that **I am sorting through thousands of opportunities every day**?" (Chow and Rojas,2009:398)

李光头连头都不抬一下,直接说自己"日理万机",去不了啊!"日理万机"出自《尚书·皋陶谟》:"兢兢业业,一日二日万几。"《汉书·百官公卿表上》:"相国、丞相,皆秦官,金印紫绶,掌丞天子助理万机。"意思是形容政务繁多,工作辛苦。译文"I am sorting through thousands of opportunities every day."(我每天都在筛选着几千个机会)采用的是意译。读者可以从译文中感受到李光头对这一切官场事情的不屑。他对政治一点不感兴趣,他只关心现在和眼前他能不能发财,能不能找到商机,而去见县长,只是浪费他发财致富的宝贵时间。他不去是因为"道不同不相为谋"。

最后陶青不得不再次亲自出马,和李光头商量到底怎样他才肯将垃圾场搬离县政府门前。李光头也很干脆,直截了当告之,如果能将两个闲置的库房租给他做垃圾生意,他立马搬家。

"这是**两全其美**的事。"(余华,2012:407)

"This is **a solution that would please everyone**."(Chow and Rojas,2009:400)

他还告诉陶青,这是"两全其美"的事。"两全其美"这个成语出自元代无名氏的《连环计》第三折:"司徒,你若肯与了我呵,堪可两全其美也。"意思是说做一件事顾全到双方,使得两方面都得到好处。译文"a solution that would please everyone"(一个让每个人都高兴的解决方法)采用的是意译。读者可以从译文中了解到李光头的情商很高。他知道怎么与人谈判,如何在达到自己目的的同时也给别人带来好处,实现真正的双赢。一个成功商人必备的品质,就是让自己和伙伴的利益都得到满足。

李光头筹到了去上海买服装的第一笔款项,现在就差商品,只要买回商品就可以开工了。他李光头就可以赚很多的钱,发家致富,为刘镇创造GDP。

李光头花了一个月的时间,把这些全部安排好以后,他决定去上海了,他说现在是**万事皆备只欠东风**。(余华,2012:340)

Baldy Li spent a month making all the arrangements. He decided to go to Shanghai; everything was now ready, and **all he needed was the actual products**.(Chow and Rojas,2009:331)

对于出发去上海前的李光头来说,他是"万事皆备只欠东风"了。这个八字成语出自明代罗贯中的《三国演义》第四十九回:"欲破曹公,宜用火攻;万事俱备,只欠东风。"意思是说一切都准备好了,只差东风没有刮起来,只差最后一个重要条件了。译文"all he needed was the actual products"(他现在只需要真实的产品就够了)采用的是意译,绕开了中国古代名著《三国演义》中的历史典故,直接解释了其内涵。现在读者也了解到了李光头在一步步实现着他的计划,现在就只差一步,去上海买回真正的衣物,运回刘镇加工后再卖出去,赚取丰厚的利润。

李光头并不满足于做刘镇首富,他还要拓展国际市场,做外国生意。此时他要再次向股东筹措资金,但是这次他更多的是为了回馈这些老股东。因为之前做的生意让他手头有了足够的钱来继续扩大生意,但是他还是想让老股东入股,这样好在赚了钱后让他们有回报。

李光头笑嘻嘻地站起来，一副**仁至义尽的**表情，走到门口时又掏出了他的护照，对童铁匠晃了晃说：

"我现在是一名国际主义战士啦。"（余华，2012：410）

Baldy Li laughed as he stood up, and **with a magnanimous expression** he walked to the door and once again pulled out his passport. Waving it at Blacksmith Tong he said, "I am now an international warrior."（Chow and Rojas，2009：403）

李光头的游说并没有打动童铁匠，因为根据自己的从商经验，他总是觉得李光头不靠谱，而且打心里看不上垃圾生意，所以一口回绝了李光头要他出钱集资的建议。李光头也不强求，只是露出一副"仁至义尽"的表情，走了出去。"仁至义尽"这个成语出自《礼记·郊特牲》："蜡之祭，仁之至，义之尽也。"意思是竭尽仁道之意，指的是人的善意和帮助已经做到了最大限度。译文"with a magnanimous expression"（带着宽宏大量的表情）采用的是意译的方法。读者可以从译文中感受到李光头对童铁匠的拒绝并不觉得意外，反而是意料之中的事情。他认为拒绝自己入股的建议，不是他李光头的损失，而是童铁匠错过了一次发大财的好机会。他李光头已经尽了仁义，但是童铁匠并不领情，只好作罢。李光头为他的错失良机感到很惋惜。

李光头之后又去向他的另一个老股东王冰棍集资，本来也是不抱什么希望的，却意外地得到了王冰棍肯定的答复，愿意入股。叙述者分析王冰棍的心理，觉得他比童铁匠更加信任李光头的主要原因在于，他不仅看到了李光头的第一次惨败，更看到了他如何在落魄之时重新站立起来，并将垃圾生意越做越大，还连本带息偿还他债务的能力。

王冰棍听着李光头说完，陷入了沉思，王冰棍也想到了前一次的惨痛教训，他和童铁匠不一样，他继续往下想，想到了李光头当初欠债还钱的情景，想到了李光头**绝处还能逢生**。（余华，2012：411）

When Baldy Li concluded his pitch, Popsicle Wang fell into deep thought. He also remembered the painful lesson from last time around. Unlike Blacksmith Tong, Wang didn't stop there but went on to recall how Baldy Li had repaid his loans and how he had **managed to make an** opportunity where none seemed possible. (Chow and Rojas, 2009: 404)

王冰棍和童铁匠本质的区别就在于他相信李光头能够"绝处逢生"。这个成语出自元代关汉卿的《钱大尹知勘绯衣梦·正名》："李庆安绝处幸逢生。"意思是形容在最危险的时候得到生路。译文"managed to make an opportunity where none seemed possible"(能够在不可能的情况下制造机会)采用的是意译的方法。读者从译文中可以体会出王冰棍对李光头的信心。这是他再次投资其垃圾生意的根本原因。他觉得李光头在那样被债主追着打的落魄情况下，还能够从垃圾中发现商机，并创业致富，可见他是一个非常有能耐的人。而现在的情况不知比当初好多少，他真有可能闯出个名堂来，将垃圾生意做大到全世界。

王冰棍的肯定答复和对他的百分百支持，让李光头非常意外。他本来也没抱什么希望，觉得应该得到童铁匠一样的拒绝和回复，却不想王冰棍对他如此信任，答应再次入股，而他对王冰棍的评价也有了180度的转变。

> 李光头吃惊地看着王冰棍说："没想到你王冰棍竟然还有远大志向。**真是人不可貌相，海水不可斗量**。"(余华，2012：412)
> Baldy Li looked at him with surprise. "I never would have expected that you would be the one with grand aspirations. **So it's true when they say that you can't judge a book by its cover**."(Chow and Rojas, 2009: 404)

李光头对王冰棍的评价是"人不可貌相，海水不可斗量"。这个成语出自中国古代四大名著之一的《西游记》第六十二回："陛下，人不可貌相，海水不可斗量。若爱丰姿者，如何捉得妖贼也？"译文"you can't judge a book by its cover"(不能根据封面来评价一本书)采取的是意译的方法。读者可以从译文中体会李光头对王冰棍看法的大转变。可见，李光头本来并不看好王冰棍，甚至有点儿看轻了他，但是通过这次集资，他对王冰棍有了更深的理解，并对他刮目相看。

李光头虽然富了，但是仍然不改本色，穿衣打扮还是一副乞丐样子。别人问原因，他也有自己的说法，要继续艰苦奋斗，为了创造更加灿烂的未来。

> ……他指着自己的破烂衣服说：
> "我这是远学春秋时期越王勾践**卧薪尝胆**，近学"文革"时期贫下中农

忆苦思甜。"(余华,2012:427)

Pointing to his tattered clothing, he said, "This is inspired, on the one hand, by the Spring and Autumn Period story of King Gou Jian of Yue, who **slept on sticks and ate bitter food**; and, more recently, by how the poor and middle-class peasants during the Cultural Revolution contrasted their past misery with their present happiness."(Chow and Rojas, 2009: 421)

他觉得虽然自己有钱了,但是还远远没有达到他的奋斗目标,因此还要"卧薪尝胆"。这个成语出自《史记·越王勾践世家》:"越王勾践反国,乃苦身焦思,置胆于坐,坐卧即仰胆,饮食亦尝胆也。"意思是说睡在柴草上,吃饭睡觉都尝一尝苦胆,形容人刻苦自励,发愤图强。译文"slept on sticks and ate bitter food"(睡在木棍上,吃苦的食物)采用的是意译的方法,因为改变了两个重要的名词"柴草"和"胆",而代之以英语读者方便理解的"stick"(木棍)和"bitter food"(苦的食物),这对表现原文的中国风味有一些影响,但是方便了读者的阅读和理解,让他们直观地了解到发家致富之后的李光头并没有就此止步,而是要继续向更高的目标努力。可见李光头是一个有进取心的企业家。

李光头这次生意做得成功让拒绝再次入股的张裁缝和小关剪刀后悔莫及。他们感叹如果当时倾其所有投资李光头的海外生意,现在想不发财也难。

两个人**事后诸葛亮**,说他们当时肯定是变卖家产,换了现金全部入到李光头的破烂事业里去了。(余华,2012:429)

In hindsight they both became as prescient as the legendary Three Kingdoms strategist Zhuge Liang, saying that they would have sold off their possessions and invested the resulting money in Baldy Li's scrap business...(Chow and Rojas, 2009: 423)

张裁缝和小关剪刀的后悔之心可见一斑。他们只能"事后诸葛亮"说着不能实现的话,后悔当初错误的决断。"事后诸葛亮"这个成语出自向春《煤城怒火》第二十二章:"不是我事后诸葛亮,决定拉武装时我就说过,我们不拉出去,郭忠还可以存在,因为引不起小岛的注意。"比喻事后自称有先见之明的人。译文"In hindsight they both became as prescient as the legendary Three

Kingdoms strategist Zhuge Liang"(事后他们都变得如三国时期的传奇谋略家诸葛亮一样有预见性了)采用的是意译法,除了增加对诸葛亮人物的介绍(the legendary Three Kingdoms strategist:三国时期传奇的谋略家)之外,还增加两个英语短语"in hindsight"(事后)和"as prescient as"(和……一样有预见性),使得译文更加的饱满,让读者更深切体会到两人的后悔之情。从中可以看出李光头在众人心目中的形象正在发生颠覆,他不再是那个垃圾大王,而正在逐渐成为影响刘镇每个人日常生活的重要的 GDP。

李光头正在向合伙人余拔牙和王冰棍展示他未来要成立有限公司的计划,听着起劲的王冰棍就赶忙询问他们可以担当什么职位。李光头告诉他可以让他做副总,但是他却觉得不够,还想问问有没有更好的工作。李光头听了有些生气,余拔牙赶忙阻止王冰棍继续说下去。

> 看到李光头生气了,余拔牙赶紧推推王冰棍,责备王冰棍:"做人不能**贪得无厌**。"(余华,2012:431)
> Sensing Baldy Li's annoyance, Yanker Yu quickly nudged Popsicle Wang and chastised him, saying, "You **shouldn't be too greedy**."(Chow and Rojas,2009:425)

余拔牙责怪王冰棍不能"贪得无厌"。"贪得无厌"这个成语出自《左传·昭公二十八年》:"贪惏无餍,忿类无期。"意思是贪心永远没有满足的时候。译文"shouldn't be too greedy"(不应太贪婪)采用的是意译的方法,说明了人心是不知满足的,就连王冰棍这样老实巴交的生意人,在尝到了和李光头合伙做生意的甜头之后,还想要更多的好处,不仅要钱还要身份和地位。读者可以从译文中去体会故事人物的人心百态。

在李光头事业如日中天的同时,宋钢的日子越过越凄凉,因为受了工伤,他不能再做体力活赚钱,所以只能选择像女性一样卖花赚钱,但是收入仍然微薄,所以他很难过。林红在工厂受到了厂长的骚扰,想回去告诉宋钢,但见宋钢愁苦状,话到嘴边又咽下去了。

> 林红心想这时候把自己的委屈告诉宋钢,对宋钢只会是**雪上加霜**。(余华,2012:445)
> It seemed to her that telling him about her humiliation now would

merely **add salt to his wounds**. (Chow and Rojas,2009:440)

林红还是忍住了没有向宋钢诉苦,她不想再给他"雪上加霜"。这个成语出自宋代释道原的《景德传灯录》第十九卷:"饶你道有什么事,犹是头上着头,雪上加霜。"比喻接连遭受灾难,损害愈加严重。译文"add salt to his wounds"(在伤口上撒盐)显然采用的是意译法。译者转换了喻体,但是读者一样可以从译文中体会到夫妻两人生活之难,但仍然互相体恤对方,尽可能不为对方找麻烦,自己的困难自己解决,共同扶持着艰难度日。

宋钢在和周游一起外出闯荡的过程中渐渐发现了周游是个骗子的本来面目,但是为了赚到钱,让林红过上好日子,他只能硬着头皮和周游继续干下去。

可是**木已成舟**,宋钢告诉自己不能空手回去,要挣够了钱才能回去,现在只能咬牙坚持下去,跟随着周游继续行走江湖。(余华,2012:534)
But **the die was cast**, and he told himself that he couldn't return empty-handed. Now he had to grin and bear it and follow Wandering Zhou on the road. (Chow and Rojas,2009:538)

宋钢告诉自己,现在"木已成舟",所以他必须走下去。"木已成舟"这个成语出自清代李汝珍的《镜花缘》第三十四回。意思是树木已经做成了船,比喻事情已成定局,无法改变。近义词为"覆水难收"和"米已成炊"。译文"The die was cast"是个英语谚语,直接翻译的字面意思为:骰子已经掷下,表示决心已下,无法改变。可见,译者采用的是意译法,以便英语读者理解宋钢此时坚定的决心。如果刚开始踏上外出闯荡之路时,宋钢还很迷茫,不知路在何方,但是,现在的他已经跟随周游走遍大江南北,清楚知道了自己想要什么——要让林红过上好日子。这种信念支撑着他,无论有多难,没有赚到足够多的钱,他绝不回头。

在周游回刘镇之后,宋钢还是坚持将他留下的货物卖出,赚到了钱,他终于要回家了。但是,回到刘镇的宋钢从别人嘴里听说,林红和李光头走了。他的心中五味杂陈,预感到发生了什么,一切都变了,但是又不敢去面对残酷的现实。

宋钢仍然站在屋门口，**他的心里翻江倒海什么都想不起来，他的眼睛里兵荒马乱什么都看不清楚**，他的嘴巴在口罩里咳嗽连连，可是他感受不到腋下的疼痛了。（余华，2012：586）

Song Gang remained in the doorway, **his emotions in tumult. He couldn't see anything clearly** and continued coughing nonstop behind his face mask, though now he no longer felt any pain from his wounds.（Chow and Rojas，2009：592）

他来到自己朝思暮想的家门口，但是却不敢推门而入，生怕发现事实的真相。他心里"翻江倒海"，眼中"兵荒马乱"，说明他内心正是波涛汹涌，无法平静。"翻江倒海"这个成语出自唐代李筌的《太白阴经·祭风伯文》："鼓怒而走石飞沙，翻江倒海。"宋代陆游的《夜宿阳山矶》诗："五更颠风吹急雨，倒海翻江洗残暑。"原形容雨势很大，后形容力量或者声势非常壮大。译文"his emotions in tumult"（他的感情一片混乱）采用的是意译，让读者体会到宋钢纷繁的思绪。他因为听闻林红和李光头走了的事，感觉到了某种背叛。但是，此时他已经无法思考，眼睛里已经"兵荒马乱"了。"兵荒马乱"这个成语出自元代无名氏的《梧桐叶》第四折："那兵荒马乱，定然遭驱被俘。"意思是指社会秩序不安定，形容战争期间社会混乱不安的景象。译文"He couldn't see anything clearly"（他什么也看不清）采取的是意译为主的方法，在此形容宋钢的眼前模糊不清，什么也看不到的样子。眼中混乱是因为心绪纷乱，无法平静所致。他想知道又不敢面对的现实就摆在眼前，等着他自己亲手去揭晓。

二、成语的直译

《兄弟》中有些成语采取直译法进行翻译，使之中国风味和特色得以在译文中传达和保留下来。比如宋钢在向李光头解释如何采用《孙子兵法》一步一步赢得美人心的时候，他认为一定要"擒贼先擒王"，其实就是要李光头先从林红父母那里下手，一旦得到了他们的支持，不愁得不到林红的同意。

……宋钢说，"……这叫**擒贼先擒王**。"（余华，2012：258）

… Song Gang said: "… this is referred to as **catching the thieves by first capturing their chief.**"（Chow and Rojas，2009：250）

"擒贼先擒王"出自唐代诗人杜甫的《前出塞》:"挽弓当挽强,用箭当用长。射人先射马,擒贼先擒王。"民间有"打蛇要打七寸"的说法,也是这个意思,蛇无头不行,打了蛇头,这条蛇也就完了。此计用于军事,是指在两军对战中,如果把敌人的主帅擒获或者击毙,其余的兵马就不战而败。比喻要抓住问题的主要矛盾,其他问题就可以随之解决。译文"catching the thieves by first capturing their chief"(抓贼先抓住他们的首领)采用的是直译。读者可以从上下文推断宋钢这个计策的内涵,就是鼓励李光头要想办法先赢得林红父母对他的认可,才有可能争取到林红对他的接受。

赵诗人在厕所抓到李光头偷窥时,正好让李光头错过了林红屁股最精华的部分,所以当他自己变相地向李光头打听林红屁股秘密的时候,换来的同样是,到了关键时候没有了故事的结局。因此,他懊悔不已,悔不该当初早不出现,晚不出现,偏偏在李光头偷窥的关键时刻出现。

> 赵诗人深感惋惜,他逢人就说:
> "这就叫**一失足成千古恨**。"(余华,2012:14)
> He would conclude, "This is an example of the proverbial *single misstep leading to regret of a thousand ages*."(Chow and Rojas, 2009:14)

赵诗人对所有人表达他的悔恨之情,说:"一失足成千古恨。"该成语中的"失足"是跌跤之意;"千古"是指长远的年代。旧时比喻一旦犯下严重错误或者堕落,就成为终身的恨事。该成语出自明代杨仪《明良记》:"唐解元寅既废弃,诗云:'一失脚成千古笑,再回头是百年人。'"和清代魏子安的《花月痕》:"一失足成千古恨,再回头已百年身。"译文"single misstep leading to regret of a thousand ages"(走错一步导致悔恨千年)采用的是直译的方法,使得读者能够感受到赵诗人的懊悔,也使得故事充满了讽刺的意味。正因为刘镇才子之一的赵诗人把李光头的偷窥行动抓了个现行,让多少男性想知道林红屁股秘密的愿望化为了泡影。

厕所偷窥事件因为李光头的商业头脑,反倒是坏事变成好事,让他半年之内吃上了几乎一辈子才能吃到的那么多份的三鲜面。

> 李光头心想真是**因祸得福**,应该是一辈子三鲜面的份额,他半年时间就全吃下去了。(余华,2012:19)

He thought that being able to eat so many house-special noodles was truly **a case of bad luck begetting good**. (Chow and Rojas, 2009: 18)

李光头觉得自己是"因祸得福",否则怕是一辈子也吃不上这么多碗的三鲜面。这对于一个孩子来说,真是比上了天堂还要开心的事情。"因祸得福"这个成语出自《史记·管晏列传》:"其为政也,善因祸而为福,转败而为功。"意思是变坏事为好事。译文"a case of bad luck begetting good"(坏运气带来了好的结果),采用直译的方法,直接表达一个小孩对这件事情的评价。他并不会看到人心的贪婪和不知足,而更多的是觉得虽然自己因为偷窥女厕被赵诗人抓住游街,丢尽了母亲的脸,但是他没有少一块肉,也没有被人打,却换来了这么多碗美味的三鲜面,实在是天上掉下来的馅饼,好事一桩啊。这样的译文符合人物的孩童心理。

李光头做生意可谓无师自通,他自小就有自己的生意经:既要有原则,又要讲信誉。所以,他贩卖林红屁股秘密的生意可谓越做越大,客源越来越多。

李光头虽然在三鲜面上面**寸步不让**,不过他是一个讲究信誉的人,只要吃到了三鲜面,他就会毫无保留地说出林红屁股的全部秘密。(余华,2012:20-21)

Though Baldy Li **never yield an inch on his asking price**, he was a man of his word, so once he did get treated to a bowl, he never held back a single detail about the secrets of Lin Hong's butt. (Chow and Rojas, 2009: 19)

李光头做生意讲原则,只要给他买一碗三鲜面他就会知无不言言无不尽,但是如果没有三鲜面,他就只字不提林红的屁股。在这个原则性的问题上,他是"寸步不让"的。"寸步不让"这个成语出自清代梁启超的《十种德性相反相成义》:"盖西国政治之基础,在于民权,而民权之巩固由于国民竞争权利寸步不肯稍让,即以人人不拔一毫之心,以自利者利天下。"意思是连寸步也不让给别人,形容丝毫不肯让步和妥协。译文"never yield an inch"(不退让一英寸),采用直译,说明李光头的坚决和果断,在作为交换林红屁股秘密的唯一条件方面,他是一步也不肯让的。只有这样,他才能不被这些大人忽悠,上他们的当,被白骗取了林红屁股的秘密。他要好好把握和利用好这个商机,为自己补充营养,把自己喂饱。

李兰和宋凡平结婚的现场虽然乱作一团,但是并没有影响到这个重组家庭的幸福和快乐。宋凡平对李光头和宋钢说,从此以后,他们就是亲如手足的兄弟,要患难与共,同舟共济。

> ……,他把大笑变成微笑后,对李光头和宋钢说:
> "从今天起,你们就是兄弟,你们要亲如手足,你们要互相帮助,你们要**有福同享有难同当**,你们要好好学习天天向上……"(余华,2012:54)
> Once his laughter had subsided, he said, "From this day forward, you will be brothers. You must treat each other like your own blood, look out for each other, and **stick together in sickness and in health, in happiness and in misfortune.** You must study hard and strive to improve…"(Chow and Rojas,2009:51)

宋凡平对兄弟两人说的话是希望他们能够像亲兄弟那样,在任何时候都要互相扶持,共同走过人生的风风雨雨。"有福同享有难同当"这个成语出自《官场现形记》第五回:"还有一件:从前老爷有过话,是'有福同享,有难同当'。现在老爷有得升官发财,我们做家人的出了力、赔了钱,只落得一个半途而废。"意思是幸福共同分享,苦难共同分担,即指患难与共,和衷共济。译文"stick together in sickness and in health, in happiness and in misfortune"(无论疾病还是健康,快乐还是不幸,你们都要互相支持),采用直译,让读者体会到宋凡平的良苦用心:无论别人怎么看这个家,只要我们家中的每个人,尤其是你们兄弟两人山石相依,草木一心,就没有什么困难可以打败我们。而后来兄弟两人相依为命过日子,走过"文革"和改革开放的动荡时代,人生起起伏伏中,宋钢和李光头以他们自己的坚守实现了父亲对他们的期望。他们虽然不是亲兄弟,却情同手足,用他们的故事诠释了兄弟的内涵。

李兰和宋凡平的日子在经历了蜜月之后,开始了日常生活的点滴积累。在他们相濡以沫的每一天中,幸福感不断增加,犹如涓涓细流汇聚成缓缓流淌的生命之河。他们也体味着属于自己的幸福。

> 在波涛汹涌的蜜月之后,宋凡平和李兰的幸福生活开始**细水长流**了。(余华,2012:65)
> After their tempestuous honeymoon, Song Fanping and Li Lan's life

became a slow stream of contentment. (Chow and Rojas, 2009: 63)

他们的幸福生活开始了"细水长流"。这个成语出自清代翟灏的《通俗编·地理》之《遗教经》:"汝等常勤精进,譬如小水常流,则能穿石。"比喻一点一滴不间断地做某事。近义词为"持之以恒""精打细算"。译文"became a slow stream of contentment"(成为幸福的缓缓细流)采用的是直接翻译,将两人的甜蜜的婚后生活比喻为幸福细流,让人羡慕不已;也说明两人希望能够长相厮守,在生活的点滴流淌中慢慢体会和积累他们的幸福和快乐。

李兰去上海治病,宋凡平又被抓起来批斗,两个半大的孩子瞬间失去了父母的照顾,要依靠自己生活,可是他们连基本的照顾自己的能力还不具备,吃饭成了大问题。虽然宋钢想尽办法弄吃的,但是巧妇难为无米之炊,更何况一个十几岁的孩子。而李光头就像流浪狗一样到处游荡找食吃,但是他发现自己连走路的力气都没有了。

这天下午李光头在大街上**苟延残喘地**走来走去,……(余华,2012:107)
That afternoon Baldy Li paced the streets **with his last remaining shreds of energy**. (Chow and Rojas, 2009: 103)

已经饿得前胸贴着后背的李光头只能在街上"苟延残喘"。这个成语出自宋代欧阳修的《与韩忠献王》:"遽来居颍,苟存残喘,承赐恤问,敢此勉述。"和明代马中锡的《中山狼传》:"今日之事,何不使我得早处囊中,以苟延残喘乎?"比喻勉强可以维持和生存下去。近义词为"得过且过"和"垂死挣扎"。译文采取直译的方法,翻译为"with his last remaining shreds of energy"(带着他最后剩下的一点力气),描写出李光头已经筋疲力尽、腹中空空的可怜模样。如果再找不到吃的,怕是要饿死了。

李兰凭直觉认为宋凡平出了事,但是她并不确定到底发生了什么事,加上思念亲人,她写信给宋凡平,希望他能够来接她回家。宋凡平在信中答应了,但是到了约定的时间却迟迟不来。李兰孤身离开医院,像个无家可归的乞丐在街头流浪。

于是李兰像一个**无家可归**的乞丐一样席地而睡,夏夜的蚊子嗡嗡叮咬着她,她却毫不知觉,昏昏睡去,又恍恍惚惚地醒来。(余华,2012:145)

Therefore, Li Lan slept on the ground like a **homeless** beggar. Mosquitoes stung her throughout this summer night, but she did not notice as she drifted fitfully in and out of sleep. (Chow and Rojas, 2009: 142)

李兰在上海的街头徘徊,等待宋凡平的出现,但是空等一天,累得席地而睡,就像"无家可归"的乞丐。这个成语出自明代凌濛初的《初刻拍案惊奇》第二十二卷:"寺僧看见他无了根蒂,渐渐怠慢,不肯相留。要回故乡,已此无家可归。"意思是没有家可回,指流离失所。译文"a homeless beggar"(无家可归的乞丐)采用直译的方法,让英译文读者可以体会到李兰等不到宋凡平时候的孤独、无助和失望,就像失去家园的流浪乞丐,只能在上海的街头默默徘徊,一直等待。而事实上,失去了宋凡平的家也不再成家,宋钢随爷爷去了乡下,而李兰独自一人拉扯着李光头长大,她心中已经没有了家,只有一个信念支撑她活下去,就是将孩子带大,她就下去和宋凡平团圆,那时她才会有真正的归宿和家。

李光头要护送病重的李兰去给宋凡平上坟,就为母亲李兰做成了一辆舒适的专板车,这样可以推着病中的李兰去给宋凡平上坟,李兰非常感动:

李兰看着儿子拉着她坐的专板车,在大街上走得雄赳赳气昂昂,心里是**百感交集**,这个儿子曾经和那个叫刘山峰的人一样带给她耻辱,现在又像宋凡平那样让她感到骄傲了。(余华,2012: 208)

With myriad emotions Li Lan watched as her son proudly pulled her exclusive-use cart through the streets. The son, who had once shamed her as deeply as her first husband, Liu Shanfeng, now filled her with a pride akin to what she had felt with Song Fanping. (Chow and Rojas, 2009: 201)

李兰心头真是"百感交集",因为虽然这个亲生儿子跟他父亲一样让她丢尽了脸,但是现在却又让她倍感欣慰和骄傲了。她对儿子的评价有了180度的转变,心情也变得复杂。"百感交集"这个成语出自南朝宋刘义庆的《世说新语·言语》:"见此茫茫,不觉百端交集,苟未免有情,亦复谁能遣此。"意思是各种感触交织在一起,形容感触很多,心情复杂。译文"with myriad emotions"(有着无数种情绪)采用直译法,使读者感同身受李兰的心路历程,她在行将离开人世,与地下的宋凡平团聚之前,心里最放不下的就是这个不争气的儿子李光头。但是李光头为她做专板车这件事却让她对他的人生和未来抱有了一丝希望,给她带来了一点安慰,此时的她不再仅仅是因为李光头厕所偷窥而无法抬头做人的母亲,也是一个能够为母亲想尽办法做专板车的令人刮目相看的李光头的母亲。因此,李兰的心中涌动着多种情愫,对李光头,她现在更多了一些希望和对光明未来的向往。

宋钢在宋凡平离世之后与爷爷去了乡下生活。后来,年老体衰的爷爷也去世了,又成了孤儿的宋钢在为爷爷披麻戴孝了十四天之后,回到城里和李光头团聚。

> 老地主埋葬在宋凡平和李兰的身旁,宋钢为爷爷**披麻戴孝**十四天,过了头七和二七之后,宋钢开始整理起自己的行装,……(余华,2012:223)
> The old landlord was buried next to Song Fanping and Li Lan. For fourteen days Song Gang **wore a hemp shirt in mourning**, and at the conclusion of his second seven-day mourning cycle, he packed his things,...(Chow and Rojas,2009:215)

宋钢是在为爷爷"披麻戴孝"十四天,尽了孙辈的孝道之后,才回到城里的。"披麻戴孝"这个成语出自元代无名氏的《冤家债主》第二折:"你也想着一家儿披麻戴孝为何由,故来这灵堂里寻斗殴。"意思是长辈去世,子孙身披麻布服,头上戴白,表示哀悼。译文"wore a hemp shirt in mourning"(穿着麻衣戴着孝)是直译了中国的丧葬传统,让英语读者体会和了解中国的传统文化,读者也可以从后面一句的解释性翻译"过了头七和二七之后"(at the conclusion of his second seven-day mourning cycle)中了解更多中国的丧葬习俗。虽然是贫苦人家,但是应尽的孝道一点也不能少;虽然儿子宋凡平先老地主而去,但是孙子宋钢要替父亲还有自己尽到儿孙应尽的孝道。这就是中国儒家思想的核心之一"百善孝为先"。

宋钢将自己创作的小说拿给刘作家指正,不想被刘作家批得一文不值,但是他安慰自己说,刘作家是花了很多心思在为他修改文章,希望他能有所长进。

> 宋钢仍然觉得刘作家这样做是**良药苦口**,毕竟刘作家的涂改和评语是花了工夫的。(余华,2012:231)

Song Gang believed that Writer Liu was trying to give him **a sort of bitter medicine** and was grateful that he had taken the time to write out his corrections and critiques. (Chow and Rojas, 2009: 224)

宋钢觉得刘作家为自己大刀阔斧地修改文章是"良药苦口",是为了督促他成长和进步。"良药苦口"这个成语出自《韩非子·外储说左上》:"夫良药苦于口,而智者劝而饮之,知其入而已己疾也。"和《孔子家语·六本》:"良药苦于口而利于病,忠言逆于耳而利于行。"意思是好药往往味苦难吃。比喻衷心的劝告、尖锐的批评听起来虽然觉得不舒服,但对改正缺点错误很有好处。译文"a sort of bitter medicine"(一记苦药)采用直译的方法,只是翻译了该成语的表面意思,但是其隐含意义,就是对于个人成长进步的督促作用却没有译出来。英文读者因为缺乏相关的文化背景知识,所以读来有些突兀。

李光头因为刘作家骂了宋钢就痛打了他一顿,之后还扬言要把刘镇另一个才子赵诗人也痛打一顿。赵诗人得知此事后,心里气不过,嘴上还反驳,声称要将李光头打得找不着北。

有群众说李光头也要把赵诗人的劳动人民本色给揍出来,赵诗人的脸色又苍白了,他气得声音直发抖,他说:
"我先揍他,你们看着吧,我先把这个劳动人民揍成个知识分子,揍得他从此不说脏话,**揍得他以礼待人,揍得他尊老爱幼,揍得他温文尔雅**……"(余华,2012:237)

When some in the crowd repeated that Baldy Li was planning to beat Zhao until the poet became a laborer, Poet Zhao's complexion turned pale again. So angry that his voice quavered, he said, "I'll beat him up first, you just watch. I will first take this laborer and beat him into an intellectual, beat him until he never curses again, **until he treats people politely, until he respects the elderly and loves the young, until he is refined and cultivated.**" (Chow and Rojas, 2009: 229)

赵诗人实则心里很怕李光头找他麻烦,但是他嘴上还是不服软,要说上几句过过嘴瘾。他说要"揍得他以礼待人,揍得他尊老爱幼,揍得他温文尔雅"。这个重复结构中平行并列着三个成语"以礼待人、尊老爱幼和温文尔雅"。这三个成语是典型的文人言辞,而译文"until he treats people politely, until he respects the elderly and loves the young, until he is refined and cultivated"是采用意译,翻译出了各个成语的主要意思:揍得他礼貌待人,尊重老人爱护年幼的人,态度温和、举止文雅。可见,文人在生气的时候都想要咬文嚼字的可笑形象和言语。而在赵诗人眼中,李光头就是一个连基本的礼仪传统都不懂的莽夫。

李光头是个知道感恩的人,尤其是对于在"文革"时候帮他们将父亲宋凡平的尸首运回家中的陶青,更是感念至今。所以,在陶青为他安排了福利厂的工作之后,他就安心在厂里工作,还为厂里的十四个残障人士谋福利,赚得不少利润,于是得到任命,成了福利厂的厂长。在陶青代表政府来厂里宣布任命书时,李光头为了表达他的感谢之情,要求他的手下必须大声鼓掌以示欢迎,这对于普通人来说是小事一桩,但是对于他们这群残疾人来说却绝非易事,所以闹出了很多笑话。

> 陶青**哭笑不得**,他说:"不懂规矩。"(余华,2012:242)
> Tao Qing **didn't know whether to laugh or cry** and replied, "You simply don't follow the rules, do you?"(Chow and Rojas, 2009:234)

陶青看着李光头为了迎接他的到来而煞费苦心,让一群残疾人做到步调一致地喊出欢迎的口号和鼓掌,觉得"哭笑不得"。这个成语出自元代高安道的《皮匠说谎》:"好一场恶一场,哭不得笑不得。"意思是说哭也不好,笑也不好,形容很尴尬的样子。译文"didn't know whether to laugh or cry"是采取直译,让读者感受到当时福利厂众人在李光头的率领下,齐心一致迎接陶青时的场景。虽然这让陶青看得尴尬,但却是李光头和福利厂的残障人士的一片心意。读者可以了解到李光头是个知恩图报的人,虽然他做事鲁莽,甚至不考虑后果,但是他会一直记着别人对自己的帮助,并用实际行动表达自己的感谢之情。对于陶青,他是这样;对于那些给他第一笔资金投入的股东们,后来在他发家致富的路上,他也始终记得。一旦赚到钱,他就马上分期还给他们,也说明他是个知恩感恩的人。这也是成功企业家必备的性格和素质。

成了厂长的李光头更是对追求林红自信满满,他觉得是时候再次发动爱情攻势了,于是再次向军师宋钢求助。宋钢绝对支持李光头,而现在李光头成了公务员,他对李光头更是百分百的支持,而且觉得现在的李光头和林红更是天生一对。

"是啊!"宋钢听了这话连连点头,他对李光头说,"古人说**郎才女貌**,你和林红就是郎才女貌。"(余华,2012:250)

"You're right!" Song Gang replied, nodding vigorously. "In the old days they used to speak of **a fine match being that of a talented man and a beautiful woman**. That describes you and Lin Hong perfectly!" (Chow and Rojas,2009:242)

在宋钢眼中,李光头成为厂长足以证明他的才能,所以他觉得李光头完全有能力也有这个资本去追求林红,让她做他的女友,因为他认为,如果之前李光头追求林红还有一些天真和异想天开的话,但是现在社会地位的提升,让李光头完全配得上刘镇第一美女林红。他和林红真可谓是刘镇的"郎才女貌"。"郎才女貌"这个成语出自元代关汉卿的《望乡亭》第一折:"您两口子正是郎才女貌,天然配合。"意思是男的有才气,女的有美貌,形容男女双方很相配。译文"a fine match being that of a talented man and a beautiful woman"(才子和佳人很般配的一对)采用的是直译。读者可以体会到宋钢对李光头的欣赏和信心,他认为自己的兄弟是刘镇最有能力的单身男子,应该获得林红的爱情。他们两人是非常适合的一对。这说明宋钢对兄弟是毫无保留的支持和拥护,无论何时都是站在兄弟身边,为他加油鼓劲。

李光头带领着他的仪仗队来到林红单位前示爱的时候,刘镇看客不仅津津有味地观赏着这出闹剧,还加入其中,推波助澜,让这出闹剧更加荒诞。

……,群众**去芜存菁**,自动改编了口号,群众喊:
"第一夫人!第一夫人!第一夫人!"(余华,2012:262)
… the crowd… **stripping the message down to its essence** and making it into a chant:
"First Lady! First Lady! First Lady!"(Chow and Rojas,2009:255)

刘镇看客在这出闹剧中扮演的角色不仅仅是观众,他们也是将情节推向高潮的群众演员。他们"去芜存菁"高喊着第一夫人的口号,让李光头更加得意,林红更加难堪。"去芜存菁"这个成语出自《四库全书》经部第六卷,当中桂林府同知李文藻指《周易述》目录部分事例过于繁复,与《易经》无关,并说"苟汰其芜杂,存其菁英"。后人引用"去芜存菁"作为成语,意思是除去杂质,保留精华。译文"stripping the message down to its essence"(将信息精炼到核心内容)采用的是直译,其中的核心动词"strip: to remove all excess detail from; reduce to essentials"(删除:除去一切不必要的细节;使精炼)很好地保留了"去芜存菁"成语的核心意思,向读者展示出的是一副刘镇看客的众生相。他们热爱闹剧,也擅长制造闹剧。在李光头追求林红的这场爱情闹剧中,他们发挥了重要的助推作用。

李光头在林红单位前面因为花傻子向林红索抱就和他大打出手,之后在林红愤怒的驱赶下,马上带着他的人马离开林红单位,又直奔林红家而去。在林红家门口,他总结刚才花傻子见到林红时候的言语,认为就算他是傻子,也被林红的美所吸引,因此忘乎所以了。

> 李光头说着转向了林红家的邻居们,他向这些看热闹的邻居解释:"**都说英雄难过美人关,傻子也难过美人关**。"(余华,2012:266)
> As Baldy Li was saying this he turned to Lin Hong's neighbours and explained to some of the onlookers, "*It is said that it is difficult for a hero to resist the wiles of a beautiful woman. Turns out it's true for idiots, too.*"(Chow and Rojas,2009:258)

李光头引用了成语"英雄难过美人关"来对比花傻子的反常行为,认为他是傻子也难过美人关。"英雄难过美人关"这个成语出自高阳的《胡雪岩全传·平步青云》上册:"第一是要考一考自己,都说'英雄难过美人关',倒要看看自己闯不闯得过这一关?"意思是英雄人物往往因为迷恋女色而失去斗志,身败名裂。译文"It is said that it is difficult for a hero to resist the wiles of a beautiful woman."(常言道,英雄很难抵抗得住美女的诱惑)采用的是意译,从侧面体现出李光头的自大和自负,将自己比作英雄,认为自己爱美女而出手打了兄弟也是人之常情。而后半句是李光头自创的,在为花傻子开脱的同时突出自己的英雄情结。"傻子也难过美人关"译作"Turns out it's true for idiots, too."(傻子也是这样的。)采用的是意译,而且是英语中的省略结构,为了避免重复,让英语读者一目了然李光头的内心想法,并感叹李光头确实是一个自我感觉非常良好的人。无论发生什么情况,他都能为自己打圆场。

宋钢在得到林红的表白之后,内心除了狂喜之外,更多的是痛苦和悲伤。因为他并不想要夺兄弟所爱,但是却又情不自禁地喜欢林红。他最终还是决定要告诉林红,他们无法相爱,但是在林红单位前等她出来时,却发现她根本不看他一眼。所以他内心突然释然,认为林红根本就不是对自己有意思,之前的心理挣扎都是徒劳和多余的。

> 这样的想法立刻让宋钢**如释重负**了,他离开了那棵大树,沿着大街往回走去时感到自己**身轻如燕**。(余华,2012:283)
> This realization immediately made him feel that **he had been relieved of a heavy burden**, and he headed home **feeling as light as a sparrow**.(Chow and Rojas,2009:275)

此时的宋钢感觉到了内心的解脱,他是"如释重负"。这个成语出自《谷梁传·昭公二十九年》:"昭公出奔,民如释重负。"意思是像放下重担那样轻松,形容紧张心情过去之后的轻松和愉快。译文"he had been relieved of a heavy burden"(他被减轻了沉重的负担)采用的是直译。读者可以从中体会林红的爱带给宋钢的心理负担有多重,他几乎被压得透不过气来,无法负荷。现在他想通了,林红不可能爱上自己,反倒是轻松自在了。可见,宋钢有多重视和李光头的兄弟之情,生怕林红的表白会破坏他们之间的感情。所以当他发现林红压根儿都不把他放在眼中的时候,走起路来就"身轻如燕"了。这个成语是形容词,出自汉成帝的皇后"赵飞燕",是指身体如赵飞燕般的轻盈,因为她可以在掌上跳舞。比喻身体轻盈,最初意义带有指身材瘦削轻盈而舞姿曼妙的含义。现在多指动作轻盈,已经失去了瘦削之意。译文"feeling as light as a sparrow"(感觉像麻雀一样轻盈)采用的也是直译,但是改变了喻体,从燕子改译为"sparrow"(麻雀),采用的是虚拟性翻译,但是并不影响英语读者对宋钢当时轻松和释然心理的理解。

宋钢最终没有抵挡住林红的邀约,与林红在桥下相见,但是他并不是如林红所愿来向她表白的,而是要婉言拒绝林红的爱情。这让林红伤透了心,当着他的面在风雨交加的夜晚跳进了冰冷的河水。虽然他救下了林红,但是两人之间朦胧和暧昧的感情就此冷却了下来。宋钢回去的一夜是难熬的,但是他想通了,至此他们的关系有了明确的了断,他也可以开始新的生活了。

如同雨过天晴一样,宋钢的心情终于晴朗了起来。(余华,2012:296)
As the sun follows rain, Song Gang's mood brightened. (Chow and Rojas, 2009:288)

宋钢此时的心情就像"雨过天晴"。这个成语出自明代的谢肇淛《文海披沙》:"陶器,紫窑最古,世传柴世宗时烧造,所司请其色,御批云:'雨过天晴云破处,这般颜色做将来。'"意思是大雨过后天气转晴了,比喻情况由坏变好。译文"the sun follows rain"(雨后出现太阳)采用的是直译,让读者感受到宋钢此时内心的轻松和愉悦。他终于可以摆脱在兄弟之情和爱人之情之间的纠葛,重新回到过去平静的生活。其实,宋钢是在自我逃避,他和林红之间的事情并没有就此完结,毕竟真正的感情怎么可能说断就断,更何况还有李光头这个爱闹事的人从中捣鬼,事情只会更加复杂,乱成一团麻。

宋钢虽然最终和林红谈恋爱了,但是他心里一直有愧于弟弟李光头,所以他每次见李光头总是发虚,无法打出响亮的铃铛。

林红就不一样了,她看到李光头时赶紧让宋钢打铃,可是宋钢打出来的铃声总是**七零八落**,那种一连串的响亮铃声他怎么也打不出来了。(余华,2012:314-315)
Lin Hong, for her part, would urge that he ring the bell whenever they passed Baldy Li, but on those occasions Song Gang wouldn't be able to produce his distinctive ring; instead the bell would sound **scattered and intermittent**. (Chow and Rojas, 2009:305)

宋钢每次见到李光头都觉得他和林红在一起是对李光头的一种背叛,所以他打出来的铃声总是"七零八落"。"七零八落"这个成语出自宋代惟白的《建中靖国续灯录》第六卷:"无味之谈,七零八落。"形容零散稀疏的样子。特指原来又多又整齐的东西现在零散了。译文"scattered and intermittent"(稀疏的和断断续续的)采用的是直译。读者可以从译文中感受到宋钢内心的矛盾,他虽然决意要不顾兄弟之情和林红在一起,却又狠不下这个心。每每看到李光头孤单落寞的样子,他都很自责,真希望能够代替李光头受苦。但是,木已成舟,走出的这一步不可能退回去,兄弟俩再也无法回到亲密无间的过去了。

李光头早就看中了宋钢的永久牌自行车,但是他从来没有骑过车子,于是趁着宋钢给他送喜帖之际,他要求骑一骑宋钢的自行车。从未骑过车的李光头开始还威风凛凛,但是上了车就完全失去了平衡,只能拼命抓住车来避免摔跤了。

> 他的身体一会(儿)往右边斜,一会(儿)又往左边倒,双手抓住车把就像是抓住**救命稻草**,他的双手像两根棍子似的僵硬。(余华,2012:321)
> His body first leaned to the right and then to the left. His hands, as stiff as two sticks, grasped the handles as if they were **a rope that had been thrown to rescue him**. (Chow and Rojas, 2009:312)

李光头双手紧紧握着车把,那个样子就像是抓住了"救命稻草"。"救命稻草"这个成语的字面意思是快要饿死了,抓住了救命的口粮或者快要从悬崖上掉下来了,抓住了一把悬崖上的野草以活命。译文"a rope that had been thrown to rescue him"(扔下来救他性命的绳子)采用的是直译。读者可以从译文中体会李光头第一次骑车时候的紧张和惊慌失措。这和之前自大无比、无所顾忌的形象形成了有趣和鲜明的对比。译文让读者倍感新鲜,同时也能传达原文的意思和幽默风趣的效果。

李光头在宋钢和林红结婚的当晚还是来到了婚礼现场,但他是来向林红宣示他的忠贞爱情的,他为林红结扎了,发誓不会和除林红之外的任何女人有后代。

> 说完这话,**忠贞不渝的**李光头转身走出了林红的新房,他走到门外站住脚,回头对林红说:"你听着,我李光头在什么地方摔倒的,就会在什么地方爬起来。"(余华,2012:326)
> Having said this, **the unswervingly faithful** Baldy Li turned and walked out of Lin Hong's new home. Once outside he paused, then turned to her and said, "Remember: Baldy Li will always get right back up from where he fell." (Chow and Rojas, 2009:317)

李光头对林红是忠贞不渝的,这从他后来的言行中可以充分得到体现。他虽然有过很多女人,但是始终无法忘记林红,而且时刻在关注她和宋钢的生活,给予及时的帮助。"忠贞不渝"这个成语出自张扬的《第二次握手》,意思是坚定不移。译文"the unswervingly faithful"(坚定地忠诚)采用的是直译法,向读者展现了李光头对爱情矢志不渝的情怀。虽然林红离他而去,投入宋钢的怀抱,但是他仍然坚信最终林红会被他的爱所感动,接受他的感情。即使是林红成了他的嫂子,他也会继续爱着她,为她守候着。可以看出,在李光头这样一个粗人的身上,也有着浪漫主义的爱情观。

李光头在林红的婚房中向她宣示完了自己的爱情之后,转身大踏步地走了出去。一旁的刘镇看客先还没有回过神来,不知道李光头到底要干什么,所以一切都显得格外宁静。但是,等他们听明白了李光头所说的话,就哄堂大笑起来了。李光头如此庄严的爱情宣言在众人的喧闹声中又变成了一出闹剧。

> 然后李光头像一个西班牙斗牛士一样转身走了。李光头一二三四五六七,走出七步时,身后的新房里**鸦雀无声**,当他跨出第八步时,新房里发出了一阵哄笑声。(余华,2012:326)
>
> The he spun around like a Spanish toreador and left. For the first seven steps he **heard no sound** from the newlywed house. As he took his eighth step, however, the entire house behind him burst into laughter. (Chow and Rojas,2009:317)

新房开始时的"鸦雀无声"和后来的哄堂大笑形成了鲜明对比,以开始的静衬托出后来的喧嚣,让婚礼和李光头的出现都成了一场闹剧。成语"鸦雀无声"出自宋代释道原的《景德传灯录》第四卷:"公曰:'鸦去无声,又何言闻?'"宋代苏轼的《绝句三首》:"天风吹雨入阑干,乌鹊无声夜向阑。"意思是说连乌鸦、麻雀的声音都没有,形容非常的安静。译文"heard no sound"(听不见任何声音)采用的是意译法,读者可以从中感受到婚礼当时现场气氛变化之迅速,从而更加增添了婚礼的荒诞性和故事的喜剧色彩。

宋钢追着李光头问他为什么要结扎,他说已经看破红尘了。这个说法听来让人啼笑皆非,但是李光头却是当真的,因为这一辈子他无论人生境遇如何,都对林红难以忘怀。

第三章 《兄弟》中"文化万象"的翻译 | 215

宋钢这时把话说出来了:"你为什么要断后?"

"为什么?"李光头神情凄楚地说,"我**看破红尘**了。"(余华,2012:327)

Song Gang finally found the words to say what was on his mind: "Why would you want to cut off all hope of having descendants?"

"Why?" Baldy Li repeated miserably. "Because **I have become disillusioned with the mortal world.**"(Chow and Rojas,2009:317)

李光头神情悲伤地看着宋钢,回答他说因为看破红尘了,所以他选择去结扎了,他根本不想和除了林红之外的任何女人生孩子。"看破红尘"这个成语出自汉代班固的《西都赋》:"阗城溢郭,旁流百廛,红尘四合,烟云相连。"指一切都不放在心上的态度,也指受挫后消极回避的态度。译文"I have become disillusioned with the mortal world"(我对凡间大失所望),采用的是直译法。读者可以从中体会李光头内心的痛苦,因为他觉得没有林红,这个世界也不值得去留恋了。

李光头在宋钢和林红结婚之后,已经无法和宋钢再继续兄弟之情了,于是他来和宋钢做最后的告别,从此以后,兄弟两人各过各的生活,再也互不相干了。

李光头走出了十多步以后,回头真诚地说:

"宋钢,你以后多保重!"

宋钢一阵心酸,他知道从此以后兄弟两人正式**分道扬镳**了。(余华,2012:327)

After about ten paces, Baldy Li turned around and told Song Gang sincerely, "Take good care of yourself."

Song Gang felt a stab of sorrow. He knew that from this point on the two brothers would **go their separate ways.** (Chow and Rojas,2009:317)

李光头和宋钢这对患难兄弟终于在林红和宋钢结婚之后彻底地"分道扬镳"了。"分道扬镳"这个成语出自《魏书·河间公齐传》:"洛阳我之丰沛,自应分路扬镳。自今以后,可分路而行。"译文"go their separate ways"(走他们各自的路)采用的是直接翻译,让读者体会到兄弟两人之间的感情因为这个婚姻而受到了重创,连兄弟也没做了。以后,相依为命的兄弟两人就只能各自过好自己的生活。

李光头和宋钢兄弟之间的诀别在刘镇看客眼中就是一场兄弟争妻的闹剧。在这场闹剧中,没有输赢家之分,而群众是真正的赢家,因为他们看到了一场兄弟之战的好戏。

> 李光头越走越远的时候,小关剪刀身边的群众越聚越多,群众**兴致勃勃地**议论着远去的李光头,纷纷说自己度过了愉快的一天。(余华,2012:328)
> As Baldy Li walked farther and farther into the distance, the crowd around Little Guan kept growing. **They excitedly discussed** Baldy Li, agreeing that this had been a most entertaining day.(Chow and Rojas,2009:318)

刘镇看客兴致勃勃地讨论着兄弟两人之间今天发生的一切,而且觉得这一天充满了乐趣,但是没有人上来帮忙劝架,只是在讨论故事发展的结果会怎样。他们讨论得"兴致勃勃"。这个成语出自清代李汝珍的《镜花缘》第五十六回:"到了郡考,众人以为缁氏必不肯去,谁知他还是兴致勃勃道:'以天朝之大,岂无看文巨眼。'"意思是形容兴头很足的样子。译文"excitedly"(兴奋地)采用的是直译,让读者可以身处刘镇看客中间,从旁观者的角度来审视这场结婚闹剧,让他们体会到作家的黑色幽默。

李光头在向刘镇的几个个体户筹集他的第一笔创业资金的时候,走访和游说了童铁匠、张裁缝、关剪刀、王冰棍和余拔牙。对他们,李光头可谓极尽奉承之能事,让他们个个飘飘然,心甘情愿地为他的创业投入第一笔资金。

> 李光头叫了起来,"**别人是读万卷书,行万里路;你是行万里路,拔万人牙。**"(余华,2012:337)
> Baldy Li shouted in agreement. "**While other people aspire to read ten thousand books and walk ten thousand *li*, you aspire to walk ten thousand *li* and pull ten thousand teeth.**"(Chow and Rojas,2009:328)

李光头引用了成语"读万卷书,行万里路"并临场窜改了这个八字成语,使之更加适合余拔牙的行当和为人。成语"读万卷书,行万里路"出自清代梁绍壬的《两般秋雨庵随笔》第五卷:"《眼镜铭》:读万卷书,行万里路,有耀自他,我得其助。"意思是说读万卷书,如同行万里路一样。形容多读书,则见多识广。译文"While other people aspire to read ten thousand books and walk ten thousand li"(其他人想要读万卷书,行万里路)采用的是直译的方法,其中增加了意愿性的动词词组"aspire to"(渴望)来为后面引出李光头对余拔牙的奉承做铺垫。后半句是对前半句的仿写和窜改,他的奉承之意也正在于此。对于余拔牙,李光头认为他是"行万里路,拔万人牙",这个结构和前半句一样工整对仗,却突出了余拔牙的工作性质。译文"you aspire to walk ten thousand li and pull ten thousand teeth"(你却喜欢行万里路,拔万颗牙齿),采用的是直译为主的翻译方法,同样增加了意愿性的词组"aspire to",突出强调了余拔牙的工作是为人拔牙,好将马屁拍得更加恰当一些。事实证明,他拍得恰到好处,因为他游说的几个生意人,都同意了投资他的服装加工厂。

李光头不断游说着刘镇的几个生意人,老实巴交的王冰棍眼看着李光头的股份要给其他人分光了,担心自己分不到一点股份,着急得就像热锅上的蚂蚁。

> 王冰棍继续尾随着李光头,眼看着张裁缝、小关剪刀和余拔牙加在一起又出了三千元人民币,**王冰棍急成了热锅上的蚂蚁,心想机不可失时不再来,过了这个村就没那个店**,……(余华,2012:338)
> Wang then continued to tail Baldy Li and observed as Tailor Zhang, Little Scissors Guan, and Yanker Yu together invested another three thousand yuan. Seeing all this, **Popsicle Wang became as restless as an ant on a hot frying pan and decided that this was an opportunity he simply couldn't afford to pass up**. (Chow and Rojas,2009:329)

王冰棍这个朴实的无产阶级看着发财的机会在一点点地被他人瓜分,心中特别着急。他"急成了热锅上的蚂蚁"。这个成语出自《隋唐演义》第十九回:"这壁厢太子与杨素,是热锅上蝼蚁,盼不到一个消息。"意思是形容陷入了难以摆脱的困境或比喻慌慌张张企图逃出险境的人,内心十分烦躁、焦急,急得走来走去、坐立不安的样子。译文"as restless as an ant on a hot frying pan"(像热锅上的蚂蚁一样不安)采用的是直译。读者可以从这个比喻中体会出王冰棍焦灼的心态,也从侧面说明了李光头的口才了得,他身无分文,却可以让其他的人乖乖拿出钱来为他投资。这也是他有做生意天赋的一种表现。他能让王冰棍等人觉得他的这个服装加工厂会是一个赚钱发财的大好机会,"机不可失时不再来",而且"过了这个村就没那个店"了。这两个成语中的第一个八字成语"机不可失,时不再来"出自《史记·淮阴侯列传》:"夫功者难成而易败,时者难得而易失也。时乎时乎,不再来。"意思是时机难得,必须抓紧。译文"this was an opportunity he simply couldn't afford to pass up"(这是他不能错失的良机)采用的是直译。读者可以从中体会出王冰棍对李光头的百分之百信任。他从内心觉得李光头可以为他赚到钱,帮他发家,所以他真心拥护李光头的事业,以至于后来李光头把他的血汗钱赔光了,他没有像其他债主一样对李光头完全失去信心,而是在他第二次创业时,同样倾囊相助。而最后一个俗语"过了这个村就没那个店"也就是"机不可失,时不再来"的意思,所以在译文中省略了。

李光头在一切准备就绪,资金到位之后,动身去了上海。他的上海之行牵动了所有股东的心,他们眼睁睁地目送他离开,翘首以盼他的早日凯旋。

> 李光头鲲鹏展翅去了上海,童铁匠、张裁缝、关剪刀、余拔牙、王冰棍伸长了脖子**翘首以盼**……。(余华,2012:342)
> Baldy Li, spreading his wings and soared to Shanghai, and Blacksmith Tong, Tailor Zhang, Scissors Guan, Yanker Yu and Popsicle Wang all craned their necks to **watch him go.** (Chow and Rojas, 2009:334)

刘镇的几个股东都盼着李光头能够早点回来。他们"翘首以盼"他的归来。"翘首以盼"这个成语出自宋代胡仲弓的《中秋望月呈诸友》,意思是仰着脖子等待着出现,很急切地希望看到某人、某事和某物的出现。在古人诗词中,也借翘首表达对故友的思念之情。译文"watch him go"(看着他走)采用的是意译法,把基本的意思表达了出来,但是没有能够体现出众人盼望李光头早日归来的急迫心情。事实上,在他离开的日日夜夜,几个股东每天会定时在童铁匠的铺子里面会面,讨论李光头啥时候回来。这足以证明他们从李光头离开之日起,就心中一直挂念,当然,他们更加挂念的是他们的钱是不是可以按照李光头说的那样,连本带利地都回到他们手中。就在李光头去了上海半年多音讯全无,众股东要放弃希望时,李光头回到了刘镇。

> 就在六个合伙人绝望的时候,李光头**风尘仆仆地**回来了。(余华,2012:349)

Just when the partners had all but lost hope, Baldy Li reappeared, **completely covered in dust from his travels**. (Chow and Rojas, 2009: 341)

李光头归来时"风尘仆仆"。这个成语出自元代尚仲贤的《洞庭湖柳毅传书》:"你索是一路风尘的故人。"形容旅途奔波、忙碌劳累的样子。译文"completely covered in dust from his travels"(身上全带着旅途的尘土)采用的是直译。虽然读来有些别扭,但是英语读者可以从下上文中推断出其意思,也可以想象出李光头从上海回到刘镇时一路的劳累。关键是一路辛苦归来的李光头并没有带来好消息,这让众股东倍受打击,感觉被他玩弄了一番,因此一路向李光头追债,见他一次痛打他一顿还不解气。

李光头回到刘镇之后,第一件事情就是召集股东,告诉他们他在上海的经历。他说得都停不了嘴,让人觉得他一定是做成了大生意,满载而归。

李光头**滔滔不绝地**说着上海大地方,唾沫喷到我们刘镇小地方,喷到了童铁匠的脸上。(余华,2012: 354)

Baldy Li **went on and on** about what a big place Shanghai was, his spittle flying everywhere, including all over Blacksmith Tong's face. (Chow and Rojas, 2009: 345)

李光头向众人分享他在上海的经历时,说得"滔滔不绝"。"滔滔不绝"这个成语出自五代后周王仁裕的《开元天宝遗事·走丸之辩》:"张九龄善谈论,每与宾客议论经旨,滔滔不竭,如下阪走丸也。"意思是话很多,说起来没个完。译文"went on and on"(一直不停地说)采取的是直译。读者可以从译文中体会出李光头当时一说起上海时那种激动无比的心情。可见,李光头是个天生的商人,他喜欢上海那个大都市的物质世界,也喜欢那种遍地是黄金的感觉。

在得知自己的血汗钱被李光头在上海挥霍一空之后,每个股东都用他们自己的方式来发泄心中的不满。因为从事的职业不同,所以他们每个人揍李光头的方式也各有特点。

写文章的是**文如其人**,揍人的是揍如其人,这五个人用五种风格揍李光头。(余华,2012: 359)

Just as **a writer is known by his distinctive turns of phrase**, a boxer is defined by the turn of his fist. Each of them, therefore, pounded Baldy Li in his own distinctive way. (Chow and Rojas, 2009: 351)

叙述者用了一个比喻来形容他们各自揍人的方式各有不同。"文如其人"这个成语出自宋代苏轼的《答张文潜书》:"子由之文实胜仆。而世俗不知,乃以为不如;其为人深不愿人知之,其文如其为人。"意思是指文章的风格同作者的性格特点相似。译文"a writer is known by his distinctive turns of phrase"(作家因他独特的遣词造句而出名)采用的是直译法,读者可以从中体会出叙述者的诙谐和幽默。

林红和宋钢的婚姻生活是甜蜜的。每天宋钢都会骑着永久牌自行车接送林红上下班。在刘镇老人看来,他们现在真是非常般配的一对爱人。

他们的永久牌自行车在大街上**风雨无阻**,铃声清脆地去了又来,来了又去,我们刘镇的老人见了都说他们是**天作之合**。(余华,2012: 365)

Their Eternity bicycle **would not stop for wind or rain**, and as the clear sound of the bell rang through the town, the town elders all remarked that the couple was indeed **a match made in heaven**. (Chow and Rojas, 2009: 358)

林红和宋钢好不容易终于有情人终成眷属。一开始,宋钢还觉得走在林红的身边不是很自在,似乎还有点低人一等的感觉,认为自己配不上林红,但是在骑上了崭新的永久自行车接送林红上下班的日常生活中,他找到了和林红在一起生活的自信。他们看起来真是"天作之合"。这个成语出自《诗经·大雅·大明》:"天监在下,有命既集,文王初载,天作之合。"意思是好像是上天给予的安排,很完美地配合到一起。是祝人婚姻美满的话。译文"a match made in heaven"(上天成全的姻缘)采用的是直译。读者从中可见现在这对新人是非常被看好的,所有刘镇看客都觉得他们是合适的一对。而这一切也是两人共同努力的结果。宋钢每天准时准点来接林红上下班,"风雨无阻"。这个成语出自明代冯梦龙的《醒世恒言》第三十二卷:"黄秀才从陆路短船,风雨无阻,所以赶着了。"意思是不受刮风下雨的阻碍。指预先约好的事情,一定按期进行。读者可以从中感受到宋钢的人品,是一个非常正直和对爱情和林红忠贞不贰的人。

在宋钢和李光头中午一起吃饭的时候,李光头表达了他对宋钢的羡慕之情。他实在想不明白,为什么宋钢有了林红却还那么不开心。他永远无法体会宋钢夹在他和林红之间的那种左右为难。

……李光头扭头看着宋钢说,"你都和林红结婚了,还不好?你真是**身在福中不知福**。"(余华,2012:389)

Baldy Li asked, turning around to look at Song Gang. "You are married to Lin Hong, isn't that good? **You can't recognize good fortune because you are living in it.**"(Chow and Rojas,2009:381)

在李光头看来,宋钢是在自寻烦恼,"身在福中不知福"。这个成语出自老舍的《四世同堂》第九十三章:"真是身在福中不知福,这么好的孩子,还要罚!要是没有他,你又不知道该怎么样了。"意思是生活在幸福之中,并不感到幸福。也形容对优裕生活的不满足。译文"You can't recognize good fortune because you are living in it."(你无法感受到好运是因为生活在其中)采用的是直译。读者可以从中体会到李光头的羡慕之情。将"福"翻译为"good fortune"(好运)比较符合李光头对宋钢的评价。因为在李光头看来,宋钢和林红结合,并不是因为宋钢有多优秀,而是因为他的运气比李光头好一些。这在抬高宋钢的同时也没有贬低自己。

刘镇众人看着李光头的垃圾生意越做越大,甚至做到了国外去,不禁感叹之至。他们怎么也没有想到,李光头凭着捡破烂走上了富裕之路,还将拓展海外市场。

群众**目瞪口呆**,说这个李光头是不是想做全中国的丐帮帮主。(余华,2012:402)

Everyone **stared in astonishment**, asking whether Baldy Li was vying for the position of chief of a national Beggar's Gang.(Chow and Rojas,2009:394)

刘镇众人看着李光头从身无分文的穷光蛋,一路捡垃圾变成了刘镇首富的成长全部过程,而今他又有更大动作,要将垃圾生意推向国际,这让他们实在想不到,只能"目瞪口呆"。这个成语出自元代无名氏的《赚蒯通》第一折:"吓得项王目瞪口呆,动弹不得。"形容因吃惊或害怕而发愣的样子。译文"stared in astonishment"(吃惊地盯着看)采用的是直译法。读者可以从刘镇看客的吃惊程度了解到李光头产业做得有多大,给刘镇带来的变化有多大,而他的个人命运也在奋斗中发生了翻天覆地的改变。

李光头的垃圾生意越做越大也引起了县领导的关注,因为他的垃圾场就设在县政府大门前,所以越堆越高的垃圾严重影响了他们的日常办公,而且很快有检查组要来检查,这样的垃圾场更不能再存在下去了。于是陶青来找李光头商量,让他重回福利厂做厂长,不要再做垃圾生意了。当他走进李光头的垃圾堆中的办公室,眼前的一切让他惊呆了。

> 陶青坐在废品中间,左右看看,这茅棚里应有尽有,**真是麻雀虽小五脏俱全**,……(余华,2012:404)
> Tao looked around and saw that the shed had everything anyone might need. As the saying goes, **despite its tiny size, a sparrow still has all five organs.**(Chow and Rojas,2009:396)

在陶青看来,李光头这个垃圾场里的办公室真是"麻雀虽小五脏俱全"。这个成语出自钱钟书的《围城》:"'麻雀虽小,五脏俱全。'机器当然应有尽有,就是不大牢。"比喻事物体积或规模虽小,具备的内容却很齐全。译文"despite its tiny size, a sparrow still has all five organs"(尽管个小,但是五脏都有)采用的是直译法。读者可以从译文中了解到李光头办公室的景象。虽然从外部来看,这是个不起眼,甚至惹人厌的垃圾场,但是办公设施却很齐全。这说明李光头这个人在生意和生活上都不是个将就之人。只要有能力,他就要做到最好,也要活得像样。

陶青劝说李光头回到福利厂未果,回来报告上级领导。领导要他再想其他办法,务必要在检查组来刘镇之前将李光头的垃圾场搬离县政府门前。

县长对陶青说:

> "你当初是**放虎归山**,现在祸害全县人民了。"(余华,2012:405)
> He said Tao Qing should never have fired Baldy Li in the first place: "Firing him was like **releasing a tiger into the wilds** — and now you have brought disaster to the entire county."(Chow and Rojas,2009:397)

县长数落了陶青一顿,将李光头的事情完全归咎于陶青,怪他没有管理好他的部下,让其恣意妄为,在刘镇想干吗就干吗,任是谁的话也不听。县长认为陶青当时是"放虎归山",现在所有刘镇人都跟着倒了霉。"放虎归山"这个成语出自晋代司马彪的《零陵先贤传》:"璋遣法正迎刘备,巴谏曰:'备,雄人也,入必为害,不可内也。'既入,巴复谏曰:'若使备讨张鲁,是放虎于山林也。'璋不听。"意思是把老虎放回山林。比喻放走坏人,贻害无穷。译文"releasing a tiger into the wilds"(把老虎放回自然)采取的是直译法。从译文中读者可以感受到县长对李光头是又气又怕又恨,真不知道该拿他怎么办才好。在县长看来,李光头是一只猛虎,放他在刘镇一天,他只会胡作非为,让大家都跟着倒霉。

李光头对来请他去见县长的领导说,自己不会再回福利厂了,并给出了充分的理由。

> 衣衫褴褛的李光头**口若悬河**,他说那点厂长薪水养不活他,他神气地说:"再说**好马也不吃回头草**。"(余华,2012:407)
>
> Standing there in his tattered clothes, he **said** that the salary at the factory wasn't high enough for him, then spiritedly added, "And furthermore, *a good horse never grazes in the same spot twice*."(Chow and Rojas,2009:399)

李光头除了看不上福利厂那点薪水之外,还觉得"好马也不吃回头草"。这个成语出自清代李渔的《怜香伴·议迁》:"多承高谊,好马不吃回头草,就复了衣巾,也没得这场羞辱。"比喻有志气的人立志之后,即使遭受挫折,也绝不走回头路。译文"a good horse never grazes in the same spot twice"(好马从不在同一地方吃两次草)采用的是直译法。虽然读者读来有些突兀,但是从上下文可以推知李光头不回福利厂的另一个原因——他觉得当初是自己选择了离开,就没有必要再回去了,更何况现在他做生意可比在厂里赚得多得多,更没有必要回去了。这也说明李光头是个有志气、有抱负的人,不甘于被困在一个小小的福利厂中,他有更广阔的天地要去闯荡。

陶青再次找李光头谈垃圾场搬迁的事情,问他要什么条件才答应搬走。李光头直截了当说明其意图,只要让他租用两个闲置的空厂房,立马搬走。陶青最终答应了下来,李光头也特别爽快地答应会在一天之内让他的垃圾场消失。

……李光头摇着头说,"两天太久了,毛主席说'**只争朝夕**',我一天就清理干净。"(余华,2012:408)

"Two days?" Baldy Li shook his head. "Two days is too long. As Chairman Mao said, we must *seize every minute between dawn and dusk*. I will have this cleaned up within a day."(Chow and Rojas, 2009:400)

李光头在得到了自己想要的谈判结果之后,也马上答应陶青一天之内将垃圾场搬空,还用了毛主席诗词中的成语"只争朝夕"来表决心。"只争朝夕"出自毛泽东的《满江红·和郭沫若同志》:"天地转,光阴迫。一万年太久,只争朝夕。"比喻抓紧时间,力争在最短时间内达到目的。英译文为"seize every minute between dawn and dusk"(抓紧从早到晚的每一分钟)采用的是直译法。读者可以从李光头的回答中看出他为人果断利落,做事情雷厉风行。只要他想要做成的事情,一定第一时间尽快完成。一旦答应了别人,也一定会尽可能快地兑现。这一切体现出的是他诚实守信的可贵品质。

李光头去国外做垃圾生意,又有了意外收获。他从日本带回了几千套旧西装,并在刘镇转手一卖,又是大赚了一笔。但是,这对他来说绝对是意外收获,让他信心百倍。

刘镇的男群众穿上笔挺的垃圾西装后,得意之情溢于言表,都说自己像个外国元首。李光头听了这话嘿嘿笑个不停,说自己真是**功德无量**,让刘镇一下子冒出来几千个外国元首,……(余华,2012:417)

After the men put on their handsome suits, they beamed with pride and bragged that they looked just like foreign heads of state. When Baldy Li heard this, he burst into peals of laughter, declaring that he was **doing the town a great service** by populating it with thousands upon thousands of foreign heads of state.(Chow and Rojas, 2009:411)

李光头在看到刘镇男子都穿上了他从日本带回的西装,旧貌换新颜,非常得意,说自己是"功德无量"。这个成语出自《汉书·丙吉传》:"所以拥全神灵,成育圣躬,功德已经无量矣。"旧时指功劳恩德非常大,现多用来称赞做了好事。译文"doing the town a great service"(为镇子做了大好事)采用的是直译法,同时采用虚拟性的翻译,增加了形容词"great"(很大的),让读者感受到李光头的自我感觉非常好。这次的日本之行让他收获了更多的成就感,让他明白了在做生意赚钱的同时,他也有能力影响和改变整个刘镇人的日常生活。这也是他想要做的,不仅发财,也能够惠及他人。

李光头觉得一个真正成功的商人应该是"坐贾"而非"行商"。这两者之间的区别正如他自己解释的那样,一个是四处奔忙着赚钱,一个则是坐着不动都可以赚很多钱。差别之大,可见一斑。

> 古人云"**行商坐贾**",生意做到坐下来的时候才是"贾",才真正做成大生意了,跑来跑去的只能做小生意,只是"商"。(余华,2012:430)
> It is said that *a tradesman walks while a mogul sits*. In other words, only when your business dealings have reached the point where you can trade while staying put can they be considered as having reached their maximum potential and only then can you be considered a major player in the business world. (Chow and Rojas, 2009: 424)

李光头向往的职业生涯是如古人说的那样"行商坐贾",而他已经做成了"行商"。"行"是走路的意思,这里是指经营规模较小的商人,他们不得不为了生意兴隆而整日奔波忙碌;而"坐贾"一般指有比较固定经营场所,从外进货或者自己造货出来卖的人,而这正是李光头今后要努力的方向和目标。"行商坐贾"这个成语出自宋代范成大的《题南塘客舍》:"君看坐贾行商辈,谁复从容唱渭城?"译文"a tradesman walks while a mogul sits"(商人走路而有权势的人坐着)采用的是直译,英语读者读来会感觉费解。但是读者可以从后面的"in other words"(换言之)的解释性内容中了解这个成语的内涵及其传递出的李光头的远大志向。他不满足于做普通商人,而想要做一个真正的大商人。可见,李光头的心很大,但是为了实现这个目标,他也在脚踏实地地做着事情。

李光头在创立了有限公司之后,产业越做越大,而他对刘镇日常生活的影响也越来越大,到处都在大兴土木,刘镇的外貌已经让李光头改变了样子。

> 群众说这两个人是**官商勾结**,陶青出红头文件,李光头出钱出力,从东到西一条街一条街地拆了过去,把我们古老的刘镇拆得**面目全非**。(余华,2012:434)
> Everyone said that this was a classic case of **collusion of business and**

government, with Tao Qing providing the official documents and Baldy Li providing the capital and labor. They demolished one street after another, gradually **transforming the face of the entire town**. (Chow and Rojas, 2009: 429)

群众一开始觉得无法接受李光头在刘镇这样大兴土木,认为他是在和陶青"官商勾结",要把刘镇拆得"面目全非"。这两个成语都是贬义词,说明当时李光头在群众中的形象之差,评价之低。"官商勾结"这个成语的意思是官员和商人暗中做不正当的联系和结合。而"面目全非"出自清代蒲松龄的《聊斋志异·陆判》的"举手则面目全非",意思是完全不同了。形容改变得不成样子。译文"collusion of business and government"(商人和政府勾结)以及"transforming the face of the entire town"(改变了整个镇子的模样)采用的是直译的方法。读者可以从译文中了解到在李光头改变整个刘镇的初期,刘镇人对李光头的评价之低,甚至讨厌他的所作所为,但是后来刘镇日新月异的变化,却让人对李光头再次刮目相看,从厌恶变成了崇拜和追捧。可见,李光头从来都是我行我素,只要自己认为是对的事,就一直坚持做到最后,而实践也证明,他的选择是对的。

群众对李光头在刘镇所做的一切初期评价都不高,可以从他们所引用的另一句俗语中看出来,大家觉得李光头不仅改变了刘镇的面貌,还垄断了他们日常生活的一切消费,想要赚走他们的辛苦钱,装满自己的腰包。

俗话说**兔子不吃窝边草**,这个李光头黑心烂肝,把窝边的草儿吃得一根不剩,赚的全是父老乡亲的钱。(余华,2012: 434)

There is a saying that ***rabbits will spare the grass growing next to their burrow***. But Baldy Li was really rotten to the core and had chomped down on every last blade of grass around his home, given that all of his profit was extracted directly from his fellow townspeople. (Chow and Rojas, 2009: 429)

"兔子不吃窝边草",但是李光头连兔子都比不上,要把全镇人的钱都赚走才罢休。这个俗语出自高阳的《胡雪岩全传》上册:"你放心!'兔子不吃窝边草',要有这个心思,我也不会第一个就来告诉你。"表层意思是兔子不吃自己窝旁的草,但是,文中引用这句俗话,是取它"与邻为善"的引申义。告诫人们,别在家门口做坏事。译文"rabbits will spare the grass growing next to their burrow"(兔子不吃长在窝边上的草)采用的是直译。读者可以从中体会出刘镇众人对李光头在刘镇所做的一切是根本无法接受的,认为他破坏文物,垄断日常用品,赚的是黑心钱。

李光头的生意越做越大,钱越赚越多,而宋钢则是日子更加难过,到处打零工,没有固定收入。原来相依为命的兄弟两人,因为林红而分家之后,他们之间的境遇差别如此之大,众人都看在了眼里。

刘作家借题发挥地说:
"李光头和你宋钢,好比是**朱门酒肉臭,路有冻死骨**。"(余华,2012:436)
Writer Liu seized on this issue to suggest,"Your relationship to Baldy Li reminds me of that famous line by Du Fu: *Within the vermilion gates everything reeks of wine and meat, while in the street lie frozen bones*."
(Chow and Rojas,2009:431)

刘作家引用了成语"朱门酒肉臭,路有冻死骨"来形容兄弟俩天壤之别的境遇。这个成语出自唐代杜甫的诗歌《自京赴奉先县咏怀五百字》。意思是富贵人家飘出酒肉香味,穷人却冻死、饿死在街头。形容贫富差异很大的社会现实。译文"Within the vermilion gates everything reeks of wine and meat, while in the street lie frozen bones"(红色门内散发着酒肉的臭气,而路边躺着冻死的骨头)采用的是直译的方法。虽然译文没有对杜甫这首诗进行解释,但是读者可以了解到这种鲜明的对比和差别。而这就是李光头和宋钢现实生活的真实写照。他们一个在天,一个在地。如此大的生活差距是谁也想不到的。这说明了李光头比宋钢更加适应现代生活的节奏,因此过上了越来越好的日子,而宋钢则逐渐在被这个时代所抛弃。

林红不忍心宋钢找工作到处碰壁,所以劝他去找李光头,但是宋钢觉得既然当时和李光头说好了井水不犯河水,一刀两断,他就不好意思再去找李光头。虽然他明白,只要他去,李光头是不会亏待他的。但是,他的男性尊严和倔强的性格不允许自己这么做。

林红不断地摇头。她不明白宋钢为什么这么倔强。人家是**不见棺材不掉**

泪,这个宋钢是见了棺材也不掉泪。(余华,2012:467)

She kept shaking her head, unable to understand how Song Gang could be so stubborn. There are some people who **don't start crying until they see the coffin,** but Song Gang seemed to be the sort who wouldn't cry even after the coffin was laid out in front of him. (Chow and Rojas, 2009:464)

林红劝说宋钢无果,觉得很失望,认为宋钢太倔强,到头来只能自己受苦,真是"不见棺材不掉泪"。这个成语的意思是说不看见棺材的时候,决不会掉下眼泪来。本来指的是不到最后关头不死心,现在多用贬义,指的是某人顽固不化,不听他人忠告,必然导致失败和损失。译文"some people who don't start crying until they see the coffin"(有人直到见了棺材才会哭)采用的是直译,强调了宋钢的个性倔强。读者也可以从译文中体会出宋钢的韧劲和倔强。虽然他性格内向甚至有些懦弱,但是在自己认定的事情上却极为坚持,甚至后来为了给林红更好的生活,不惜远走他乡多年,待到归乡时已经物是人非。

李光头在事业越做越大之后,已经不满足于赚钱,他还要增加自己的曝光率,于是想到了在刘镇举办处美人大赛,以吸引世界各地的人来刘镇。这个大赛带来了很多新鲜的事物,让刘镇人眼界大开。

我们刘镇的群众都是**井底之蛙**,不知道处女膜修复术瞬间风靡全国了。(余华,2012:481)

As usual, the townspeople of Liu were **like frogs at the bottom of a well**, with no perspective on the outside world. (Chow and Rojas, 2009:479)

刘镇众人在处美人大赛之前就像"井底之蛙"一样,对外面世界几乎是一无所知。"井底之蛙"这个成语出自《庄子·秋水》:"井蛙不可以语于海者,拘于虚也。"井底的蛙只能看到井口那么大的一块天,比喻那些见识短浅的人。译文"like frogs at the bottom of a well"(就像井底的青蛙一样)采用的是直译的方法。读者从中可以了解到李光头所办的处美人大赛对人们日常生活有着怎样的影响。正因为如此,所以他的知名度和曝光度又大大得到提升。而也正因为刘镇群众是"井底之蛙",对外面的世界知之甚少,周游那样的骗子才能在刘镇大行其道,大赚了一笔,最后还说服了宋钢跟他去闯荡江湖。

宋钢和林红的日子一天难过一天。宋钢之前在码头扛沙袋一天的收入还是颇丰的,但是自从伤了腰,不能再扛沙袋之后,他只能做些轻活。他学着小女孩去街边卖花,赚的钱虽然少得可怜,但是他还是全数交给林红。林红却让他自己收着,这让宋钢的内心倍受打击。

宋钢听了这话**心如刀绞**。(余华,2012:452)
The comment **pierced Song Gang's heart like a dagger**.(Chow and Rojas,2009:447)

宋钢听了林红的话是"心如刀绞"。这个成语出自元代秦简夫的《赵礼让肥》第一折:"待着些粗粝,眼睁睁俺子母各天涯,想起来我心如刀割。"意思是内心痛苦得像刀割一样。译文"pierced Song Gang's heart like a dagger"(像是匕首刺穿了宋钢的心)采用的是直译法。读者可以感同身受宋钢内心的无比痛苦。他本想给林红最好的生活,但是他没有这个能力。现在卖花所得林红觉得少,都不愿意拿走,他真是伤心透了,而且觉得男人的自尊受到了伤害。事实上,林红是疼惜宋钢,想让他自己收着这些钱当零花钱,至少中午能吃得好一点,不要因为拼命赚钱再把身体毁掉了。

周游的行骗虽然在刘镇大获成功,但是在其他地方并不一定都有好运。宋钢和周游来到海南岛兜售假货的时候,就几乎没有生意。他们到了走投无路的地步,不知该如何是好。

周游**穷途末路**了,他和宋钢提着波霸牌丰乳霜,在异乡的街道上像两只无头苍蝇,尤其在那些十字路口,两个人**垂头丧气地**东张西望,互相询问该往何处走去。(余华,2012:542)
Zhou found himself **at an impasse** as he and Song Gang wandered aimlessly like headless flies trying to sell their Boobs cream on unfamiliar streets. The two **looked around depressed**, asking each other what they should do next.(Chow and Rojas,2009:547)

此时的周游也没有了赚钱的办法,感到"穷途末路"。这个成语出自《吴越春秋·王僚使公子光传》:"子胥曰:'夫人赈穷途,少饭亦何嫌哉?'"形容到了无路可走的地步。译文"at an impasse"(处在窘境)采取的是直译法。读者可以从中体会出周游这个大骗子也有无计可施的时候,说明他们真的到了山穷水尽的地步,让人不由担心宋钢的命运。此时两人都"垂头丧气"。这个成语出自唐代韩愈的《送穷文》:"主人于是垂头丧气,上手称谢。"形容因失败而情绪低落的样子。译文"looked around depressed"(沮丧地东张西望)也是采用以直译为主的翻译方法。英语读者可以由此体会宋钢此时的困境,是去还是留,对于他来说,又是不得不做的选择。

后来他们想到了打一枪换一个地方的游击战术。在骗术未被揭穿之前,他们赚了钱就马上离开,再去下一个地方行骗。这显然不是长久之计,因为假货很快就会被发现。

> 他们像**蜻蜓点水**一样,每个地方住上两三天,还没有露出破绽的时候已经溜之大吉。(余华,2012:551)
>
> They were like **dragonflies treading water**, not staying in any one place for more than two or three days, promptly moving on before anyone saw through their act. (Chow and Rojas,2009:556)

他们改变了营销策略,每到一处都是"蜻蜓点水",骗完了一笔就跑路。"蜻蜓点水"这个成语出自唐代杜甫的《曲江》诗:"穿花蛱蝶深深见,点水蜻蜓款款飞。"意思是指蜻蜓在水面飞行时用尾部轻触水面的动作,比喻做事肤浅不深入。译文"dragonflies treading water"(蜻蜓踩水)采用的是直译。读者能够理解骗子的生意是做不长久的。现在他们已经到了无计可施,只能骗一点是一点了。同时,他们也在担忧宋钢的未来,是继续行骗下去,还是重回刘镇和林红身边。

林红在宋钢远走他乡的一年多时间里,忍受着对他的思念,孤独度日,心理上非常痛苦。她非常渴望宋钢能早日归来,让她不再感到如此空虚孤单和寂寞。

> 此刻的林红和宋钢分别一年多了,林红**形影相吊**,早晨骑车出门,傍晚骑车回家,本来窄小的屋子,宋钢走后让林红觉得空空荡荡了,而且无声无息,只有打开电视才有人说话。(余华,2012:555)
>
> Lin Hong and Song Gang had now been separated for more than a year. Lin Hong was **alone with her shadow.** She would bike to work every

morning and return every evening. With Song Gang gone, their home, which had originally seemed small and cramped, now appeared enormous, cavernous, and deathly still. It was only when she turned on the television that Lin Hong had a chance to hear other people's voices. (Chow and Rojas, 2009: 561)

林红和宋钢的家现在就剩下林红一人,她天天独守空房,"形影相吊"。形影相吊出自三国时魏国曹植的《上责躬应诏诗表》:"窃感《相鼠》之篇,无礼遄死之义,形影相吊,五情愧赧。"晋代李密的《陈情表》:"茕茕孑立,形影相吊。"意思是孤身一人,只有和自己的影子相互慰问。形容无依无靠,非常孤单。译文"alone with her shadow"(和她的影子孤单地在一起)采用的是直译。英语读者可以从中体会到林红的孤单落寞。失去了宋钢的林红是折翼的鸟儿,再也无法飞翔;失去宋钢的家也不再像家,就是一个空空荡荡的房子。林红在自怨自艾,期盼宋钢早日归来。

宋钢在确认了林红和李光头在一起了之后,为了成全他们,也为了解脱自己,他选择了死亡。他的死让这一对背叛者成了陌路人,老死不再往来。他们都将宋钢的死归咎于自己的同时,也归咎于对方,谁也无法原谅彼此,更无法一起生活下去。

宋钢火化以后,李光头再次和林红见面了,两个人冷眼相对,**形同陌路**。(余华,2012: 610)

At Song Gang's cremation Baldy Li and Lin Hong had seen each other once again, but they simply looked past each other **as if they were strangers**. (Chow and Rojas, 2009: 618)

宋钢的死让李光头和林红"形同陌路"。这个成语的意思是指原来很熟悉的朋友或者刻骨铭心的爱人因为一些事情不再联系或交往,再次遇见时像是陌生人一样。译文"as if they were strangers"(就像陌生人一样)采用的是直译法。读者可以了解到宋钢的死对两人的打击之大。宋钢本想成全他们,却让他们永远地远离了对方,再无可能在一起。这就是命运的捉弄。宋钢在天堂获得了永久的安宁,但是他们却在人间继续遭受痛苦的心理折磨。

宋钢已死,林李反目,而他们的家刘镇却没有因为他们的故事而发生改变。

生活还要继续，刘镇的人们还是生生不息，焕发着蓬勃的生命力。

> 三年的时光随风而去，有人去世，有人出生：老关剪刀走了，张裁缝也走了，可是三年里三个姓关的婴儿和九个姓张的婴儿来了，我们刘镇**日落日出生生不息**。（余华，2012：610-611）
>
> Three years elapsed, during which time some people died and others were born. Old Scissors Guan departed from the world, as did Tailor Zhang, but during those same three years three infants named Guan and nine infants named Zhang arrived. Day in and day out, Liu Town was **constantly replenishing itself.** (Chow and Rojas，2009：621)

刘镇的日常生活还在继续，生命还在"生生不息"，历史的发展不会因为谁的离去而停滞不前。"生生不息"这个成语出自《周易》："生生之谓易。"宋代周敦颐的《太极图说》："二气交感，化生万物，万物生生，而变化无穷焉。"生生：是中国哲学术语，指变化和新生事物的发生；不已：没有终止，不断地生长和繁殖。译文"constantly replenishing itself"（不断更新着自我）采用的是直译为主的方法。读者可以体会到这是一个开放的结局。刘镇的生活还在继续，而兄弟两人的故事也还没有完结。

宋钢的离去给李光头和林红的生活带来了巨大的变化。李光头像完全换了一个人，不再过着非常物质的生活，而是像和尚一般简单明净，靠着回忆过去生活。

> 这时候的李光头已经**清心寡欲**，像个和尚那样只吃素不吃荤，学习俄语和体能训练之余，他时常想念起小时候宋钢煮出的那次了不起的米饭。（余华，2012：627-628）
>
> By this point Baldy Li **was leading a pure and celibate existence**, having even become a vegetarian, like a monk. Apart from his Russian studies and his physical training he would often reminisce about the excellent rice Song Gang had cooked when they were young. (Chow and Rojas，2009：638)

宋钢的死让李光头完全变了个人，变得"清心寡欲"。这个成语出自《后汉书·任隗传》:"隗字仲和,少好黄老,清净寡欲。"意思是保持心地清净,减少欲念。译文"leading a pure and celibate existence"(过着纯洁和孤单一个人的生活)采用的是直译为主的方法。读者可以从中了解到李光头如此巨大的人生转变。而这一切都是因为宋钢的死造成的。宋钢的离开让他背负了沉重的心理债,永远也无法回到过去那种纸醉金迷的生活。

三、成语的省译

《兄弟》中的成语在作为行为副词修饰动词的时候,常常会被省略。比如刘镇两大才子押着李光头游街的时候,为了出风头,引人注目,还故意绕道走,边走还边说着。

> 赵诗人**意犹未尽地补充道**:"这好比是李白和杜甫押着你……"(余华,2012:7)
>
> Poet Zhao **added**, "It's as if you were being escorted by Li Bai and Du Fu..."(Chow and Rojas, 2009:7)

赵诗人为了抬高自己,贬低李光头,不仅说李光头被刘镇两个才子押着游街是他的荣幸,还"意犹未尽"地补充说,他和刘作家好比中国古代著名诗人李白和杜甫,不想却被李光头和众人奚落得连古代名人的基本常识都没有。成语"意犹未尽"是指还没有尽兴,对某种事物觉得还没有过足瘾,还想再来一次。在这里该成语是作为动词"补充道"的状语,强调他的话到这里并未结束,还要继续的正在兴头上的状态。译文则省略了这个状态副词,直接翻译了动词"added: to say or write further"(补充:进一步说,进一步写)。该词的英文意思中实际已经包含了修饰性副词"意犹未尽"的意思,所以为了避免重复,也为了照顾英语读者的阅读习惯,直接翻译出行为动词这个实词,省略了状语。这对表达原文意思和刻画赵诗人的文人形象并没有影响。

李光头在厕所偷窥的事情对母亲李兰来说可谓是"火上浇油",因为十几年前他的前夫就是因为同样的事情掉入茅坑溺亡的,她也因此带着羞耻过了这么多年,好不容易将李光头带大。但是,李光头竟然重蹈覆辙,让她在多年后再次因同样的偷窥事件而无法抬头做人,她觉得简直是没有脸面在这人世间苟活下去了,所以只能等到天完全黑下来才敢裹上头巾戴着口罩去警察局把李光头领回家。

十五年前李光头的生父已经让她感到无比耻辱,现在李光头**火上浇油让她更加耻辱了**。她等到天黑以后,才裹上头巾戴上口罩悄悄来到了派出所。(余华,2012:11)

Fourteen years earlier Baldy Li's father had brought her excruciating shame, and now her son **had exacerbated her humiliation**. Therefore, she waited until after dark, then put on a head scarf and a surgical mask and crept to the station. (Chow and Rojas,2009:10)

李光头的事情对母亲的打击不可谓不大,因为有了前夫的事情,她已经很多年无法正大光明地抬头做人了,现在"李光头火上浇油让她更加耻辱了"。"火上浇油"出自元代关汉卿《金线池》第二折:"我见了他扑邓邓火上浇油。"该词比喻事态变得更严重或者使人更加生气。近义词为"推波助澜""雪上加霜"。译者没有直译为"add fuel over the fire"或者"pour oil on the fire",而是将其省略,翻译为"had exacerbated her humiliation"(让她倍感羞辱)。因为"exacerbate:to increase the severity, violence, or bitterness of; aggravate"[使(病等)加重(恶化),使(痛苦等)加深]已经包含了"火上浇油"的意思,说明了李光头的偷窥事件对她的伤害之深、羞辱之大,使她就像生活在水深火热之中,无法解脱。

宋凡平对李兰呵护备至。为了医好她多年顽疾,将她送她上海治病。但是,独自一人孤身在上海的李兰一心想着丈夫和孩子,就写了很多信要求丈夫接她回家。最终宋凡平答应了她。于是,她在上海天天盼着丈夫来接她。李兰没有等到宋凡平来上海接她回家,她独自一人坐上了回乡的车子,在车上她想了一路,越接近故乡她的不祥预感就越发强烈,以至于到了车站她只能痛苦无比地走出来。她实在不愿面对,却又不得不面对残酷的现实。

当她**水深火热般地**走出汽车站时,两个像是在垃圾里埋了几天的脏脏男孩对着她哇哇大哭,这时候李兰知道自己的预感被证实了,她眼前一片黑暗,旅行袋掉到了地上。(余华,2012:147)

When she dragged herself outside of the station, only to be greeted by two wailing boys who were as filthy as if they had been fished from a garbage dump, Li Lan knew that her terrible premonitions had proven true. Her eyes grew dark, and she dropped the travel bag to the ground. (Chow and Rojas, 2009: 143)

李兰是最后一个走出车站大门的,她"水深火热"一般地走向残酷的现实。这个成语出自《孟子·梁惠王下》:"如水益深,如火益热,亦运而已矣。"比喻极端痛苦的状态。这里是描写李兰被自己的各种猜测折磨得异常痛苦,就如同在水深火热之中。她必须回上海,解开一肚子的谜团,哪怕这个结局是残忍和痛苦的。译文"When she dragged herself outside of the station"(当她拖着自己走出车站时)省略了成语"水深火热",虽然用了动词"drag:to pull along with difficulty or effort;haul"(拖,拉:困难或吃力地往前拉;拖拽),也能让读者体会到李兰的身心俱疲,但是修饰性副词"水深火热般地"所表达的情感更加的深刻和令人难忘。

宋钢在爷爷离世之后,为爷爷披麻戴孝十四天,然后回到城里与李光头一起生活。这也是兄弟两人新生活的开始,是一起长大的起点。

宋钢告别了**相依为命十年的**爷爷,走向了**相依为命的**李光头。(余华,2012:223)

Song Gang bid farewell to his grandfather, **upon whom he had depended for the preceding ten years**, and left to **resume his life with** Baldy Li. (Chow and Rojas, 2009: 215)

宋钢离开了"相依为命"十年的爷爷,走向了以后要"相依为命"一起长大的李光头。"相依为命"这个成语出自晋代李密的《陈情表》:"臣无祖母,无以至今日;祖母无臣,无以终余年。母孙二人,更相为命。"意思是互相依靠着过日子。泛指相互依靠,谁也离不开谁。译文保留了第一个"相依为命",直译为"upon whom he had depended for the preceding ten years"(他依靠了十年的爷爷)。这里的直译有意思上的缺损,毕竟不光孩子依靠老人,老人也是靠着帮助早逝的儿子抚养孙子的信念才能支撑病体过了十年,实属不易。而第二个"相依为命"则完全省译,直接翻译为"resume his life with Baldy Li"。这样的省略无法突出兄弟两人之间亲密的关系,在时代变革的大潮中,他们兄弟两人相互依靠和扶持,才能顽强地长大成人。"相依为命"是兄弟两人感情深的最好例证,所以应该在译文中保留下来。

兄弟两人在改革开放时期都长大成人，走上了工作岗位，有了固定的收入和薪水，就为自己置办了一身当时流行的中山装。穿上了中山装的兄弟俩不再是刘镇看客眼中那两个孤苦无依的小叫花了，而成了有身份和地位的人。

他们感慨地说：

"真是佛靠金装，人靠衣装啊。"（余华，2012：228）
Sighing, the elders said, "**It's certainly true that *clothes make the man*.**" (Chow and Rojas, 2009：220)

因此，刘镇看客不禁感慨"佛靠金装，人靠衣装"。这个成语的顺序是"人靠衣装，佛靠金装"，出自沈自晋的《望湖亭记》第十出："虽然如此，佛靠金装，人靠衣装，打扮也是很要紧的。"和《醒世恒言》卷一《两县令竞义婚孤女》："常言道：'佛是金装，人是衣装。'"世人眼孔浅的多，只有皮相，没有骨相。"意思是人的打扮也是很要紧的。译文"clothes make the man"（衣服成就人本身），采用的是直译，省略了前半句话的翻译"佛靠金装"，但是对读者理解原文的意思并没有影响。他们可以从刘镇看客的评价中推知兄弟两人成年后，穿上了好衣服，在众人眼中脱胎换骨的形象。

赵诗人得知李光头在痛打刘作家之后，还要找他算账，就赶紧躲了起来，尽量足不出户，如果不得不出门，就格外小心翼翼，侦察情况之后，确保安全了再出来。

这么一想后，赵诗人能不上街就不上街了，有时迫不得已必须上街的话，**赵诗人走路时也像个侦察兵那样探头探脑，眼观六路耳听八方，一旦发现有李光头的敌情，立刻蹿进一条小巷躲藏起来。**（余华，2012：237-238）
After realizing this, Poet Zhao started doing everything in his power to avoid having to leave the house. If there was something for which he absolutely had to go out, **he would first carefully reconnoiter the unfamiliar terrain like a military scout;** if he caught the slightest whiff of Baldy Li, he would immediately duck and cower in the nearest alley. (Chow and Rojas, 2009：229)

赵诗人对李光头避之而不及，走路时也像个侦察兵那样探头探脑，他"眼观六路耳听八方"。"眼观六路耳听八方"这个成语描写出赵诗人出门的时候怕遇见李光头被打,因此格外小心行事的样子。该成语出自明代许仲琳的《封神演义》第五十三回:"为将之道:身临战场,务要眼观四处,耳听八方。"形容人机智灵活,遇事能够多方观察分析。译文省略了该成语,在表现赵诗人躲避李光头时候的小心谨慎、战战兢兢、如履薄冰的样子方面有所削弱。

宋钢在李光头的逼迫之下去林红家向生病中的林红说出了绝情的话,他随后冲出了林红家,只想一心求死,却被及时赶到的李光头救下了。劫后重生的宋钢突然想明白了一件事,就是兄弟虽好,但是林红也不能辜负,为了真爱,他甚至可以舍弃兄弟,就像李光头对待他一样。因此,他振作精神冲出家门要去挽回林红。

……,李光头心里一阵发毛,他看着宋钢像是比赛跳高似的一跃而起,**精神抖擞**地走向了屋门。(余华,2012:305)
Baldy Li was deeply disconcerted by this and watched Song Gang leap up as if he were competing in the high jump and proceed **quickly** to the door.(Chow and Rojas,2009:295)

李光头看见劫后重生的宋钢"精神抖擞"地走了出去。"精神抖擞"这个成语出自宋代释道原的《景德传灯录·杭州光庆寺遇安禅师》:"(僧)问:'光吞万象从师道,心月孤圆意若何?'师曰:'抖擞精神着。'"形容精神振奋的样子。译文显然省略了这个副词成语。这对表现宋钢重生后内心的喜悦有一点影响。因为死过一次的宋钢终于理清了脑子里的这团感情乱麻。他没有办法兼顾手足之情和爱情,但是他可以选择其中之一,而且他义无反顾地选择了心中的真爱林红,即使牺牲了兄弟之情也在所不惜。因为李光头的言行也是这样的,为了得到林红的爱,他可以一次次地利用宋钢的兄长之爱,一次次地伤害宋钢的感情。所以他也想通了,自己为什么不能勇敢面对林红的爱情,之前任何的顾忌都是多余的。因此,此时的宋钢仿佛获得了重生一般,振作精神走向了林红和他的爱情。

每次当宋钢骑着新买的永久自行车接送林红上下班的时候,巧遇李光头,林红都要宋钢把铃铛打响,故意引起李光头的注意。但是,他们又形同陌路一般,一溜烟地从李光头身旁骑过去。此时,李光头心中很不是滋味。他觉得自已跑了兄弟,失了情人,啥都没得到。

> 然后就是一脸的失落,心想自己的女人跟着自己的兄弟跑了,自己的兄弟跟着自己的女人跑了,自己什么都没有了,他妈的**鸡飞蛋打**,他妈的**竹篮打水一场空**。(余华,2012:315)
>
> Then his face would drop, and at the thought of his woman and his brother running off together, he would proceed to **curse up a storm**. (Chow and Rojas, 2009:305)

李光头望着两人骑车远去的背影,他顿觉失落,自己真是"鸡飞蛋打""竹篮打水一场空"。这两个成语都说明了李光头内心的无比沮丧。兄弟宋钢的背叛让他彻底丧失了之前的自信,不得不承认这次自己输了,女友和兄弟都离他远去。第一个成语"鸡飞蛋打"出自周骥良的《吉鸿昌》:"只要他一进关抄了咱们的后路,那就鸡飞蛋打,不可收拾了。"意思是鸡飞走了,蛋打破了。比喻两头落空,一无所获。而另一成语"竹篮打水一场空"出自梁斌的《红旗谱》:"咳,这一来,竹篮打水一场空了!"比喻费了劲却没有效果。译文完全省略了这两个中国四字和七字成语,而是简单地翻译为"curse up a storm"(咒骂了一番),让原文的中文色彩完全丧失,而读者也没办法体会李光头所特有的诙谐幽默而又接地气的自嘲。

首先看到李光头从上海回来的是在车站门口做生意的苏妈。李光头走进苏妈的包子店,让她去通知其他股东到童铁匠的铁匠铺集合,他要向大家有个交代。等得心焦的众人,一得到苏妈的通知,就马上齐聚童铁匠的铁匠铺。

> 童张关余这四个人就站在铁匠铺门口,听着苏妈上气不接下气地说着李光头如何**神气活现**地走进点心店,如何拍着桌子大声说话。(余华,2012:350)
>
> Tong, Zhang, Guan, and Yu then stood in the doorway of the blacksmith's shop, listening as Mama Su breathlessly told them about how Baldy Li had suddenly walked through the door of her snack shop, how he had pounded the table and shouted. (Chow and Rojas, 2009:342)

苏妈向众人描述了李光头来到她店中的情景"神气活现地走进点心店,如何拍着桌子大声说话"。她用了"神气活现"这个成语来说明当时虽然李光头旅途劳累,但是并没有失去往日的精神气,还是很有斗志的样子,应该是有好消息要告诉大家。"神气活现"这个成语出自沙汀的《一个秋天晚上》。意思是形容自以为了不起而表现出来的得意傲慢的样子。译文省略了这个成语,翻译为"walked through the door of her snack shop, how he had pounded the table and shouted",显然省略了评价性的行为副词"神气活现"。这对读者理解当时苏妈眼中李光头的形象并没有影响。

宋钢和林红开始甜蜜的婚姻生活的时候,也正是李光头落难的时候。所以,宋钢总是无法坦然地接受自己的幸福生活。他总想要为李光头做点什么,让他的日子好过一些。宋钢想到了把中饭拿去跟李光头一起吃,这样至少李光头有一顿不会挨饿。

> 后来的一个多月里,宋钢每个上班的中午都会拿着饭盒来到李光头跟前,兄弟两个就坐在那堆破烂前,**说说笑笑亲密无间**将饭盒里的饭菜分着吃完。(余华,2012:390)
>
> For the next month, every day at noon Song Gang would take his lunch box to Baldy Li and the two of them would sit in front of the pile of scraps, **chatting and laughing a**s they divided and ate the food. (Chow and Rojas, 2009:381)

他们兄弟两人在破烂前面分吃一份午饭,这种亲密感让他们似乎又回到了从前,那时候两人相依为命,一起走过了艰难的童年和青少年时期。那时候的他们真是"亲密无间"。这个成语出自《汉书·萧望之传》:"萧望之历位将相,藉师傅之恩。可谓亲昵亡间。及至谋泄隙开,谗邪构之,卒为便嬖宦竖所图,哀哉!"形容十分亲密,没有任何隔阂。近义词有"情同手足""形影不离",可以翻译为"intimate"。但是译文将该成语直接省略了,仅仅翻译了动词"说说笑笑",译为"chatting and laughing"。这对表现两人当时的亲近和感情好有一些影响。其实,虽然兄弟两人因为林红的关系分了家,但是心底里都无法割舍这一份相依为命多年的手足之情,所以在分吃一份午饭的时态,这种情感便很自然地流露出来。

李光头确立了做"坐贾"的目标,而且非常坚定地向合伙人王冰棍和余拔牙宣布了他的决定。虽然王冰棍表示不赞同,但是他还是坚持己见,并且坚信只要按照他的设想来做,就一定能够实现。

李光头说着挥挥手,站起来**斩钉截铁地**向余拔牙和王冰棍宣布:他决定做一个"坐贾",决定学习秦始皇统一中国的做法,成立一家控股公司,把所有的产业全部注入到控股公司里,他以后就坐在公司里"贾"了,以中央集权的方式办公,以后去下面各处看看就行了。(余华,2012:430)

Baldy Li then stood up and **announced** that he had decided to be a sitting mogul, establishing a holding company modeled on the Qin emperor's unification of China. He would bundle his various business into his holding company, then simply sit in his office and trade from there, using a centralized model to do business and only occasionally going to visit his various businesses in person.(Chow and Rojas,2009:424)

李光头是个有远见的人,这从他的职业规划中可见一斑。如果是一般人,生意做到这么大也该心满意足了,但是他却"斩钉截铁"地宣布,还要继续做大做强自己的产业,做成控股公司,让它实现可持续的盈利。"斩钉截铁"这个成语出自宋代释道原的《景德传灯录》第十七卷:"师谓众曰:'学佛法底人如斩钉截铁始得时。'"《朱子全书·孟子》:"君来惟是孟子说得斩钉截铁。"形容说话或者行动坚决果断,毫不犹豫。译文省略了这个副词,只是翻译了动词"announced"(宣布)。虽然这样的省略是考虑到了中英两种语言之间的差异,但是这对展现李光头的果断和坚定的一面有所影响。

李光头生意越做越大的时候,宋钢却是走入了人生的低谷,失业下岗的他到处打零工。他们迥异的人生境遇是由各自不同的性格所致。

李光头**如日中天**的时候,宋钢戴着口罩仍然在寻找他的代理工作,**可怜巴巴地**走在刘镇梧桐柏树下的街道上。(余华,2012:466)

While Baldy Li was **at the peak of his good fortunes like a sun at high noon**, Song Gang was still **wandering around** town wearing his face mask and look for part-time work.(Chow and Rojas,2009:463)

李光头的日子是"如日中天"而宋钢则是"可怜巴巴"。这两个对比鲜明的成语在译文中一个直译，一个省译。直译的是形容李光头意气风发的样子"如日中天"。该成语出自《诗经·邶风·简兮》："日之方中，在前上处。"意思是好像太阳正在天顶。比喻事物正发展到鼎盛的阶段。译文"at the peak of his good fortunes like a sun at high noon"（正在好运的巅峰就像太阳正当午的时候）。而与之形成鲜明对比的宋钢却是"可怜巴巴"地四处奔走着找工作谋生。"可怜巴巴"这个成语的意思是形容十分可怜的样子。这个形容词修饰语在译文中省略了，直接翻译成了动词词组"wander around"。虽然这种对比依然存在，但是没有原文那么鲜明。读者也可以看出两人之间的差距是越来越大，真是一个天上，一个地下。

总的来说，译者在翻译《兄弟》中的"文化万象"时，主要采取两种方法：直译和意译，偶尔也会省译。首先，从译者采用的翻译方法的主次可以了解译者的良苦用心，希望能够尽可能准确地传递原文的语言信息，而文化信息则只能尽量保留。其次，译者会因为英文和中文表达习惯的差异，省译少量的原文信息，目的是更好地再现原文叙事主题。

综合以上可知，《兄弟》故事叙事中的先锋性和陌生化的审美特色集中体现在其重复格和"文化万象"这两个方面。译者针对原文中不同的叙事审美特色，采用了直译为主，意译和省译为辅的方法，尽可能地再现和传达出原文幽默、夸张、荒诞却又不失真诚的叙事审美效果。译者所采取的翻译策略及其产生的叙事审美效果如下表所示：

叙事审美特色	翻译方法	叙事审美效果
重复格	直译为主，意译和省译为辅	无论是在词、句还是在篇章层面，都尽可能保留原文的重复格，以凸显原文的叙事审美特点；有时为了兼顾中、英文本的语言特点和英语读者的阅读和接受效果，也省略部分重复结构，使译文更为简洁
比喻	事实性+虚拟性翻译	译者多数情况下也是以事实性翻译策略为主，从而保持了译文和读者之间的距离，有助于审美意蕴的再现和故事主题的传达。但是有时译者也采取了虚拟性的翻译策略，对喻体中所包含的意象进行了一定的调整，如增删改动的情况都有出现。这样做的初衷是为了更好地表现故事主题和方便读者的理解和接受，但是也可能出现事与愿违的情况

(续表)

叙事审美特色	翻译方法	叙事审美效果
"文化万象"	直译＋意译＋省译	首先，从译者采用的翻译方法的主次可以了解译者的良苦用心，希望能够向读者传递尽可能准确的语言信息，而文化信息则只能做到尽量保留，如果实在不行，文化让位于语言。语言信息的忠实是第一位的。其次，译者会考虑英文和中文语言表达习惯的差异，故省译了部分作为副词的成语。因为英语更强调事实本身，少用表示程度的副词或者修饰语，所以译者将修饰性的成语省译，是为了更加突出原文的语言信息

参考文献

褚蓓娟,2007.解构的文本:海勒和余华长篇小说研究[M].合肥:安徽人民出版社.

郭建玲,2010.异域的眼光:《兄弟》在英语世界的翻译与接受[J].文艺争鸣(23):65-70.

栾梅健,2008."独下断语"与"曲到无遗":对《兄弟》"复旦声音"批评的回应[J].文艺争鸣(6):10-13.

毛泽东,1966.毛泽东选集:第四卷[M].北京:人民出版社.

热奈特,1990.叙事话语·新叙事话语[M].王文融,译.北京:中国社会科学出版社.

汪宝荣,全瑜彬,2015.《兄弟》英译本在英语世界的评价与接受:基于全套英文书评的考察[J].外国语文,31(4):65-71.

邢建昌,鲁文忠,2000.先锋浪潮中的余华[M].北京:华夏出版社.

余华,2012.兄弟[M].3版.北京:作家出版社.

Barsanti C, 2019. Say it plain, the village said[EB/OL]. (02-23)[2019-09-18]. www.popmatters.com/pm/archive/contributor/188.18.

Chow E C, Rojas C, 2009. Brothers[M]. London: Picador.

Corrigan M, 2009. 'Brothers' offers a sweeping satire of modern China.[EB/OL]. (02-09)[2019-09-18]. www.npr.org/templates/story/story.php? storyId=100423108.

Graham R, 2019. In a sprawling satire of China, a bit of sweetness and light[N/OL]. Boston Globe. (02-04)[2009-09-18]. www.boston.com/.../in_a_sprawling_satire_of_china_a_bit_of_sweetness_and_light/-.

Lefevere A, 1992. Translating literature: Practice and theory in a comparative literature context[M]. New York: Modern Language Association of America.

Ling B, 2009. Love in the time of capitalism[N/OL]. The Washington Post. (02-19)[2019-09-18]. www.highbeam.com/doc/1P2-19913021.html.

Lovell J, 2009. Between communism and capitalism[N/OL]. The Guardian. (04-18)[2019-09-18]. www.guardian.co.uk/books/.../brothers-yu-hua-review.

McMartin P, 2009. Modern Asian fable: The new China takes a cream pie in the fact[N/OL].

Vancouver Sun. (02-28)[2019-09-18]. http://yuhua.zjnu.cn/show.aspx? id = 1021& cid = 27.

Rifkind D, 2009. Review Brothers[EB/OL]. Barnes and Noble Review. (03-13)[2019-09-18]. bnreview.barnesandnoble.com/.../Reviews.../Brothers/.../962;...-.

Row J, 2009. Chinese idol[N/OL]. Sunday Book Review, The New York Times. (09-18)[2009-03-05]. www.nytimes.com/2009/03/08/books/review/Row-t.html-.

Wang I, 2009. Brothers[J/OL]. Far Eastern Economic Review. (09-18)[2019-03-06]. www.feer.com/reviews/2009/march/brothers-.